臺灣漫遊錄

此書獻給楊双子中的妹妹・楊若暉。

春山編者說明：
本書從第一頁到最後一頁，均為小說的設計。
以虛構譯作的形式，呈現那個時代的真實。

推薦序

戛然而止的夢，異鄉的華麗島

新日嵯峨子

我與新譯本的緣分，始於二〇一五年。當時聽聞譯者楊若暉女士在找《臺灣漫遊錄》的舊譯本，我還感到稀奇，因為這本書在臺灣早已絕版，就連研究者間都一書難求；正好我手邊不只舊譯版，還有日文原版，便委臺灣文學館館員將我的聯絡方式轉達給若暉女士。當時我還不知這心血來潮，竟會促成新譯版誕生，或許這就是命運洪流的水到渠成，讓這本書能在最好的時間重新面世。

有趣的是，直到春山出版社找我寫推薦語，我才從新譯者跋得知臺灣文學館館員稱我為「日籍研究員」；這令我哭笑不得，我自認為是「灣生」，而日籍這種歸類，彷彿將我排除在臺灣之外。但這個不尋常的出身，或許正是我適合推薦本書的原因。

畢竟，灣生正可說是不上不下、無家可歸的孤魂野鬼。

當臺灣還是日本殖民地時，「灣生」顧名思義，是指在臺灣出生的日本人。血統上是大和民族，做為日本人卻不倫不類；在南方島嶼成長，操著不標準的國語，甚至沒見過雪、沒經歷過「真正的四季」，就算血統純正，又如何可能擁有真正的大和民族心靈？因此，灣生往往受到內地人輕蔑。

無論總督府如何主張內臺都是天皇子民，實際上本島人就是低內地人一等，灣生則是兩個階級間的鬼魂，不知如何安放自身，有些人將臺灣當故鄉，卻也有些人變本加厲地欺凌本島人；鬼魂有鬼魂的視野，在這本展示殖民者優勢的小說中，或許有灣生才能看到的事物。

先談談本書背景吧。《臺灣漫遊錄》的作者青山千鶴子出生於大正二年，十九歲以作家身分出道，馬上成為文壇新星，作品甚至登上大螢幕；昭和十三年，總督府邀請這位知名作家來臺巡迴演講，那時戰爭已揭開序幕，這番看來還算風雅的安排，當然也有宣揚國策的盤算。青山老師旅居臺灣時，將旅行見聞刊載在報章雜誌上，這些向內地介紹臺灣經驗的遊記、雜文，便以「臺灣漫遊錄」為系列標題。

那時的「臺灣漫遊錄」系列並非本書內容，而是前身；《臺灣漫遊錄》出版於昭和二十九年，以小說體呈現，主軸已拋開國策，圍繞在青山老師與擔任她通譯一職的王千鶴女士間的感情。

其實青山老師最早連載的「臺灣漫遊錄」，已能見到這位王千鶴女士的身影；實不相瞞，當年我看青山老師的連載，曾一度認為王女士是虛構人物——畢竟在這些帶著宣傳色彩的文章中，王女士未免太搶眼，讓人直呼成何體統，因此我私心猜測，王女士或許是一個巧妙的隱喻；角色做為隱喻展現作家意圖，這絕不罕見，同樣以書寫旅臺經驗廣為人知的佐藤春夫，就曾在〈女誡扇綺譚〉裡以一名婢女隱喻殖民者與被殖民者間的不平等。

事到如今，我們已毋須懷疑王女士是否存在──畢竟只要出席當年青山老師的演講，自然會見到王女士。但不知幸還是不幸，王女士最終真的成了文學隱喻；若非如此，這本《臺灣漫遊錄》是無法成立的，青山老師的出版動機固然是基於真實人物，但本書最後以小說的形式呈現，則是仰賴這位真實人物被詮釋的虛構性。

因為本書既是一封漫長的告白信，也是一篇反省文。

這裡我真的不想向還沒讀過本書的讀者揭露太多，以免剝奪了閱讀體驗與屬於讀者自己的理解，但我想指出關鍵的一點：權力不對等其實比一般人想的更加幽微，也更無所不在，請讀者閱讀本書時，務必時時意識到青山老師有著殖民者身分的事實。

我只提一個容易錯過的細節。

在〈菜尾湯〉一章中，青山老師談及想以基隆獅球嶺的龍脈傳說為題材寫一篇〈龍脈記〉，再花兩、三年考察臺灣鐵道發展史，寫一本《臺灣縱貫鐵道》。其實這段情節，早已記錄於連載時期的「臺灣漫遊錄」，文中，青山老師確有考察臺灣鐵道發展史的興趣，原先預計的書名卻不是《臺灣縱貫鐵道》。

事實上，提到〈龍脈記〉與《臺灣縱貫鐵道》，稍加熟悉臺灣文學史的人都知道與西川滿的作品同名；青山老師自然也知道。雖然連載「臺灣漫遊錄」時，西川滿才剛嶄露頭角，別說〈龍脈記〉，連他得意的〈赤崁記〉都還沒寫出來。

青山老師「致敬」西川滿，這點可說是極不自然，畢竟青山老師出道更早，在中央文壇的名聲也遠比西川滿高，真要致敬，同樣有旅臺作品群、資歷聲望也更高的佐藤春夫是更合理的選擇（事實上，本書的初版前言確實就是致敬佐藤春夫），為何青山老師要做出此等「降尊紆貴」的改筆呢？

為了說明這點，我們必須先瞭解西川滿在臺灣文學史上的位置。

說到西川滿，幾乎無法外於當時臺北帝國大學教授島田謹二提出的「外地文學論」。所謂外地文學就是殖民地文學，是將整個日本文壇割出一小塊給殖民地，要求殖民地就該有殖民地的樣子，以此為基礎，發展出兼具異國情調與寫實性的風格，而西川滿正是此一理論的主要實踐者。

當代的臺灣文學研究，多半對外地文學採批評的態度。因為強調異國情調的同時，殖民地也必須迎合殖民者的想像，不得踰矩，能處理的議題備受限制，甚至被迫「書寫」進帝國的大東亞敘事中。

以西川滿的〈龍脈記〉與《臺灣縱貫鐵道》為例，講的都是臺灣史，卻不重視本島人的真實情感，直接將歷史敘事挪移到帝國的框架中。這確實是符合國策的。就像鄭成功，明明是為南明奮鬥，日本時代的鄭成功傳奇卻動輒強調日本血脈。

述說著臺灣，卻無視臺灣的生命經驗，甚至以自己筆下的臺灣洋洋自得，這便是外地文學令人詬病之處。四〇年代後由西川滿發起的「糞寫實主義」論戰——唾棄臺籍作家批判現實、書寫生活經驗的小說，高舉皇民精神，以國策為後盾的文學殲滅戰——看在青山老師眼中大概格外諷刺吧？但曾在旅臺期間寫下「臺灣漫遊錄」系列的她再清楚不過，自己當時所寫的文章，不過就是西川滿之流，因此這番改筆可說是隱晦地認錯。

問題是，她是向誰認錯呢？

我們再來看看王千鶴女士。

王千鶴是大家族成員，卻是妾室之女，卑微的身世使她習得了不與人直接衝突的生存智慧。即使有再多的才華、再遠大的抱負，僅僅身為女性，就已注定她在權力位階上的弱勢，更別說是被殖民者。像這樣的人，無論她是否願意，光是青山老師做為主述者出現在她面前，她就不得不成為殖民者與被殖民者關係的隱喻，就連本書是以殖民者的眼光單方面敘述，也完美符合這個框架。我想提醒讀者的是，青山老師筆下的王千鶴女士，終究並非王女士本人，我們很容易走進主述者留下的印象陷阱，這是我們不得不謹慎的。

《臺灣漫遊錄》中，青山老師時不時見到王女士宛如戴上能面的距離感，讀者或許會疑惑、摸不透王女士心意，但這正是本書值得玩味之處；這些描寫，我認為應該有相當的寫實性，因為那正是青山老師不理解、不得不花一本小說的篇幅求出答案的疑問。讀者看完全書，理解青山老師得出的答案後，不妨從頭開始再看一遍，細細揣摩王女士的心態變化。

關於本書的道歉信性質還有另一個線索。昭和四十五年再版時，青山老師的養女洋子女士在書末追記〈母親的回憶〉，提到最初閱讀初稿，並沒有第十二章〈蜜豆冰〉，為何這麼重要的結局在初稿中是缺失的呢？〈蜜豆冰〉描繪了一段如夢境般易碎的和解，兩人的友誼應該能持續下去，若真是如此，就毋須道歉，本書也沒有存在的必要了。

以下只是我個人的猜測。昭和十四年，青山老師或許真與王女士碰面了，但那次碰面的結果，並沒有書裡寫的這麼輕巧。至少對青山老師來說，她覺得自己還是有道歉的必要，因此追加的這第十二章，正是要給王女士看的——如果自己能在昭和十四年得出這個答案，事情發展會不會有所不同？王女士會不會認同這樣的可能？青山老師想必是忐忑不安地寄出這封情書吧，即使一切已無法回頭。

倘若如我所料，〈蜜豆冰〉大半是虛構的，也不必責怪青山老師。因為擋在兩人間的高牆，不只是殖民者與被殖民者難以抹滅的權力不對等，還有太平洋戰爭敗北，臺灣跟日本從一個國家變成兩個國家的割裂。這慘痛的命運，或許值得一個美好的修飾；〈蜜豆冰〉是場曾經可能的夢，這場夢已戛然而止。

夢的起點是什麼？洋子女士在〈母親的回憶〉中提到「母親的心底深植著一座島嶼」，這可能嗎？說到底，青山老師旅居臺灣的時間也不過一年四季，臺灣對她來說是異鄉，她對臺灣的情感，有可能比灣生濃烈嗎？說得冷酷些，那不過是一趟旅程，她的臺灣經驗是貧乏的。

但就像電影《斷背山》裡，傑克始終對一九六三年的斷背山之夏念念不忘，以致他的妻子以為斷背山是虛構的桃花源，「青鳥歌唱，淌流著威士忌泉」，那正是夢的起點——是的，真正深植在青山老師心中的並不是臺灣，而是在臺灣與王女士共度的時光。與《斷背山》同樣，現實中，王女士嫁作人婦，青山老師終生未婚，這是現實的無奈，也是夢之所以為夢的原因。

本書確實需要〈蜜豆冰〉這樣的結局。

說來也巧，本書新譯版的譯者楊双子姊妹，正是臺灣百合文學的倡議者，由她們翻譯本作，意義格外不同；在舊譯本的年代，書中尚有部分內容無法為當時的臺灣讀者接受，故出版時，曾由王女士的女兒吳正美女士刪減。時至今日，讀者該能以更寬廣的視野看待本書吧？

最後我只想提醒一件事，並追問一個問題。

若問本書糾纏著的核心，無疑是殖民者與被殖民者間的權力不對等，但權力關係不限於殖民者與被殖民者，而是世間常態——像家族裡的長輩與晚輩，權力關係自不待言，但這份被壓抑在權力底下的苦悶，卻往往無法簡單說明。好比家裡長輩熱情地誇耀自己有人脈，能幫忙安插職位，「這份工作好啊，穩定又有錢」，卻沒問過當事人的意向。穩定是事實，有錢也是，但說到底，將這些當成優點看待，也不過是那位長輩的眼界；這與強迫孩子就讀法律系或醫學系相同，都受限於想像。無論是否懷著「善意」，權力的可憎之處，就在於主體被無視或移除，若不抵抗就無法維持自我，但這點微弱的抵抗看在長輩眼裡，卻可能是少不更事的愚蠢叛逆，這是權力的另一個可憎之處：習於權力者無法意識到剝削。

如何察覺權力，並曉得應該察覺，本書或許能帶來些許啟示。

接下來的問題，或許有些艱難。

有些權力，是無法單方面收回的。譬如在父權體制之下，男性無法單憑自己的意志放棄性別紅利，因為體制是恆常運作的。如果權力無法自願放棄，就表示有著無法顛覆的不平等，這時，權力彼岸的雙方真的有可能和解嗎？

青山千鶴子與王千鶴，有並肩走著同一條路的日子嗎？

這個問題，就在此留給讀者了。

新日嵯峨子

生卒年不詳。小說家、人類學家，亦為文學評論家。

臺灣漫遊錄　目次

臺中柳川小屋側面速寫，青山千鶴子手稿。

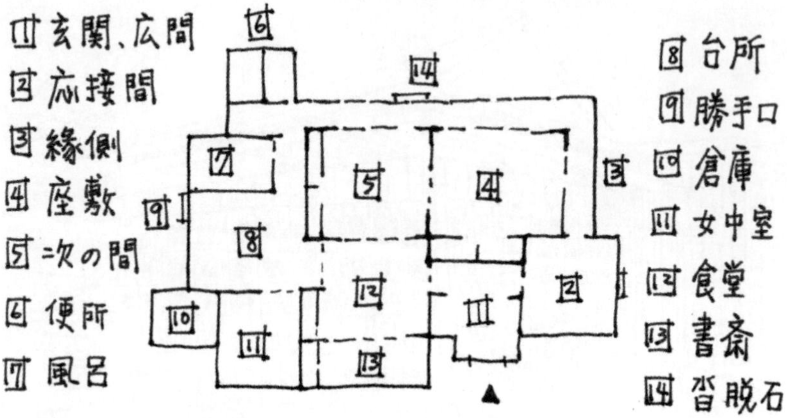

臺中柳川小屋平面圖，青山千鶴子手稿。

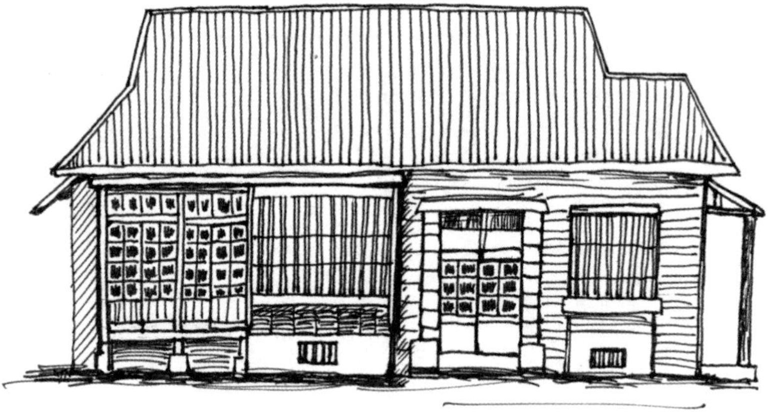

臺中柳川小屋正面速寫，青山千鶴子手稿。

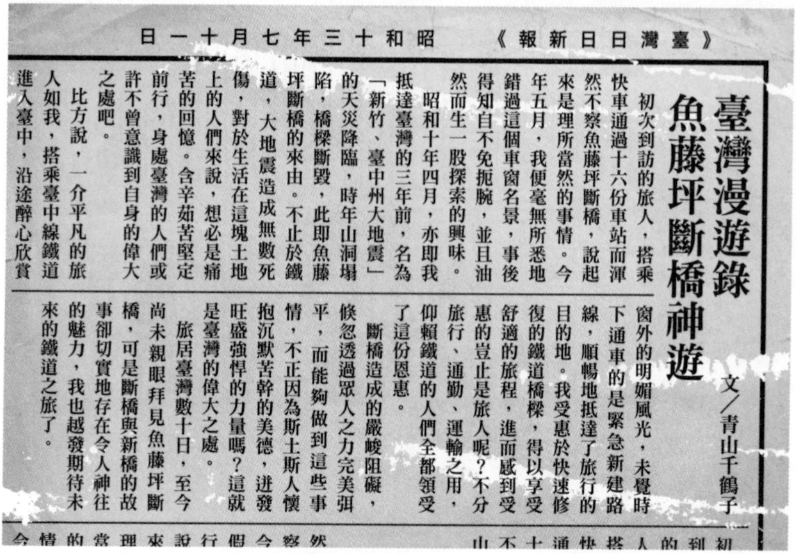

《臺灣日日新報》　昭和十三年七月十一日

臺灣漫遊錄　魚藤坪斷橋神遊

文／青山千鶴子

初次到訪的旅人，搭乘快車通過十六份車站而渾然不察魚藤坪斷橋，說起來是理所當然的事情。今年五月，我便毫無所悉地錯過這個車窗名景，事後得知自不免扼腕，並且油然而生一股探索的興味。

昭和十年四月，亦即我抵達臺灣的三年前，名為「新竹、臺中州大地震」的天災降臨，時年山洞塌陷，橋樑斷毀，此即魚藤坪斷橋的來由。不止於鐵道，大地震造成無數死傷，對於生活在這塊土地上的人們來說，想必是痛苦的回憶。含辛茹苦堅定前行，身處臺灣的人們或許不曾意識到自身的偉大之處吧。

比方說，一介平凡的旅人如我，搭乘臺中線鐵道進入臺中，沿途醉心欣賞窗外的明媚風光，未覺時下通車的是緊急新建路線，順暢地抵達了旅行的目的地。我受惠於快速修復的鐵道橋樑，得以享受舒適的旅程，進而感到受惠的豈止是旅人呢？不分旅行、通勤、運輸之用，仰賴鐵道的人們全都領受了這份恩惠。

斷橋造成的嚴峻阻礙，倏忽透過眾人之力完美弭平，而能夠做到這些事情，不正因為斯土斯人懷抱沉默苦幹的美德，迸發旺盛強悍的力量嗎？這就是臺灣的偉大之處。

旅居臺灣數十日，至今尚未親眼拜見魚藤坪斷橋，可是斷橋與新橋的故事卻切實地存在令人神往的魅力，我也越發期待未來的鐵道之旅了。

本文刊登於《臺灣日日新報》昭和十三年七月十一日。（楊双子譯）

昭和二十九年《臺灣漫遊錄》初版前言[1]

將這篇拙劣的旅行紀念的作品勇敢付梓發表，謹此獻給：

當年的臺灣臺中州日新會
高田須磨子夫人
臺灣總督府臺中州臺中市役所
美島愛三先生
以及，臺中州臺中市頂橋子頭
王千鶴女士

三位當年的厚待，是敝人所永誌不忘者也。

昭和二十九年正月　青山千鶴子識

[1] 昭和二十九年為西元一九五四年。〈昭和二十九年《臺灣漫遊錄》初版前言〉為青山千鶴子一九五四年《臺灣漫遊錄》日文初版開篇前言，並無單獨篇名。今中文新譯版《臺灣漫遊錄》令其獨立成篇，以做序文。

一——瓜子

「等等，這是怎麼回事？」

那時的我，不由得將心聲脫口而出。

因為那個當下，我簡直就像是掉進了松旭齋天勝的魔術劇團[2]。

松旭齋天勝的魔術劇團是怎麼回事？說起來，那是我就讀高等女學校以前的事情。松旭齋天勝魔術劇團的巡迴演出抵達長崎，我跟著菊子嬸嬸上街，正巧遇見劇團開演之前的熱鬧遊行。

遊行隊伍有氣勢驚人的成列人力車，陣仗可比軍隊，看不見盡頭。頭先數列的人力車上一個一個坐著演奏音樂的樂隊成員，而後是一個一個妝容明麗、微笑揮手的年輕少女，再後面是一個一個戴著高高的大禮帽的男魔術師。更多的劇團成員步行，簇擁著人力車前進，高舉各種顏色鮮亮的旗幟，大紅色、亮白色、濃紫色、湛藍色的旗幟獵獵飄揚，魄力絲毫沒有輸給樂隊演奏高昂的樂曲，令人胸口鼓動，彷彿有什麼東西從我肚子那裡一口氣高懸起來。

——所以說，這是怎麼回事啊？

事隔十數年，我沒有想到會在外地的島嶼臺灣重溫舊夢。

那是昭和十三年[3]五月的事情。

宛如松旭齋天勝魔術劇團的景色，在我眼前噴湧而出。

成列磚紅色的支那式建築，彷彿沒有止境地延伸到街道遠方。

街屋上方的圓形的鮮紅色燈籠，瓜狀的橘黃色燈籠。

[2] 松旭齋天勝（一八八六～一九四四）以取經自西洋魔術手法的近代魔術表演出名，享譽「魔術師女王」，風靡於大正至昭和戰前時代。天勝退休後，「天勝劇團」由姪女繼承第二代天勝之名，持續劇團演出活動。

[3] 昭和十三年為西元一九三八年。

白色的遮雨布一張一張綻放如花。

不同花樣顏色的漢字看板，一一飛入眼簾。

還有各種各樣的攤販。

沒有見過的蔬菜，堆成深深淺淺的綠色的黃色的白色的小山。

分割成塊成條的紅色的肉，編織為紅肉色的掛毯。

土褐色、藻綠色的藥草成綑或者散放籮筐，煮成墨綠色的湯汁。

攤前擺開無數玻璃大罐，閃耀厚重而圓潤的光芒，裡頭裝著淺紅色的、暗紅色的、淡黃色的、濃黃色的、黑色的、白花色的小小果物。

沿路好幾個攤販前方有人端著湯碗吃點心。碗裡有的是柔軟的白色塊狀物，有的是透光的淡黃色塊狀物，有的是小小圓圓的黑色珠子……

支那建築裡的水果店鋪，串串黃色的香蕉垂懸下來，攤上是青綠色的、暗紅色的瓜果，喊得出、喊不出名字的，那個是西瓜，是桃子，那個是南無果[4]吧。

那個時候，我的眼睛都不知道該先看哪裡才好了。

從宏偉的臺中車站出來，穿越橘町便是一衣帶水的綠川，對岸第一市場與臺中旅館比鄰，人潮也如水，我聽說這裡是群聚本島人的干城橋通[5]。河川兩岸濃綠色的柳樹，河道有水波閃閃發亮。感覺炫目頭昏，當然不只是因為水波。五月，紺藍色的天空有一輪熾豔的烈日。豔陽令所見色澤更加飽滿，令萬物氣味更加濃烈。河水的氣味，植物的氣味，市場裡面生肉的氣味、藥草的氣味、水果的氣味，汩汩流湧到我的面前。

[4] 南無果即蓮霧。

[5] 干城橋通即今臺中市中區成功路，干城橋為今成功綠橋。

一同湧過來的，還有人潮裡那些我聽不懂的島嶼語言。

「××××，×××××，×××××，×××××？」

「×，×××××，×××××××××××！」

「×××××，××××××××××。」

肚子有什麼東西海浪似的翻騰到胸口，我忍不住咧開嘴角。

啊，這就是南國臺灣啊！

※

無論如何，至少也要去一次臺灣才行。

我立定決心的那個時候，正站在從沖繩駛往九州的大船甲板上，心想隔著海面遠遠望見的陸地，是宮古島、石垣島嗎？或者說海的彼端是臺灣呢？

小說改編為電影以後，我的稿費收入有顯著提升。以前沒有合作過的雜誌，也捧著成疊的鈔票上門。

「只要青山老師首肯，去南洋的旅費也不必擔心，一切交由敝社安排就行了。請寫一部以南洋為故事舞臺的連載小說吧！」某雜誌主編F說著這樣的話，懇切地對我露出笑容，「傳聞青山老師熱衷旅行，這不是好機會嗎？」

「以南洋為故事舞臺，是想要配合『南進』嗎？」

「咦，青山老師說這話的意思是？」

「真是抱歉，如果是以宣揚日之丸帝國為前提，我實在力有未逮，恐怕寫不出有趣的作品，這樣不是太掃興了嗎？」

我把整齊的鈔票推回到F的膝前。

「而且我已經買好船票了，接下來的旅行地點要去沖繩，如此一來也會耽誤您寶貴的時間。除非貴社想要連載琉球王國的歷史故事，否則我這趟出門的收穫，想必沒有辦法寫成貴社想要的小說吧？」

「唉呀呀，青山老師既然喜愛沖繩，那麼，不考慮日後去臺灣嗎？那也是南國的島嶼嘛……」

我不打算讓F持續糾纏，最終沒有答應。

可是，南國的島嶼臺灣，像個小小的種子落在心田。

那年深秋，沖繩短暫的旅行結束，我站在甲板上遠眺海洋彼端的島嶼。由於是南方的王國琉球，氣候溫暖，自海上吹拂而來的鹹風並不凍人。那個更加南方的島嶼臺灣，深秋十一月是什麼模樣呢？我想起進出門司港的一艘艘大型貨船，日日夜夜載來產自臺灣的香蕉，連回憶都瀰漫馥郁香甜的芬芳氣息。

下一次旅行，就去臺灣吧。

萌生了這樣的念頭，回到長崎我便著手蒐集旅行資料。遠赴南島臺灣，必須記取先前旅行北海道的教訓，長期旅居才足夠深入當地風土，理想來說要半年左右時間。可是半年的交通費、住宿費，以及最重要的餐飲費，實在不是小數目。我看著計算後的旅費總額抱頭苦思。

「菊子嬸嬸……。」

我走到廚房土間，菊子嬸嬸與少女幫傭春乃都在那裡。

飯鍋上方有白色的蒸汽冉冉，白米飯的香氣四溢。一聞就知道，這麼好的白米飯，撒上芝麻鹽也就夠美味的了。看得我肚子發出咕嚕聲。

「千鶴子小姐，晚飯還沒有好喔。」

春乃笑咪咪地說。

我才不是要問晚飯的事情呢。

「菊子嬸嬸，家裡有五百圓可以讓我去臺灣嗎？」

春乃頓時張大了嘴巴。

菊子嬸嬸平淡地看向我。

「說什麼傻話，妳是小孩子嗎？」

「我怎麼看也不像小孩子吧！」

就算不談年紀，身長可以跟長崎街道的異人們比肩的我，昔日還有「筆直的北山杉」這樣的綽號呢。菊子嬸嬸也只哼哼了一聲，然後說：

「上次那個雜誌，不是說願意出資嗎？」

「可是，什麼南進政策啊，我寫不來。」

「那就去跟本家借錢。」

「本家的人，怎麼可能嘛。說不定沒去成臺灣，就被抓去結婚了呢！」

「妳是早該結婚了。」

「嬸嬸——萬事拜託——」

「好囉嗦的孩子，不然去求神拜佛好了。」

真傷腦筋，沒想到這次撒嬌無效。

「唉，只好去諏訪神社了嗎？啊啊，對了！那邊有賣好吃的卡斯提拉蛋糕，還有西伯利亞蛋糕[6]，神明大人會喜歡美味的食物吧！」

「那是千鶴子小姐的個人偏好吧？」春乃說。

「唉，我們家的千鶴子，怎麼就這麼貪吃呢。」菊子嬸嬸說。

儘管我的論點遭受家人抨擊，神明大人卻似乎接受了甜食的收買。不久之後的一個出乎意料的時間點，我收到了臺灣總督府和當地婦人團體的邀請函。

※

收到邀請是春彼岸假期[7]結束的隔日。

青山家族的長崎分家與熊本本家在春分那一天會合，共赴位在玉名的蓮華院誕生寺掃墓。迎接春季皇靈祭以後，姊姊光子與嫂嫂年子會到長崎分家度過餘下的假期。往年

[6] 卡斯提拉蛋糕即今人所稱長崎蛋糕；卡斯提拉蛋糕中間夾入羊羹，即為西伯利亞蛋糕。

[7] 日本以節氣「春分」、「秋分」為掃墓時節，故有「春彼岸」、「秋彼岸」之稱。春彼岸供奉甜點牡丹餅，秋彼岸則是萩餅，兩種甜點本質上相同，都是表面裹著紅豆泥的糯米糰子。

光子姊姊與年子嫂嫂會命傭人隨行，搭乘路面電車逛遍長崎的觀光地區，每年如此也毫不厭倦。可是，今年卻並不相同。

「我說千鶴子，不能再這樣下去了吧……」

光子姊姊發出這樣的幽嘆。

我假裝沒聽見，把第二個牡丹餅塞進嘴裡大口咀嚼。

「一口吃掉一個牡丹餅的女人，到哪裡才可以找到夫婿呀？」

年子嫂嫂也是幽幽嘆息。

應該說光子姊姊與年子嫂嫂不愧是感情篤厚的姑嫂嗎？我忍不住好笑。

「要不然，我一口吃兩個好了。」

此話一出，光子姊姊與年子嫂嫂都瞪大眼睛。真是有趣。我順手把第三個牡丹餅放進嘴裡。啊，真好吃！外層是加了許多砂糖煮成的、留有顆粒口感的紅豆泥，裡面是米粒搗成全碎的、柔韌有咬勁的糯米飯糰，令人欲罷不能。

「啊，太美味了！一次兩個，吃起來不順暢。一次吃半個，就沒有滿足感。糟蹋這麼美味的食物是不可原諒的。最好的吃法是一口一個。這是吃牡丹餅的訣竅，千鶴子的不傳之祕！」

我慎重地發出了牡丹餅宣言。

「這、這孩子到底在胡說什麼呀？」

「無論如何，今天要挑選出相親的對象。」

光子姊姊和年子嫂嫂立刻從相親帖子裡挑出一本。打開來，照片上是穿著文官制服、體魄偉岸的紳士。

「這位服部先生，是兄長大人的大學好友宮野先生引薦的優秀部屬……」

年子嫂嫂又挑出一本，是個穿著海軍正裝、蓄著美鬚的軍官。

「這位鈴木先生，是白鳥先生的外甥引薦的，是好友的軍中同袍……」

或許是考量我所擁有的悲慘條件，淨是一些高大的中年男士。不是續弦，就是頭頂稀疏的男人。要是年輕的士族之後，也一臉傳統老派的神氣，總覺得是一吵架就會翻掉桌袱臺的傢伙。

「這位安室先生，是晶子阿姨介紹的，是地方職業學校江戶川校長先生的愛徒……」

我吃掉第四個牡丹餅，把煎茶喝得乾乾淨淨。

肚子鼓脹。果然一口氣吃四個牡丹餅太多了吧。

我伸長身子去拉開障子呼喊春乃送來英國紅茶，要搭配一塊硬餅乾。

光子姊姊卻在這個時候突然發難。

「千鶴子！剛才妳一個人吃了兩人份的散壽司不是嗎？這種食量，根本就是妖怪。妳不要怨懟人選，如果不是心胸寬大的年邁男人，怎麼可能會對妖怪心生憐愛！」

「光子姊姊怎麼這麼說嘛。哎呀，如果沒有別的事情，我要去寫小說了。」

「站住！女子結婚，自古以來都是戶長做主。千鶴子要是不願意面對，我們也只能請父親大人決定人選了。」

「嗚，光子姊姊——」

我失禮了。半開的障子外頭傳來春乃的聲音。

春乃膝行趨前，送上來的並不是紅茶和餅乾，而是精緻的信封。

就是那個。

諏訪神社的神明大人不知道是被卡斯提拉蛋糕、西伯利亞蛋糕，還是牡丹餅或者白豆沙最中所收買，為我解圍的信封，來自臺灣總督府臺中州廳。

※

原來臺灣也盛行電影。

這次驟然獲得邀請，是我那部小說《青春記》改編的同名電影在臺灣上映的緣故。電影在東京上映是昭和十一年，到臺灣卻是事隔一年以後了。昭和十二年，也就是去年，臺中州名為「日新會」的婦人團體觀影以後深受感動，出資在臺中州各地播映。由於在那之後的茶話會反饋熱烈，日新會決定邀請作家赴臺島進行巡迴演講。臺灣總督府樂於牽成內地作家到臺島旅行，因此雙方聯合發出了邀請，並且由臺中州廳臺中市役所掛名主要的邀請單位。

報酬不提，單是全程包攬交通食宿的費用，我的旅費煩惱便頓時煙消雲散。

電報與電話數度往返，我決定在初夏啟程。

從九州北端的門司港出發，搭乘內臺聯絡船，臺北州基隆港登陸。婉謝了日新會與臺中市役所的派員接船，我獨自搭車進臺北城，就近過夜。隔日早晨臺北車站發車南下臺中，急行車只要三個半鐘頭。這樣才叫作旅行嘛！不是嗎？

上午九點半發車，無法忍耐到臺中車站才吃午飯。

十點五分的桃園車站月臺有人叫賣鐵路便當。我買來一個，裡面是白瑩瑩的米飯，炸魚、煎魚、醃漬蘿蔔和鰻魚八幡卷。幾乎跟內地沒有什麼兩樣。

十一點一分，新竹車站。有人用當地話叫賣「炒米粉」。問了旁邊的婦人乘客，說是類似炒蕎麥麵的東西，其實吃起來完全不同。

約莫二十分鐘後就抵達竹南車站。

我細細寸度剛剛填進炒米粉的肚子還有多少容量。

十一點四十七分，苗栗車站。便當看起來還是內地樣式，我後來只買了五個鹽水煮鴨蛋和白飯糰。火車乘客上上下下，愈是向南方前進，愈是許多人嘴裡說著當地話，很有意思，令我期待後續旅程。午後一點三分，抵達臺中車站。

胸口有鳥雀蹦跳。

原訂午後兩點鐘與市役所職員在臺中車站見面，我卻無法枯坐等候。從候車室往外看，驕陽撒落金光，點亮綠油油的椰子樹。天氣太熱了，人人都撿著綠蔭走路，形成有趣的景象。往來的車輛有西洋轎車，也有人力車，有牛車拖來沉重的貨物。稍遠處的樹蔭底下，有兜售貨物的攤販板車。

「請問，這附近應該有臺灣人的商店街道吧？」

車站的剪票員被我問得一愣。

「臺灣人……您是說本島人的街道嗎？」

「本島人，是的，本島人的街道。」

默記剪票員的指示，循線步行，我抵達的就是干城橋通。

宛如松旭齋天勝魔術劇團的本島人的街道。

而且我不知不覺買下了扎手的果物。

比手畫腳地順利交易，應該是好的開端吧。

「×、×、×、×、×、×？」

水果攤前的本島少年以稚氣的臉龐，認真緩慢地一個字一個字複誦同一句話。

「對不起，我聽不懂臺灣話呀！你說的話，究竟是什麼意思？」

我連連擺手搖頭。

少年也一臉挫敗。

「××××××××。」

說完這話，少年轉身端出表面有標貼的木盒，手腳靈巧地將果物包裝成好看的禮盒。

「哦，原來如此，是問我要不要包裝嗎？」

我連忙掏出硬幣。

「少年，包裝費十錢夠嗎？」
少年看看那硬幣，又看看我。
「×，×××××？××××××？」
我指著木盒，又指指硬幣。
「這——是——包——裝——費——」
「包——裝——費——」
「×，××××××××，××！」
「××！××！」
少年說的臉龐脹紅。
「嗚，這究竟是什麼意思？」
溝通困難，我也脹紅臉。
噗哧。
旁邊傳來一個柔軟的小小的笑聲。
「請問您需要幫忙嗎？」
是相當標準的日本語。
轉向聲音來源，我在視線下方找到一個嬌小的少女。
少女有著宛如嬰兒般粉嫩的臉頰，笑起來的時候浮現兩個酒窩。
「他的意思是禮盒包裝不收錢。請您把錢收起來吧。」

「妳會說國語，真是太好了！那麼請幫我轉達，十錢是他辛苦服務的費用，好嗎？」

少女對我投以有點意外的眼神。

我連腦門都熱了。

「因為我糾纏這位少年很久了呢！」

少女於是笑起來，轉頭與少年以臺灣話往返對答。

少年臉龐總算顯露輕鬆的笑容，拿了什麼東西塞到少女的手裡。

少女再把那東西遞到我手上。

是薄紙包著的細碎東西。

揭開紙包，裡面是一粒粒黑呼呼小小扁扁的片狀物。

「做為答謝，這是他要送給您的，旅途中可以給您打發時間。」

「很感謝，可是，這是什麼？」

「哎呀。」

說的也是。少女說著，歪著頭笑起來。

「這個是瓜子，內地人可能沒有吃過吧。」

「是可以吃的嗎？要怎麼吃？」

不是我自吹自擂，可是說到食物，我就興致高張。

我往紙包湊近鼻子，立刻聞見鹹甜的氣味。從裡面摸出數粒小小的瓜子，我以指腹捏了又捏那硬硬的表面，心想這可以直接吃嗎？

「不是那樣的。要吃裡面的瓜子肉，必須用牙齒咬開瓜子殼。」

「牙齒？瓜子殼？」

少女從我手裡拈起一粒瓜子。

「您看，像是這樣。」

少女蔥白色的手指執著醬黑色的瓜子，放到嘴邊以白皙小巧的門牙輕輕一咬，發出細微清脆的「喀」一聲。

瓜子殼分成兩片，少女剝出象牙色的瓜子肉。

「咬瓜子的功夫，初學者可能要花一點時間練習哦。」

「太厲害了，這是什麼有趣的食物啊！」

我由衷嘆服。

少女微笑，臉頰浮現粉紅色的色澤。

請問。

旁邊傳來男人的嗓音。是日本語。

「請問是青山千鶴子老師嗎？」

那是個穿著夏季西裝的年輕男人，眉睫濃密，寬厚的額頭掛著汗珠。

「我是臺中市役所的美島。」

我「啊」的低呼一聲。

兩點鐘，在臺中車站見面。

在水果攤前，我把這件事情忘得精光了。

※

美島說，事前已經知悉我的體格樣貌，因此抵達車站沒有見到人的時候，立刻就從剪票員那裡問到我的行蹤。抵達干城橋通，同樣很快地看見了目標。

——「筆直的北山杉」，我的身長是一米六五。這樣遠比多數男性來得高駣的身材，果然是便於辨識的特徵。

「為您準備的座車就在附近。」

美島提起我的行李，以引領的姿態側身說，請往這裡走吧。

「抱歉、抱歉。」

「請您不必客氣。」

美島正經地說，一面掏出手帕擦汗。

直到坐進計程車，我觸到懷裡薄薄的紙包，才忽然又想起了那個臉頰有酒窩的少女。她是什麼時候離開了的？我竟然也忘記道謝。

哎呀呀，一點也想不起來。

我的思緒迅速受到轎車窗框之外的世界所牽引，南國的景色閃逝，街屋有支那樣式，也有洋樓，有和式建築。間或會看見水田，看見香蕉園。豔紅濃綠，風景綽綽。有南島的熱風湧進車裡。我腦海裡再度浮現千城橋通的本島人市場，那個少女臉頰上的酒窩，以及少年攤販脹紅的臉龐。

「美島先生，本島是多麼熱鬧美麗的南國啊！」

「是的。」

「本島人也都相當親切呢！」

「您說的是。」

「市場裡我看見許多有趣的東西，想必接下來的旅程會很愉快的。」

「是的，青山老師說的是。」

即使美島一板一眼的反應相當無趣，我的心情還是無比暢快。

這個南方的島嶼，多好呀！

就是此時，美島主動開口說，計程車會駛到霧峰的高田宅邸，日新會的接待者高田夫人在那裡等候。

前往霧峰的途中，美島說明本次的行程安排。

儘管說是以臺中市役所的名義邀請我，實際上的東道主仍然是日新會。日新會與我確認巡迴演講的地點以後，整理回報給臺中市役所，再由臺中市役所發文請巡迴演講所在的地方市役所派員協助。

「各地的市役所，會在演講期間安排一名職員擔任您的地陪，代為處理您住宿與用餐的需求。」

美島說著，從副駕駛座有限的空間裡旋身過來行禮。

「在臺中期間，敝人美島是青山老師的通譯與地陪。可是，您在臺中的餐宿，已經由日新會的高田夫人全權處置了。」

「真是叫人受寵若驚的待遇，實在感謝。」

我想了想，「那麼，有什麼疑惑的話，也可以請教美島先生嗎？」

「是的，請您指教。」

「那麼美島先生，我買的水果是什麼呀？」

「是鳳梨。」

「本島人怎麼叫這種水果？」

「臺灣話叫作『黃梨』。」

「那麼，市場裡煮藥草的攤販那裡，有許多人站著喝藥草汁，那是漢藥嗎？本島人生病了沒有去看醫生，是在市場買藥喝嗎？」

「那不是治病的漢藥，是本島人的飲料，叫作『青草茶』。」

「我看見有人吃著一種半透明狀的、淡黃色的點心，那個是？」

「是『愛玉』，或者是『粉粿』。」

「咦，這兩種東西很相似嗎？」

「形容起來相似，吃起來並不相似。」

「還有人吃那種，一顆一顆小小圓圓的黑色珠子……」

「那是『粉圓』。」

「美島先生對本島人的事情非常熟悉呢！是很早就來到臺灣工作的嗎？」

美島頓了一下，「我是在本島出生的。」

「啊，原來如此，那真是太好了！」

我不由得亢奮起來。

「那些本島的食物，我都想吃。美島先生可以幫我安排嗎？」

美島轉過臉來看我，兩條濃黑的眉毛正微微攏聚。

啊，這種表情，我已經非常習慣了。

這個人的肚子裡，或許正在碎念「這個女人說什麼不合時宜的話呀」。

可是我才不在乎呢。

美島也已經調整好了臉色。

「好的，我盡力而為。」

「今天晚上吃得到嗎？藥草汁，叫作『青草茶』的那個。」

「……請您放心，我們會為您安排美味的晚餐。」

那天晚上，我確實受到盛情招待。

是盛情招待沒錯啦。

霧峰的高田宅邸裡，高田夫人讓我入住的是寬敞整潔的洋式房間。

隨後，以高田夫人為首，日新會大約十名左右的核心成員全部出席，做為我與日新會的首次會面，是一場簡單的茶敘。傍晚茶敘結束，眾人連袂移駕回到熱鬧的臺中市街。臺中市役所的高級官員S先生[8]在城內設了晚宴。

晚餐在臺中州廳附近的梅春園。

那是專門招待內地人的臺灣料理屋。

烏魚子與香腸，豬腳魚翅，紅燒鱉魚，清湯香螺，生炊蟳飯，炒八寶菜。

甜點是杏仁豆腐與八寶甜飯。

以咖啡與包種茶收尾。

端上餐桌的所有食物都很美味，符合內地人的口味，想必是配合內地人而生的臺灣料理吧。我飽嘗美食，好極了的胃口讓同桌的S先生哈哈大笑。

可是不是這樣的。

我要吃的可不是這樣的臺灣料理。

「美島先生，今天晚上並沒有喝到青草茶哦！」

跳上高田夫人家的轎車以前，我先對美島發出抱怨。

美島安靜地看著我。

「萬事拜託了——，美島先生。即使不是青草茶也沒關係，只要是本島人吃的點心就可以了。」

「……好的，我盡力而為。」

美島的眉頭又靠攏了。

[8] 根據《臺灣總督府職員錄》所載，此處S先生應為時年臺中市役所地方理事官助役（市長秘書）島澤治郎。

※

翌日，我因飽腹安眠而精神旺盛，上午進行了在臺灣的第一場演講。

那是日新會對內部成員舉辦的小型演講會，地點就在高田宅邸寬敞的大廳。臺下有許多前一天茶敘見過的熟面孔，額外增加了數名像是婦人親眷的少女與少婦。

上午十點開始，為時兩個鐘頭，演講題目是「《青春記》與我」。

在那之前的早餐是白飯、醬菜、海苔、生雞蛋與烤香魚，味噌湯的湯料是豆腐與鮮魚。與內地的餐桌毫無二致。我興致消減，只吃了六分飽，靠近中午的時候，不由得腹內空虛而整個腦袋裡全是各種各樣的點心。

沾滿砂糖的油炸麵包、奶油餅乾，羊羹和紅豆饅頭——儘管想起來也很垂涎，不過這都是在長崎就能吃到的東西。令人汗水直流的燠熱臺灣，果然需要湯水類的食物。愛玉、粉粿、粉圓、青草茶，還有汁水飽滿的熱帶水果。

啊！好想吃一次愛玉湯！

演講結束，高田夫人代我婉謝眾婦人的午餐邀請。

「本島的五月分就很熱了，很容易產生夏季疲勞的。」

年近五旬、髮絲已顯銀白的高田夫人，是心寬體胖、氣度恢宏的婦人。據說出身鹿兒島士族，與我同樣是九州人。

「今天就不要應酬了，下午由我們家人載您出門遊憩如何？臺中城裡的娛樂館上映美國電影，因為裝設了冷氣機，在夏天很受歡迎哦。」

「冷氣機嗎？」我發出驚呼，「本島太令人驚奇了！」

高田夫人呵呵地笑。

「很多內地人以為本島是落後的窮鄉僻壤呢！即使是旅行過蝦夷和琉球的千鶴子老師，也是這麼想嗎？」

「抱歉，是我失態了。」

我苦笑起來。

「抵達臺灣，不，我是說抵達本島之前，只讀了一些未經整理的旅遊文章，我原想，以臺中州為中心，即使無法遠赴本島的東部，可是縱貫鐵路能夠抵達的西部城市，應該要一一走訪才行。這個想法，是不是也有所疏忽呢？」

「千鶴子老師思慮周全，並沒有您自稱的疏忽呢。從基隆開始，最南端是高雄，總共有十三個大站[9]。就按照千鶴子老師的心意，在這十三個城市演講好了。」高田夫人笑說，「可是在討論細節之前，先填飽肚子吧？」

「哎呀。」

我摀住發出咕嚕巨響的肚子，「不好意思，因為我是貪吃鬼呢。」

「請不必客氣，看見千鶴子老師大口吃飯的盡興表情，身為主人也是深感榮幸呢。」

高田夫人加深了臉上的神祕微笑。

「美島先生囑咐，說您想要吃本島美味的食物，所以今天中午特別請人進了臺中城

[9] 根據臺灣總督府鐵道部年報，推測所稱十三個大站為：基隆、臺北、萬華、桃園、新竹、豐原、臺中、彰化、員林、嘉義、新營、臺南、高雄。

哦。拜您所賜，我也能享用被家人禁止的美食了呢！」

是——嗎——？

我的心被高高提起，嘴角不禁一同上揚起來。

快步走入高田宅邸的西洋式餐廳，一眼便看見漂亮的桃花心木餐桌上面端正放著黑彩描金的美麗漆盒。圍繞著漆盒的，有大盤、小丼碗、小鉢與湯碗。

這是徹底的純和式擺盤。

「是鰻魚飯喔！」

我因為錯愕而全身僵硬，高田夫人卻彷彿拆開禮物似的，露出孩子般開心的笑顏。

「這是本島的野生鰻魚，可比天上美味！我最喜歡鰻魚飯了，千鶴子老師也喜歡吧？」

這種時候，我該說什麼才好呢？

「——是呀，最喜歡了。」

「哎呀，您都喜極而泣了呢。」

「是呢，嗚嗚。」

※

往後的一個星期，我都跟著高田夫人活動。

高田宅邸位在霧峰，主人家出入以轎車代步，對我來說就太束縛了，既不便隨意驅使司機，有意搭乘巴士、臺車又受主人家的客氣阻攔。我跟高田夫人表達心聲，高田夫人笑說您真是颯爽的人物啊！隨後幾天，便帶我到臺中市街上去看屋子。

看過幾間太大的洋房以後，我落腳臺中的第八天，由於位在豐原的演講，美島再次出現了。

那場豐原的演講，是由臺中市役所跟豐原郡役所聯合舉辦。

我在計程車裡前後看了又看，怎麼也沒看出美島可能藏著青草茶之類的東西。

「聽說豐原街有個媽祖廟，是本島人群聚活動的信仰中心。」

「是的，青山老師。」

「美島先生，聽說那裡賣有一種使用醃過的鳳梨做成的飲料。」

「是的，您說的沒錯。」

「今天可以喝那個嗎？」

「好的，我盡力而為。」

「……美島先生，其實不想幫我買本島的食物吧？」

「不，沒有這回事。」

美島一本正經的說出謊言。

啊！真叫人深感鬱悶。

果不其然，直到演講結束，我也沒有喝到鳳梨汁。

也是沒有出乎我的意料，在豐原的那頓午餐，依然是內地人開設的店鋪。月見烏龍麵，搭配燉煮的魚板、牛蒡、蒟蒻、白蘿蔔。

計程車回到高田宅邸，我用最快的速度直直走到高田夫人面前，傾倒水瓶般地抱怨期待落空的這趟旅程。

「高田夫人您說，美島先生這是有什麼顧慮嗎？」

高田夫人聽了呵呵直笑。

「因為呀，那位美島先生是腦袋頑固的年輕人。聽說先前接待內地人，當時的貴賓要求吃『鹹蜆仔』，結果吃壞肚子了，送到醫院去吊點滴才康復，嚇得美島先生臉色發白呢！」

「哦，有這回事！」

我的注意力立刻轉移，「『鹹蜆仔』是什麼？莫非相當美味嗎？」

高田夫人竟然笑得前俯後仰。

「千鶴子老師，很遺憾，高田家沒有辦法幫您準備『鹹蜆仔』，因為那種本島食物，只有本島人才能分辨好壞呢。」

「……這樣呀。」

沮喪令我垂下肩膀。

高田夫人鼓舞士氣般用力一拍我的肩膀。

「這幾天以來，千鶴子老師的苦惱我都是明白的。所以，我安排了會令您開心的事情喔！」

「嗚，鰻魚飯的話就不必了。」

「哎呀討厭！才不是鰻魚飯呢！」

高田夫人放聲大笑，半天才伸手擦去她笑擠而出的眼角眼淚。

「是一位本島人通譯，姓王。既然要去那麼多個城市，固定一位擔任您的地陪，那樣肯定會便利許多。而且比起美島先生，或許更能夠相處融洽吧，因為也是一位年輕的女孩喔！」

「咦？」

「是詢問以後由會內成員舉薦來的，這位通譯原本是村上公學校的國語科教師，能力備受肯定呢。明年年底就要結婚了，於是今年春天辭職在家備嫁——說來很有意思，王小姐的名字跟您是一樣的，全名是王千鶴小姐。如果是王小姐，應該可以判斷『鹹蜆仔』的新鮮程度吧。」

「這、這太好了！」

我差點沒跳起來。

「那位王小姐，什麼時候可以見到？」

「千鶴子老師太心急了。」

高田夫人抿著嘴唇忍笑，「不過，要不是您一進門就拉著我說話，其實早就已經見到面了呢。」

「什麼？」
「王小姐在宴息室，已經等候一段時間了喲。」
「哎呀，哎呀！」
我一下跳起來，快步直衝宴息室。
宴息室的大門敞開，午後的炎陽穿透玻璃窗，照得室內日光融融。裡頭只有一名女性，想必就是王小姐了。
單人的西洋沙發椅上的王小姐似乎聽見我的腳步聲，正款款站起來。
仔細一看那少女粉嫩紅潤的臉蛋，微笑的時候臉頰上有兩個酒窩，日光底下，眼睛燦然發亮。
鼓脹的胸口讓我用力喘了一口氣。
「妳……」
「請問您需要幫忙嗎？」
少女的聲音溫柔含笑，微微帶一點頑皮的聲調。
不知道為什麼，我嘴裡的牙齒跟舌頭忽然打結。
「妳，那天，水果攤前面，黃梨，那個瓜子！」
「是的，我是王千鶴。並不是初次見面，未來還請多多指教。」
「咦！為什麼妳一點也不驚訝？而且，不是公學校教師嗎？妳看起來跟女學生沒有兩樣！」

我一時間找不到說話的次序，「不對，必須先自我介紹，我是青山千鶴子。我們的名字一樣，這就是佛家說的緣分吧！不過，這樣互稱是不是會混淆？該怎麼稱呼才好呀！」

少女千鶴噗哧一笑。

我頓了頓，總算冷靜下來。

「青山老師果然是有趣的人呢。」

少女千鶴說，「那天在水果攤前，來找您的男士有說出您的名字不是嗎？我從家姊那裡獲悉有位青山老師要找通譯，於是就毛遂自薦了。請坐吧。」

「哦，好……。」

我有點呆愣。

「瓜子，青山老師學會怎麼吃了嗎？」

我搖頭。

少女千鶴將西洋茶几上的盤子朝我的方向挪動幾分。

低頭一看。

整盤都是瓜子。黑色的，白色的，黑白條紋的。

「黑色的是那天您帶回去醬油瓜子，不用醬油的話，也可以用甘草或鹽巴炒熟，這是西瓜子哦。白色的是南瓜子。條紋的是葵花子。葵花子不是瓜類，是食用向日葵的種子。我在鄉間吃過生的葵花子，要是有機會，再讓您品嘗看看吧？」

「——那麼，如果我想吃『鹹蜆仔』呢！」

「『鹹蜆仔』嗎？要到清晨的市場才有得買喔，明天為您準備可以嗎？」

「那、那麼，『愛玉』、『粉粿』、『粉圓』和『青草茶』呢？下午買得到嗎？」

「您的臺灣話學得真快呢。」

少女千鶴臉頰浮現酒窩，「現在才吃完午飯吧，三點左右再出門怎麼樣？」

「嗚嗚！妳該不會是天使吧？」

少女千鶴失笑。

我的頭頂熱到彷彿要冒煙了。

「那……那麼，現在請教我怎麼吃瓜子好了。」

少女千鶴笑起來點點頭。

然後，以白皙的牙齒咬開了小小的瓜子。

二——米篩目

「這附近有什麼好吃的嗎？」

「咦？什麼？」

「青山老師不是這麼想的嗎？」

「原來我有說出來呀。」

正埋首筆記本速記的我，竟然不經意吐露了心聲。

我抬起頭，隔著桌子坐在對面的是小千。

「小千」是我在心底私自命名的，實際上我稱呼她為「千鶴小姐」。小千本名王千鶴，我們同名，如果千鶴千鶴地叫著，那可要頭昏了。小千大正六年[10]出生，比我小四歲，所以就叫小千吧！我是這麼想的。

小千以堆擠出酒窩的笑臉說「您並沒有說出來喔」。

「青山老師可能沒有發現，可是『附近有什麼好吃的嗎？』這句話，是您的口頭禪呢。」

「哈哈！貪吃鬼的本性，完全沒有辦法掩飾啊！」

丟下鉛筆，我抓起桌面上剝好的鹽蒜蠶豆酥來吃。

我埋首速記的，是小千為我介紹的臺灣縱貫線鐵道。

最北站基隆，最南則高雄。當中在新竹州末端的竹南車站分岔二路，直到臺中州的彰化車站再度會合，這段竹南彰化間的兩條路線，一是沿海的「海線」，一是依山的「山線」。倘若目的地是臺中車站，必須搭乘山線。我從基隆抵臺中，就是走山線。由於路經

[10] 大正六年為西元一九一七年。

臺灣中部的樞紐城市臺中，山線也稱為臺中線。

這種枯燥的旅遊訊息，寫在小說裡面會有趣嗎？我還沒考慮清楚，手指卻比大腦更快出現反應，鉛筆墨痕塗滿紙頁，這就是身為作家的毛病吧。

昭和十年——亦即我抵達臺灣的三年前，臺灣發生可怖的天災，名為「新竹、臺中州大地震」，死傷人民與毀損建築難以計數。時年震斷了臺中線上的重要橋梁，山洞也因而塌陷，如今通車的是緊急新建路線。儘管如此，我搭乘臺中線進入臺中，絲毫沒有發現不尋常的地方。

傾這塊南國島嶼眾人之力搶修，換得今日火車窗外的明媚風光。

殖民地臺灣啊，我為這份強勁的生命力感到嘆服。

「斷掉的魚藤坪橋位在十六份車站與大安車站之間，曾經獲譽『臺灣鐵道藝術品』呢。從十六份出站南下，窗景可以看見斷橋。青山老師搭車來臺中的時候，或許沒有留意吧。」[11]

「十六份嗎？果然沒有印象。誰能想到路邊存在這麼重要的遺跡！下次經過的時候，我可要仔細留意了。」

臺中線自北向南是竹南、尖山、造橋、北勢、苗栗、南勢、銅鑼、三叉、十六份、大安、后里、豐原、潭子、臺中。

鉛筆唰唰，我的腦袋也運轉起來。

五月甫上臺島，搭乘火車直下臺中，那時我在苗栗車站沒買便當，吃了兩個白飯

[11] 十六份車站即今勝興車站，大安車站即今泰安車站。此處因地震斷毀的魚藤坪橋，今稱魚藤坪斷橋或龍騰斷橋。

糰，經過十六份車站後剝起了懷裡揣著的五個鹽煮鴨蛋，哎呀，想必是為著剝鴨蛋殼而錯失風景。如果二訪，勢必要觀覽一番。

——既然如此，附近有什麼好吃的嗎？

就是我內心浮現這樣念頭的當下，小千說出了我的心聲。

貪吃本性曝露，只好丟下鉛筆，大抓一把剛剝好的蠶豆酥塞進嘴裡。

啊，好吃！

厚者酥鬆，薄者硬脆，蒜香勾動饞蟲，口感和滋味都叫人著迷。

比起羞赧，我更苦惱於太快把第二把蠶豆塞到嘴裡、又太快吞嚥入腹。怎麼辦，能吃第三把嗎？剝蠶豆的小千，好像一個都沒碰。

我的大腦迴路在通往工作正事的路上，因為蠶豆而出現了斷橋。

「青山老師。」

「啊，是，請說！」

「臺中線上的竹南到苗栗這一帶，是本島客家族群的聚落。特別是飲食與語言，跟臺中市街這裡並不相同。現在談這個或許太早了，未來前往拜訪的時候，我再跟您說明有什麼好吃的吧？」

「哎呀呀！真是太感激了！」

令人振奮的小千，也是體貼的小千。

她將盛放剝好的蠶豆的小盤子推向我，於是我痛快地抓起第三把。

嗯？等等。

「千鶴小姐說到客家族群，那麼其他族群是指高砂族嗎？這麼說起來，火車經過苗栗以後，開始聽見了不同的本島方言。儘管聽不懂，可是跟干橋那邊賣水果的少年所講的，似乎不是同一種語言？」

「不愧是在長崎成長的青山老師，對異人的語言很敏銳呢。」

小千繼續剝起蠶豆酥的外殼，「您聽見的，臺中這邊的本島人們說的是『臺灣話』。本島客家人說的，是『客家話』。客家人將說『臺灣話』的族群稱為『福佬人』，有時也把『臺灣話』叫作『福佬話』。高砂族和平埔族，雖說都被視為蕃人，其實是許多不同族群的統稱，擁有各自族群的語言和文化，比如泰雅語、布農語，風俗各自不同。而且，高砂族、平埔族、蕃人的稱呼是不精準的，現在有些學者改以原住種族來通稱這些族群。」

「這樣啊，原住種族的語言反而不是『臺灣話』呢！」

「是呢，因為在帝國領臺以前，使用臺灣話的福佬漢人占多數，所以這個語言很久以前就被稱為臺灣話了。」

「那麼，千鶴小姐是屬於什麼族群呢？」

小千停止剝殼，抬頭向我投以凝視。

「青山老師，這個問題真狡猾呢。」

「咦？怎麼這麼說？」

「今上天皇視民如子，不分種族海內一家——」

小千還沒說完，我立刻抬手阻止。

「抱歉，是我的錯。我不會再問了。」

小千低頭一笑，把聲音放輕了。

「王家是福佬人，福佬人裡的漳州人。」

「咦——？好複雜——」

「『古者百里而異習，千里而殊俗。』這是晏子說的。正因為如此，青山老師才需要我這位通譯嘛。」

說著這樣的話，小千臉色如常，酒窩掛在頰邊。

默默以臼齒磨碎第四把蠶豆，我的肩膀總算放鬆下來。

「本島公學校的國文科教師，知識真是淵博啊！不可小覷不可小覷！」

※

時逢臺灣的梅雨季，沛雨浸潤川岸綠柳，滿漲的川水日夜奔流。潤物的雨腳與滾動的川身，交織為聲響不一的水之樂曲，屢屢在黑夜裡穿透屋瓦與擋雨板，直驅我的枕邊。幾度在沉墜夢境之際，我心想這將是我對臺灣最深刻的記憶之一。

揮別霧峰的高田家，我搬進位在臺中市川端町柳川邊的和式小屋，是六月的事情。

說是「小屋」，是指高田家名下所擁有的房屋當中，可謂小屋者也。看過數間兩層樓的洋房，由於我皆以太過寬敞婉拒，高田夫人勉為其難攜我到柳川邊的這間屋子。

「川端町建設起來是近年的事情，到今天還是臺中市街的邊緣地帶，您看四周都是稻田，怎麼好意思讓您住在這裡嘛！要說優點，就是屋子又新又牢固。先前只有外子進臺中市街工作訪友之餘，偶爾會在這裡小憩。後來我們想起來了，或許千鶴子老師反而喜歡這裡的環境清靜呢？」

那是落成不到幾年的嶄新和式建築。

獨棟小屋面朝東南方的玄關進來是個四疊大的廣間，右側通往西式客廳，左側是西式餐桌為中心的餐廳。西式客廳、西式餐廳、就寢用的次間，以及帶有土間的廚房，各有八疊大小。書齋四疊，女傭房六疊。主要起居的座敷，足足有十疊。附帶泡澡浴缸的浴室一間，和式廁所、西式廁所各一間。

宛如手臂環抱座敷與次間的長長緣廊，沿著房屋東北面轉折西北面，日照良好，也相當通風。緣廊下了沓脫石，庭院裡有數株含笑花和桂花樹，並以修剪成列的金露花充作籬笆，於不同的季節輪綻芬芳。

狀似小巧，萬事俱全。

「這裡好到不能再好了啊，高田夫人！」

我發出盛讚。

高田夫人以圓滾滾的身軀發出等量寬厚的笑聲。

高田家啊，自古有養士之風。高田夫人笑道。

慨然餽贈予我在臺灣期間安居此地，高田夫人行止放達，不愧是九州薩摩藩之後。蒙獲青睞是我的運氣，接受與否則是器量。我以同等氣概堂堂正正地接受了這份慷慨。

「那麼容我領受了！」

高田夫人呵呵直笑，豐滿的臉頰肉將眼睛擠成彎月。

「千鶴子老師，料必以後是個大人物啊！」

哎呀，這如果說的是反話，我也沒辦法了。

六月八日搬入小屋以後，小千每個星期前來兩次。

適合臺灣氣候的輕便洋裝與帽子，皮鞋與木屐，晴天與雨天使用的洋傘，符合身材的斗篷雨衣，以及全新的蚊帳與夏季被套，不知不覺間添購齊備。其實高田家早有人手定時提供協助，這些也非通譯工作範疇，性格細膩的小千卻諸事預先打點妥當。包括臺中州立圖書館的租借證，臺中市街地圖與巴士路線，附近適合獨自用餐的餐館清單，都在我還沒想到的時候就送到面前來了。

「千鶴小姐太能幹了啊！」

「青山老師謬讚了。」

「不不不，這不是客套話喔！」

為了表明這份衷心感受，我以穿透雨聲的音量說話。

「而且不只是蠶豆剝得很完美，千鶴小姐泡的茶水也比別人好喝！」

「青山老師這不是稱讚吧？茶水好喝，只是茶葉很好的緣故哦。」

小千豎著眉毛對我抗議。

哦，除了笑臉之外也有這種表情嘛！

或許是有著孩子般的臉蛋，小千即使嗔怪也很甜美。

一身顏色低調的洋服，小千今天的穿著像會社的事務員，絲毫無損風采。

今天的早飯過後，小千帶著鹽蒜蠶豆酥來拜訪。在以蠶豆為早點的同時，小千如同往常為我解釋前次見面時的各種提問。十點半出門，今天的演講地點是當地的高等女學校，題目老樣子是「《青春記》與我」。

這是小千擔任通譯以來，首次陪同我工作。

先前我提起兩個鐘頭的演講太長了，小千說那麼兩節課好嗎？我像是對著菊子孀孀或春乃那樣地撒嬌說「一個鐘頭也就很足夠了嘛」，小千苦笑說我試試看吧。在那之後，敲定的演講時間便是一節課。

上午的最後一堂課，感覺很餓啊。

我決定要講長崎的桌袱料理，還有強棒麵什麼的。不是有此一說嗎？強棒麵是打從支那福建流傳到長崎的呢！啊，不不，女孩子的話，必須是甜點吧！卡斯提拉蛋糕、年輪蛋糕和撒上碎堅果的冰淇淋聖代，淋滿煉乳的雞蛋糕。

想得我都饑腸轆轆了。

美食令人心情雀躍，計程車抵達高女的學校大門，我們下了車踢著雨水前進。

「久久回來母校一趟，千鶴小姐也很開心吧。」

「是吧。」

「咦，不開心嗎？」

「因為只不過離校三年左右而已嘛。」

此時我才發現小千的微笑有點異樣。

校舍玄關有成列的人群等候我們，一數是有六個人的陣仗。換上拖鞋，寒暄問候，人群便以校長為首簇擁著我向前行走。

我說啊。

身後鞋櫃那裡傳來壓低音量的吩咐聲。

「王小姐是祕書吧，那麼青山老師的皮鞋就麻煩妳了。」

——什麼？

我立定腳步回頭去看，一個連報名號都輪不上的中年男子，正站在小千面前發號施令，「這裡，還有這裡，濺滿泥水了。把鞋子擦拭乾淨這種簡單的工作，至少是辦得到的吧。」

太無禮了！

我當即甩下身邊的人們。

「王小姐是我的通譯。」

「咦，青山老師您……」

「請不要對我的通譯做出無理的要求。」
我強硬地把小千拉到身邊。
小千踉蹌了一下，朝著我抬起頭來。
她仍然微笑，如同進校舍以前那種微妙的笑容。
我的胸口滿脹怒氣。
明明懷抱雀躍之心前往，卻以稻草堵塞悶燒冒煙的心情結尾。
這是我抵達臺灣以來，首次感到最深刻的不愉快。就連美島的百般敷衍，都不曾令我這般生厭。
演講結束在午休時間的打鈴聲響起。
我謝絕女學校的午餐邀請，連計程車也不等，抓著小千的手腕就走。走出玄關發現細雨迎面拂來，才又大步咚咚作響地折回去取傘。
「千鶴小姐不生氣嗎？遭受如此侮辱，換作我就把皮鞋砸到對方臉上！」
「青山老師的話，好像真的會做出這種事情呢。」
「啊！太不愉快了！生氣的時候必須吃美食！這附近有什麼好吃的嗎？」
噗哧。
小千又是那樣輕快地一笑，「去新富町市場的鮮魚店吧，青山老師喜歡生魚片吧。」
儘管想要克制食量，不過肚鳴滾動如雷，同樣也很嚇人。
我索性發出豪語，「現在的我，簡直可以吃下一整條鮪魚！」

「那我可要拜見一下青山老師的英姿了。」

被我的反應逗笑了似的，小千的臉頰掛著輕鬆的笑渦。

我像是要撞破雨幕般向前邁步。

啊，我不明白啊，有什麼道理小千非得遭到這種對待不可呢？

※

「嗯——可是說到底，接受私人單位聘僱的本島女通譯，那不是跟雜役一樣的嗎？」

當地農林專門學部的I書記，說出這話時臉上絲毫沒有愧色。

明明是日本語，卻宛如我聽不懂的語言，叫人腦袋一片空白。

由於日新會與高田夫人的地緣關係，臺中的活動接二連三冒出來。高等女學校之後，我應安排前往臺北帝國大學位在臺中的附屬學部。原以為高等女學校的那場遭遇是特例，我對I書記發作牢騷，他卻流露困惑的表情。

隨後，還將小千跟雜役相提並論。

「擔任通譯的女性很少見，又是本島人，實際上專業能力如何呢？雖然您說那位昔日是教師，不過是在公學校任教[12]的嘛……」

難道說這是會傳染的疫病嗎？

討厭職業女性——我也不是沒有遇過這樣的人。

[12] 日本時代的初等教育體制以授課語言及課程內容，大致分為日本人（內地人）就讀的「小學校」與臺灣人（本島人）就讀的「公學校」。臺灣小學校與日本內地小學校的授課內容幾無分別，公學校課程則否，並且使用國語（日本語）授課比例較低。由於升學考試以國語為主，對小學校學生有利。此處I書記發言意指王千鶴在公學校任教，語言能力未必等同專業通譯。

——什麼女流作家，「作家」之前還標榜女性，擺明是招睞恩客的說詞吧！
小說改編成電影以後，我在某個文友聚會的場合裡聽過這樣的風言風語。
——女人啊，聖戰當前，唯一該做的就是回家多生兩個孩子！
可是I書記對我卻相當客氣周到。所以並不是針對職業女性嗎？
一不小心，我連激憤的時機都錯失了。
胃裡卻仍有火苗蹦跳。
「說起來，剛才開始就沒看見王小姐，已經到午宴的餐廳等候了嗎？」
「那位嗎？因為今天的場合用不上通譯，很早就請她回去了。」
「請她回去了？」
「是喲。」
我按捺住肚子裡愈燒愈烈的火焰。
「要是這樣的話，請容我婉謝這次的午餐宴請吧。」
「青山老師這是？」
I書記驚訝地看著我。
想必是我的臉色不好，I書記的驚訝又轉成迷惘，看似想不透為什麼會演變成這種事態。
「我抵達本島的時候，原本安排給我的通譯是臺中市役所的美島先生。恕我請教I先生，如果今天來的是美島先生，貴校也會請他離開嗎？」

「那當然不會了。」I書記以誠實無比的疑惑之色面向我，「畢竟美島先生是市役所職員啊！」

——有問題的人，該不會是我吧！

可是我沒有接受這種安排的器量。

在I書記為難的表情裡我搭上計程車。

腹鳴如鐘，響徹車廂，一路迴盪到我抵達柳川邊的小屋。

磅磅推開沒上鑰的勝手口[13]門扉，目光越過廚房，果然看見坐在西式餐桌前的小千。

「千鶴小姐吃過飯了嗎？」

「是的。」

「可是我的肚子餓得扁扁的了！」

我朝著小千大喊，一喊出聲竟然感覺委屈。

小千卻笑了。

一點都不好笑啊，為什麼小千還能笑得出來呢？

也是在此時，我意識到廚房裡有肉湯、醬油、韭菜混合的飯菜香氣。

這是什麼！我在市街的路邊攤上有聞過雷同的味道。

「是米篩目喔。」

小千立刻看穿我，微微一笑。

「米篩目是將米磨成粉漿，揉團後製成有如粗麵一樣的食物。鹹味的米篩目會用上

[13]「勝手口」是位在廚房的出入口，一般供家中女眷與傭人使用。

豬骨熬的湯，再投入韭菜與醬油燉煮的豬肉末。」
「聽起來也太好吃了吧！」
我在土間踢掉鞋子，小千已經過來揭開鍋蓋。
香氣盈滿廚房。
「本島人會將米篩目當作點心。原先料想您的午宴會吃得不愉快，所以我買了一些回來。才回來不久，湯還熱著，或者青山老師想要重新熱過？」
美食當前何須囉嗦。
端鍋入餐廳，吸啜蕎麥麵那樣我稀哩呼嚕地大吃起來。
碗空了，小千就添上。
我吃到鍋底朝天才罷休。
「青山老師有吃飽嗎？」
我點頭，又搖頭。
小千笑說這樣是什麼意思嘛。
「千鶴小姐。」
「是的？」
「臺灣是殖民地啊。」
「是的喔。」
「接受日新會的邀請以前，曾有內地的出版社出資讓我來臺灣，只要我配合『南進』

書寫文章就可以了。我沒有答應這個要求。以筆為槍，哈！自詡為日之丸帝國的國家，為了戰爭要做到這種地步，不是太可笑了嗎？當然，撕破嘴我也不會對外直言這樣的話的，但可笑的事情就是可笑。最討厭這種毫無道理的世間禮法了！女人非得要結婚，那種可笑的事情我也無法接受，會讓我頭頂生煙。」

話一開頭，我就停不下來。

「如果有一天——我是說如果，有一天戰爭到了帝國讓作家的筆只能當作槍來使用的地步，那時候該怎麼辦呢？我就丟掉筆遁逃吧。如果到了非得結婚不可的那一天，我就剃度出家。千鶴小姐，您明白我的心情嗎？」

「青山老師的話，想必是做得出來的呢。」

「千鶴小姐。」

我鄭重地說，「我想跟千鶴小姐當朋友。」

※

雨水總算停歇。

收起擋雨板，玻璃障子也向兩側推開，日光與清風一同送入室內。

我和小千在緣廊剝荔枝來吃。

「所以不去角板山嗎？也不去製糖工場？」

「那都是臺灣總督府的樣板景點嘛。」

小千為我帶來的《臺灣鐵道旅行案內》內有「臺灣遊覽略圖」，上頭標識著名的旅遊勝地。邊看邊回憶讀過的資料，感覺跟內地旅行社的臺灣觀光團募集廣告有不少重疊之處。

我說我不想去那種觀光景點，小千似乎並不意外。

「因為好像有點理解青山老師的作風了呢。」

「是吧？為了某個景點趕車，匆匆去了一個地方，緊接著下一個地方——那不是旅行，所謂的遊覽，只是趕路罷了。」

「這樣說來，旅行是什麼呢？」

「旅行啊，是在外生活。」

「這——？」

「就是在外地試著度過四季的生活，日常的生活。拋卻由於習慣而生出陳舊之氣的生活環境，走到另外一地去過日子，重新找回生活在世間的新鮮感受。這樣說來，旅行是令人洗刷身心的法門。」

「是這樣呀，所以高田夫人說您會在本島待到明年呢。」

「哦！原本我只打算在本島旅行半年，然而仰賴高田夫人的幫助，可以待得更久了。以遊記和演講做為食客的貢獻，換得一年旅居時光。日後回到九州，文稿改寫成書，可以叫作《臺灣漫遊錄》吧，是不是？既然要寫的話，一年四季，春夏秋冬，這樣比較圓滿吧！難道不是嗎？」

換作其他人，肯定會對我嗤之以鼻吧。男人會喝斥我說「整天在外鬼混的臭女人，成什麼體統」。就算是撫育我長大的菊子嬸嬸，日前拍來的電報也是隱含告誡：「勿忘家鄉，望兒早歸。」

可是小千只是微微一笑。

「是的喔，相當圓滿呢。」

我也忍不住嘿嘿一笑了。

雨後的日光閃耀。

穿過樹縫的光點照映小千的手指，還有去殼後同樣瑩白的荔枝。

一早由小千帶來的黑葉荔枝剪去枝葉，以水清洗外殼，布巾擦乾表面水珠，墊著報紙送到緣廊。小千手指靈巧，持著小刀從荔枝尾部往蒂頭一劃，蒂頭處旋轉一圈，迅速去掉外殼和果籽，果肉放在剔透的彩色玻璃鉢裡，靜靜堆成小山。

東坡先生有詩作，「日啖荔枝三百顆，不辭長作嶺南人。」

要是東坡先生身邊有小千，一天可以吃上六百顆吧。那個時候，或許也會為小千作詩。

我就笨拙多了，既不會作詩，荔枝也是剝一顆破一顆，雙手汁水淋漓。手指牙齒並用地囓咬果肉，最後狼狽吐出果籽。

「請用。」

荔枝全數剝完，玻璃鉢往我手邊推送過來，小千俐落摺起滿是棄物的報紙說失陪一下。走向廚房的小千，再回來時端著熱茶。

啊，無微不至的小千。

甜美的荔枝若問良伴，最宜清香的臺灣烏龍茶。一口茶，兩口荔枝，鼻腔盈滿甘冽的香氣。我詩興大發，於是剽竊東坡先生試作絕句：

「臺灣四時春，果物次第新。日日啖荔枝，不作趕路人。」[14]

小千聽著失笑說那是什麼呀。

「就是說，比起去角板山，像這樣吃荔枝豈不更愉快嗎？揮汗追逐虛妄的名勝，忘卻美好的事物就在身邊，那樣未免太遺憾了。」

「高田夫人說的果然沒錯，青山老師未來會是大人物吧。」

「說的可不是反話吧！」

「不是反話，也不是客套話喔。」

「畢竟啊，我來到本島至今不到兩個月，演講和茶話會，加上那些午宴晚宴什麼應酬場合到底參與了多少回呀？名片都可以做成歌牌[15]來玩了！像這樣的悠閒時光，才叫作生活啊。」

沒等小千附和，我重申所謂的生活這件事情呢，不是社交應酬的那種形式，是吃飯、穿衣、走路、睡覺，如同度過家常日子那樣的，我想要更加深入本島人的生活。

對我的暢所欲言，小千一概以傾聽之姿微笑點頭。

[14] 此處絕句仿自蘇軾〈惠州一絕〉：「羅浮山下四時春，盧橘楊梅次第新。日啖荔枝三百顆，不辭長作嶺南人。」

[15] 歌牌，又稱歌留多、花牌，為日本傳統正月新年時用以遊樂競技的紙牌遊戲。較常見者是以和歌《小倉百人一首》為本，「詠唱牌」與「奪取牌」各一百張，由一人吟唱「詠唱牌」後，玩家競奪對應的「奪取牌」。

「話說回來，千鶴小姐沒吃荔枝嗎？該不會顧著幫我剝吧！」
「買的時候吃過了。荔枝上火，體質的緣故，我無法多吃的。」
「啊，這樣啊……」
「不過，還以為青山老師一定會想去角板山呢。」
「咦，話題又回來了呢！可是為什麼這麼問？因為那邊的蕃人嗎？」
「不，是那邊的臺車。臺車是運行在輕便鐵道的推車，臺車車伕推動臺車後會跳上車，直到臺車在軌道上逐漸停止，又會跳下去推車——青山老師有搭過臺車吧？角板山的臺車，下山時驚心動魄，據說旅客都會留下深刻記憶。」
我哈的一聲，「難道說我看起來是在追尋歷險的旅行家嗎？」
「不如說，如果青山老師說想去角板山，我會勸您打消心意吧。」
「這又是為什麼？」
「曾經聽說過一件角板山的陳年往事。那裡的警察駐在所，有位年輕的警手不知道是趕路或者玩心大發，總是要求車伕在下山時也必須用力推動臺車，儘管車伕們勸阻，也並沒有收效。」
「哦？」
「有一次速度實在太快了，遇見上行的臺車卻無法煞車，於是相撞之下年輕警手就飛出去了。」
「——飛出去了。」

「嗯，飛出去了。在可以俯瞰淡水河的山野美景裡，飛到山坡軌道上滾了好幾圈喔。」

小千的口吻平淡而冷靜。

我想著那景色，卻忍不住哈哈大笑起來。

「哎呀，真是悲慘的故事啊。」

「可是您在笑呢。」

說著這種話的小千，明明臉頰邊也堆擠出了兩個酒窩。

「這種事情是打從哪裡聽來的啦！」

「所以才說青山老師需要我這位通譯嘛。」

「哎呀哎呀，不可小覷不可小覷！」

我捉起玻璃鉢裡的荔枝果肉，往小千的嘴裡餵了一個。

小千躲避不及，鼓著臉頰對我露出嗔怪之色。

「青山老師，我說了不行的吧。」

「剛才的荔枝，很甜吧！荔枝上火，可是西瓜退火呀，那吃完荔枝再來吃西瓜不就行了嗎？」

小千顯然拿我的無賴沒有辦法，只能轉為一臉無奈了。

「您說西瓜什麼的，吃了以後怎麼吃得下午飯呢？」

「午飯不是千鶴小姐要煮米篩目嗎？美味的食物，多少都吃得下呀。」

上次吃過米篩目之後，我追問了許多跟米篩目有關的事情。

臺灣在來米磨成粉漿，瀝水後揉團，煮熟一部分的米糰，投入生糰裡一起揉製為柔軟的大糰子，透過篩目——篩子的網眼——擠壓成條狀，就是米篩目了。甜湯的米篩目可以熱吃也可以冷吃，加入刨冰的甜品米篩目在夏季大受歡迎，有攤販以仙草、愛玉、綠豆、紅豆做為佐料。仙草和愛玉我都想吃，想了想全部放在同一個大碗裡的模樣，可要比珠寶盒還要炫目多了！

不過，甜湯是點心。

今天午餐將要堂堂上場的主角是鹹湯米篩目。

鹹湯有豬骨、豬肉熬湯的，也有以魚蝦海鮮熬湯的。上回吃的攤販在湯頭裡勺入了一匙燉煮豬肉末「肉臊」，其他也有加入紅蔥頭製成的「油蔥酥」的做法。韭菜之外，配料有燉煮的雞蛋「滷蛋」，燉煮的丸子「滷丸」，臺南高雄一帶則會加入魚肉、鮮蚵，四方作風不一。

——米篩目沒有固定的配方，所以能夠展現各地的特色呢。

小千這麼說了，我便興致高昂地回應「那我想吃九州風味的米篩目」。

至於九州風味是什麼呢？或許是偏甜的醬油風味吧。

總之試試看就知道了！

「固然青山老師說多少都吃得下……今早姑且從市場買了兩斤的米篩目，可是米篩目不耐放，這一餐就必須吃完呢。」

「千鶴小姐也要一起吃的嘛。」

「青山老師，小女子不才，已經被您氣飽了呢。」

「哈哈哈，傷腦筋啊！」

小千那張少女甜美的臉蛋，佯裝生氣也無法產生恫嚇之效。

「現在的我，別說兩斤，可以吃下兩百斤的米篩目啊！」

小千便又笑了。

「那我要再度拜見青山老師的英姿了。」

上次她說這話的時候，我並沒有吃下一整條鮪魚。

一合米煮成的醋飯。宴客用的大盤生魚片刺身。甘露煮香魚、烤香菇、炸牛蒡、涼拌綠竹筍與玉子燒，揉入碎海苔的山藥泥。茶碗蒸與蛤蜊清湯。最後是鰻魚散壽司。在小千的面前，我以在土俵裡拍手的氣勢大吃大喝。[16]

這種食量，根本就是妖怪。光子姊姊完美的注解。

小千卻連眉毛都沒有抬一下。

這正是奇怪的地方。

粗枝大葉如我，也不是沒有發現小千的異於尋常。

公學校的國文科教師。高等女學校的畢業生。與婦人團體日新會有所往來的家族出身。這樣的小千卻毫無氣焰。奇妙的是，小千並非一切都逆來順受，她會抗議，然而即使是抗議，也討人喜歡。

[16] 日本相撲力士登上競賽場地「土俵」時會進行拍手、搓揉雙手、二度拍手、雙手向外開伸的連貫動作。在此處應是自比相撲力士大展手腳。

小千令我如墜山林雲霧。

當我表白想要成為朋友的心跡之時，小千不是答應，也非拒絕。

——那個時候，小千凝望著我片刻後，微笑起來說「我明白了」。

「能面」。或者說，「小面」。

能劇裡可愛而美麗的年輕女人的面具。

小千的笑容，就像是小面那樣。

真是不明白這個人啊！

「千鶴小姐。」

「是的。」

「不覺得我食量大得有如妖怪嗎？」

小千還是那張能面的笑容，酒窩堆在兩頰。

「《史記》有云，『王者以民為天，而民以食為天。』所以說，能吃是福嘛。」

真是滴水不漏。我擊掌而笑。

「面對妖怪也不變色，必須引為至交。從今以後，請讓我叫妳小千！」

三——麻薏湯

手巧的人剝土豆也好看。

左手的拇指與食指捏在土豆殼上，右手持著的小銀勺伸入殼中輕輕一抬，油亮的土豆仁便咕嚕咕嚕地滾落。這就是行雲流水的真義吧。跟荔枝不同，我剝土豆快得多，可是遠遠比不上小千剝殼時兼具速度的那份優雅。

受到香味所誘，在街上買了十錢的水煮帶殼土豆。少年小販拉長聲音如歌一樣叫賣的土豆，就是花生[17]。

小千一一剝殼，剝好了的土豆仁最後連同盤子送到我手邊。

我將土豆仁倒進嘴裡大嚼。

「小千知道泉鏡花嗎？」

「嗯，是寫《高野聖》的那位嗎？」

「據說泉鏡花有嚴重的潔癖哦。」

「我才沒有潔癖呢。」

抓了第二把，我宛如化身牛馬，享受咀嚼土豆的幸福感。

「嗯——講究衛生的小千，志向是成為醫生嗎？」

「那種事情辦不到吧。」

我只好搔頭大嘆，「居然又猜錯了啊！」

我們身在彰化。

借彰化座放映電影《青春記》，觀影結束後是一場茶話會。午餐招待臺島宴席料理，

[17] 日文稱花生為「南京豆」，此處原文將「花生」、「花生仁」以片假名拼音作「トオタウ」、「トオタウジン」，故譯文使用臺語正字「土豆」、「土豆仁」。

我們在開幕未久的高賓閣酒家吃了川湯蝦、蔥燒雞、什錦魚羹鍋、杏仁豆腐和冰糖蓮子，揮別彰化在地的陪客是下午一點半左右。

那種大擺陣仗的宴席菜，美食當前也是有如枵腹從公啊。

小千明白我，便引領我漫步遊覽小西街，偶爾在攤販前停下來吃點心，沿路吃了肉饅頭、麥芽糖、愛玉湯，乃至內地流傳過來的太鼓饅頭[18]。

彰化市街令人生出時光飛逝的錯覺。

清國時代，今日的彰化市一帶築有磚砌的高牆與城門，彼時稱為彰化縣城。小西街是連接西門與北門的熱鬧地帶，本島人們在此幹活、戀愛、成家、生活，百年來都是如此。

小千手指方位為我介紹往昔城門的所在。大正年間的市區改正，城牆一一拆除，如今城市面貌與往昔截然不同。

此地唯一不變的，是緊鄰城市的八卦山。炎夏的靛藍天空底下，南國山林鬱鬱彷彿一片綠澤。

倘若無人解釋，那看上去不過是一座不甚起眼的小山罷了。觀光客知道的，也只是八卦山脈坐擁臺島名泉之一的彰化溫泉吧。然則清國時代的彰化八景之一「定寨望洋」，便是因八卦山脈古名定軍山，以及其軍備位置而生。

我不由得在那短暫的片刻，遙想古時的本島人駐軍山頭，是懷抱著何等豪情遠眺海洋呢？

雖說是汗溼衣衫、令人無法生出感傷的熾熱夏日啊。

[18] 肉饅頭即包子，太鼓饅頭即車輪餅。

——國破山河在，城春草木深。

杜子美跨越千年而來的悲哀詩句浮現在我心底。[19]

以我的立場，這份悲哀來得不合時宜吧。連這樣的心情也令我胸口鼓脹。

不過說到底，就算想效仿文豪大肆抒發胸臆間的豐沛情感，任誰也招架不住南國夏季午後的當空驕陽。半途我就拉著小千鑽進喫茶店，享受電風扇吹拂而來的涼風。

忘卻杜子美，點了蘇打水與冰咖啡。

店家是純喫茶，否則這種天氣應該來兩杯冰啤酒吧！

只因為身為女人，這種不便要到何年何月呢？土豆仁這種點心，還是啤酒更為匹配嘛——好的，這種牢騷就到此為止。我加點了果醬三明治、火腿三明治與奶油泡芙。飲料點心每樣都是七十錢。本島與內地的喫茶店同樣並非實惠路線，但要是到咖啡屋，帳單想必翻倍都不夠吧，這樣想來喫茶店也是不壞的。[20]

捉起毛巾擦乾汗水，我顛三倒四地跟小千說了這番心得。

「青山老師志向遠大，未來開一間販售啤酒的喫茶店，也是可以的吧。」

「酒精有戰爭管制呀，不對不對，我的志向才不是做生意呢！」

「是呢，您的志向都在電影裡說明了嘛。」

「啊哈哈，那個啊。」

我收斂了笑聲，「——電影是電影，小說是小說，我是我。」

「我知道喔。」

[19] 杜甫字子美，詩句典出杜甫〈春望〉：「國破山河在，城春草木深。感時花濺淚，恨別鳥驚心。烽火連三月，家書抵萬金。白頭搔更短，渾欲不勝簪。」

[20] 日本時代的咖啡屋屬於以女給（女服務生）做為招睞特點的風化場所，喫茶店則相對多為純喫茶的場所，服務的差異也反映在價格上。

含笑說著這話的小千垂下眼瞼。

長長的眼睫毛眨動像電影的字卡跳躍。

電影《青春記》所演繹的只是小說的部分片段。甫出世的女嬰個頭健碩，致使母親難產逝世，父親棄養般將女嬰送到隔著海岬的遙遠分家。「那是背負詛咒的孩子」，在眾人背後的議論裡，叔父心無芥蒂地為女孩開蒙，親自教授書法。童稚的女孩成長到九歲上，叔父卻意外喪命於一場馬車失事，當下若非嬸嬸堅持扶養，女孩就要送到荒僻的庵堂去了。

儘管出身富貴，卻從尊榮體面的本家流落到沒有子嗣的分家，二度歷經有如風暴般的喪親之痛，短短的人生飽受耳語干擾。青春少女所仰賴的，乃是人格高貴的扶養者，以及扶養者龐大的藏書。因此即使心懷迷惘，痛切質疑自己活在世間的意義，徘徊在長崎港邊意欲縱身一跳，少女最終仍在文學裡獲得救贖，高等女學校畢業的隔年正式開啟了她的文學事業。

像這樣談論自己的創作不免臉紅。不過，由於深入刻劃少女細緻的心事情懷，《青春記》無論小說或電影，不分年齡的許多女性都在觀後為之落淚。

一襲高女制服的電影女演員Y小姐，那張在港灣碼頭凝望海洋的側臉，印刷成海報與明信片到處放送。畫面出自電影裡最重要的場景。長崎港灣的海風裡Y小姐神情由迷茫轉為忿忿，激動，隨後按捺情緒，因委屈而屏息落淚，直到下定決心而露出堅毅眼神。字卡插入：「我絕不命斷於此。」Y小姐果斷轉身離開碼頭的那一幕，放映現場總是響起熱烈掌聲。

小說發行、電影上映以後，我多次收到雷同的真摯信件與當面鼓勵：「青山老師平安無事真是太好了」、「謝謝您持續寫作」。

——電影是電影，小說是小說，我是我。

不過，我的志向是文學，這一點是真實的。

於是反過來推敲小千的志向。

「小學教師？」

「已經辭職了呢。」

「也有可能繼續求學嘛，音樂家？」

「並不擅長演奏與唱歌喲。」

「打字員？」

「猜不中也沒關係的嘛。」

前後問了好幾個都落空。結果，也不是醫生呀。

剝好的土豆仁、三明治、泡芙全數抓來大口咀嚼，我雙手沾滿油花。表情優閒的小千以毛巾擦淨雙手以後，果然連一顆土豆仁都沒吃，乾淨潔白的雙手攤開筆記本，剛剛翻過一頁。反過來說，高賓閣那種眾人齊聚的餐桌上，雖說進食少，小千還是有動筷子的。究竟差異在哪裡呢？

也罷也罷，至少這次喝了冰咖啡。

「時間還早，青山老師要不要去古城鹿港呢？三十分鐘後有一班火車發車。只是這麼一來，要入夜後才能回到臺中了。」[21]

「一府二鹿三艋舺」，是那個古城鹿港，當然要去了！

我丟下擦拭雙手後油膩的毛巾徑行盥洗室。

再出來時，我們的桌邊站立著兩位女士。

小千壟罩在女士們的身影之下。女士們背對我而無從看見面目，只能從洋裝花樣判斷是年輕的女性。

彰化與臺中的火車車程僅四十分鐘，是遇見熟人嗎？

「——喝×××長大的人，現在也能進喫茶店了啊。」

「×××」是臺灣話，我不明其義。

另一名女士輕笑而肩膀抖動，「不是這麼說的嘛，說不定人家是在這裡當女給呀！」

我前去一左一右地按住她們的肩膀。

她們遭受突如其來的觸碰而身軀驚顫，並且因著與我的身高落差，不得不在退開幾步後仰頭以對。

我用盡全力露出了燦爛的笑容。

「恕我請教兩位文明的淑女，為什麼對敝人珍視的貴客如此無禮？」

※

[21] 此處所說係「新高製糖株式會社鐵道」和美彰化鹿港間通行的糖鐵火車，今已不存。

是刻意強調的東京腔標準國語，還是高大體格的緣故呢？總之收效良好。兩位女士滿臉脹紅，什麼都沒點就垂頭逃逸。我坐進原先的座位。

我向小千投以凝視，小千回望著我。

她依然在臉上堆出兩個甜美的酒窩。

那不是笑容，只是堆擠出酒窩的表情罷了。

小千掛著毫無動搖的能面，我也不願意就此軟化。

「——不說嗎？」

「相當感謝青山老師的鼎力相助。」

「不是那個。」

「那麼是？」

「她們。」

「是遠親姊妹。」

「姊妹卻說那種無禮的話嗎？」

「其實呢，高級咖啡屋的女給，確實有高女畢業生喔。」

完美無瑕的能面。

我垮下肩膀。

「那個『×××』，說的是什麼？」

小千笑說您的耳朵真靈敏呢。

「『麻薏湯』是一種以黃麻的嫩葉煮成的湯。」

「回臺中以後，我想喝那個麻薏湯。」

「麻薏湯不好喝的，市場上也沒有販售。」

我作懷疑貌，「不好喝嗎？」

小千一笑，「很苦的喔。別說內地人，本島人也有許多人不吃的。」

「簡單來說，是窮人的食物，對吧？」

我沒等小千反應，敞開直言：「市場上為什麼沒有販售麻薏湯呢？黃麻是做布袋與繩索之用的農作物，摘取黃麻的嫩葉烹煮成湯，想必是黃麻農作的副產品吧。這麼說來，只有種植黃麻的農家，以及貧困的人家，才會食用這種湯品。我在北海道與琉球，聽說過類似的事情。不，如果認真打聽的話，想必東京也存在這種事情吧。」

「青山老師學識淵博……」

「不對，我想說的是，那麼她們為什麼說小千是喝麻薏湯長大的人呢？小千既然透過令姊向高田夫人應聘通譯這個工作，意味著王氏一族的身分地位與日新會成員相去不遠。就我所知，日新會的婦人成員全部來自臺中州達官顯要之家，沒有錯吧？」

「青山老師如此在意通譯的出身，真是令人驚訝呢。」

小千淺笑以對，輕聲說那麼我請高田夫人另聘高明吧。

「小千。」

我一個字一個字地說道：「那是因為我很在意妳。」

小千不笑了。

我反而笑起來。

「因為在意妳這位本島朋友，所以努力做了很多關於本島的功課。這樣是否能夠讓小千明白呢？我是真心想與妳結交朋友的。」

※

離開喫茶店，我們搭車去了鹿港。

事後回想鹿港的旅行，只模糊記得那是充滿支那情調的古老市街，連名刹龍山寺也無甚印象。那並非鹿港令人記憶淺薄，而是我們一路暢談小千的身世的緣故。古鎮鹿港的街景如退潮海水，朝我湧來的是臺島家族的故事。

清國嘉慶之世初期，王氏一族的「開臺祖」自支那渡海來臺，是個至今仍保有封建作風的家族。以臺中頂橋子頭為據點，王氏家族是富農地主。帝國領臺，王氏一族服從時勢，成為帝國的順民。如今的當家人是第六代，妻妾共出三子三女，全數積極接受現代教育。

小千是王氏一族第六代妾室所生的女兒。

本島人的大家族關係複雜。妾室出身卑微，原是鄉下農家姑娘，豆蔻年華於藝旦間賣唱時受到第六代青睞而娶為妾室。富農王氏一族視妾室為無物，妾室的孩子也備受冷落。妾生子尚可仰賴家族對男孩的優先照料，妾生女卻陷入餐飯不繼的窘境，不得不送回娘家代為撫育。由於妾室的娘家種植黃麻，這位妾生女便自幼遭受「喝麻薏湯長大的」之譏。

幸運的是，妾生女初露早慧天資，得以在少女時期獲得栽培，換來家族中人日漸看重。

我聽得迷惘。

「看重……是指什麼？」

本島女子與內地女子，同樣被視為家族的財產。有何看重之說？

呵呵。

小千發出笑聲，「與家姊變得親近了嘛。有賴這樣的親密手足關係，我才能夠成為青山老師的通譯哦。」

「小千又說這種避重就輕的話了。」

「哎呀，也逐漸被青山老師看透了呢。」

我回應以鼻子哼哼的笑。

「我的未婚夫，是自幼在內地成長的優秀男性呢。兩個家族有意成為經營夥伴，有賴這個婚約，總算順利推行了。」

「什麼？這也可以說是『看重』嗎？」

「因為妾室的孩子，通常也是走上做人妾室的命運哦。」

「那是清國時代的事情吧！」

「本島至今還是有娶妾室的舊慣。如果不是妾室，就是給富有鰥夫做續絃妻吧，更加不堪的家庭，還讓妾生的女兒跟長工結婚，換取品質優良的勞動力。我的運氣不錯，如今是帝國推行國語家庭的年代，國語科教師的頭銜也是貴重的嫁妝了，所以換到一名相當出色的未婚夫。」

眉頭緊皺到我感覺整張臉已經皺成一團。

「唔，總覺得無法接受啊。」

「家父與家姊力排眾議做主的，因為是接受內地現代教育的男性，或許能夠琴瑟和鳴呀。這也是疼愛我的表現吧。」

「這種命運——不是應該起身對抗嗎？明明有結婚以外的道路吧！」

小千側頭仰望我，眼睛瞇為彎彎的弦月。

「世間女子多數的命運是相似的。既然命運只有一種，把這個命運活好了，就是最好的選擇。」

「無法理解啊。」

我的臉大概皺如酸梅了吧。

「咦，難道說，小千的志向是成為大家族的主人嗎？」

「可惜，小女子並沒有那等野心。」

又猜錯了。

但這個猜測落空反使我心情愉快。

陰暗的家族宅室裡汲汲營營，那未免太小心眼了！

我以輕快的腳步前行，走出一間[22]左右才想到步伐差距，連忙止步回望落後的小千。

小千臉上是一派輕鬆的笑容。

如同高山雲霧蘢罩的笑容。

「……小千的家族，三個兒子三個女兒，關係最親密的是異母的姊姊嗎？不是同胞兄弟？」

「哎呀，真是敏銳呢。」

「其實都並不親密，對吧？」

「青山老師的志向是成為偵探嗎？」

「會提出這個問題，看來飽學的小千也有讀偵探小說吧。那麼，姑且聽我的推理吧——由於未來的出色妹婿是在內地求學成長的男人，不如讓妹妹備嫁的閒暇時間擔任內地人的通譯，有助於認識內地風俗，是這樣的吧。這麼說來，儘管小千最初說的是毛遂自薦，但實際上是令姊的要求吧！」

推理結束，我氣勢洶洶地望向小千。

「青山老師，我並沒有說謊喔。」

小千彎起嘴角，「只是沒有揭露全部的事實罷了，您說是嗎？」

「咦咦，這樣不算說謊嗎？」

「而且意外交到青山老師這樣珍貴的朋友了呢，可喜可賀可喜可賀。」

[22] 日本舊制距離單位，一間約一・八公尺。

嗯嗯嗯？好像輸了一著？

我只能「唔嗯嗚咕」地發出無意義的咕噥。

我們並肩又走出了兩間左右。

「既然如此不要稱呼我『老師』了吧！」

「好的，青山小姐。」

「嗚嗯——」

※

按照順序，小千的手足是大姊超英，大哥天貴，二哥萬里，三哥天賢，小千行五，小妹超雄。從名字就能分出區別。原來如此，正室的孩子擁有受到老天疼愛、寄予厚望的名字，妾室的孩子則是以數字單位為起點，加上好的寓意所命名的吧。萬里與千鶴，由數目大的單位遞減，或許蘊藏不願妾室生子太多的涵義。

本島人的名字深富意趣，令人著迷。

小千的哥哥們各自擔任家族的土地、房屋與生意營運的管理人。姊妹當中的姊姊已經婚嫁育子，夫家是臺中州地方從事金融業的地主家族。與高田夫人交好，確實是夫家的緣故吧。那麼妹妹呢？

一問之下，才知道妹妹正在東京就讀音樂專門學校，預計明年春天畢業。

「這麼說起來，妹妹跟小千的年齡很相近呢。」

「是呢。」

「既然如此，要是那位未婚夫真正萬中選一，為什麼不是成為妹妹的丈夫？都在內地讀書，直接在那裡結婚生活也可以吧。」

「因為名字相衝了。未婚夫名叫秀雄，妹妹的名字卻是超雄，容易產生不適當的聯想，雙方家庭都不願意的。」

「唔嗯——」

古鎮的紅磚街道走了許久，我們在市集的點心攤前歇腳。

點心是肉丸子湯，小碗的肉湯裡浮著形狀不一的丸子，湯面點綴香菜碎末。儘管聊著令人不愉快的話題，我也臣服於美味而一連吃了三碗，最後請攤販打包以做土產。

回過神來，我們準備搭車回彰化的那時，雙手已經提滿肉粽、肉丸子、芋頭丸子與各種糕點，不得不放在地上候車。

小千沒有抱怨我不經思索的行徑，或許因為我在市集的書攤裡買了一本漢文小說做為她的土產，為這份禮物所收買了吧。

南國島嶼直到晚間六時仍然有日光，一絲一縷轉為滿天彩霞。

小千站立候車的月臺，目光順著軌道延伸而去。夕照描金般地將小千的側臉勾勒出立體動人的線條。簡直是電影海報。是電影女演員Y小姐站在長崎港灣邊的那個模樣。

說不定是我擅自將小千與自己的身影重疊了。

「那位未婚夫，是什麼樣的人啊？」

「說是什麼樣的人，只有一起吃過一頓飯，所以也不清楚呢。」

「這樣也可以嗎？」

「相親不都是這樣的嗎？青山小姐的經驗難道不一樣？」

「嗚，無法反駁。」

光子姊姊、年子嫂嫂拿著相親帖子朝我逼近的景象，感覺是才不久以前發生的事情。

「可是接受這種命運的小千，未免太可憐了！」

小千小聲地笑說「很感謝這份維護之心哦」。

「接受命運比較輕鬆——實際上來說就是如此。可是呀，無論內地或本島，自詡是現代文明人的男人們鼓吹自由戀愛，抱怨買辦婚姻令人窒息，婚禮後立刻拋下妻子到內地繼續就學、工作，所謂的困擾只是婚禮進行的那幾個星期罷了。對於女人來說，結婚卻是前世今生的分隔啊。」

「哦，小千這是對我敞開心扉了嗎？」

小千發出小小的笑聲。

「明明知道接受命運比較輕鬆，可是一想到這些事情，相親時的那頓飯瞬間變得好難吃了。這種女人的心境，怎麼就沒有作家寫出來呢？」

我啊啊地發出感嘆。

「說的也是哪，本島的大家族，小千的身世故事，處處充滿異國情調的戲劇性。我不會作詩，不過是應該為小千寫一部小說呀！」

「……。」

斜陽的陰影之下，小千的臉龐叫人看不分明。

「莫非，小千的志向是小說家嗎？」

「可——惜——。」

「竟然還是猜錯！」

「只給您最後一次機會了喔。」

「什麼？原來有次數的限制嗎？」

回到彰化，我們轉乘臺中線列車直驅臺中車站。

天幕層層化為豆沙羊羹色，車廂裡亮起燈火。

鐵軌上規律震動的車廂宛如搖籃，我歪在窗邊凝望人間萬物飛逝。

南國，島嶼，臺灣啊。

夕陽全部沉沒了，莫名叫人生出感傷。

飛光飛光啊，勸爾一杯酒！[23]

※

好像打了個盹。

[23] 典出李賀〈苦晝短〉：「飛光飛光，勸爾一杯酒。吾不識青天高，黃地厚，唯見月寒日暖，來煎人壽。食熊則肥，食蛙則瘦。神君何在，太一安有。天東有若木，下置銜燭龍。吾將斬龍足，嚼龍肉。使之朝不得回，夜不得伏。自然老者不死，少者不哭。何為服黃金，吞白玉。誰似任公子，雲中騎碧驢。劉徹茂陵多滯骨，嬴政梓棺費鮑魚。」

醒來時，看見小千在燈下安靜讀書。

是那本在鹿港買的漢文小說。

小千忘我地沉浸在書裡。

「……很有趣嗎？那本小說。」

「嗯。」

「燈光這麼暗也看得很開心呢。」

「嗯。」

「這樣啊，那是什麼樣的故事呢？」

直到此時小千才魂魄回到軀殼般地抬起臉來，朝我微微一笑。

「是以府城臺南許多廟宇的諸位神明大人做為主角，運用傳說故事寫成的神怪小說。對內地人來說，想必會因為陌生而覺得無趣吧。」[24]

「不會的，請說說看吧。」

既然您這麼說了。

小千說著將書頁翻到開頭。

「故事一開始是這樣的，府城的赤崁樓鄰近有一座小上帝廟，小上帝廟香火零落，主祀的神明大人上帝爺與祂的輔佐神就像是遭難了一樣的窮困，一陣七月的颱風把廟宇吹垮了，上帝爺只好請輔佐神明典當祂的通天冠換錢來修補……」

「七月的颱風嗎？那麼最近也會有颱風了？」

[24] 根據後文所述小說內容，此處的漢文小說應是許丙丁一九三一年至一九三二年連載於《三六九小報》，日後集結成書出版的《小封神》。

「這裡說的是臺灣曆，通常是新曆的八月。不過，確實不久之後就會迎來颱風了。青山小姐住處在柳川邊，可以一觀河水的洶湧之勢呢。」

我「嗯嗯」地點頭，小千便接著往下翻譯。

——上帝爺的輔佐神明是康元帥與趙元帥，兩位神明獲得典當的銀錢，路經媽祖宮廟口，媽祖娘娘的手下千里眼順風耳正在那裡聚賭，心想賭贏了就能贖回上帝爺的頭冠，豈不是好事一件嗎？可是卻沒有想到，賭博的對手是耳聰目明的千里眼將軍與順風耳將軍呀，最後輸光了全副身家。

沒有了通天冠連修補廟宇的銀錢也落空，這該怎麼辦呢？康元帥趙元帥不敢據實稟報，於是謊稱是在媽祖宮前被一名獠牙大漢所劫，上帝爺怒火中燒，提劍直往媽祖宮，見到一名獠牙大漢，當即以繩索綑綁起來，吊在小上帝廟的廟埕前方示眾羞辱。哎呀，意外的是，原來這位獠牙大漢並不是千里眼將軍，而是隔壁文昌祠的魁星爺呢——

故事令人莞爾，我避免打斷小千而忍耐笑聲。

小千也不理我，逕自在那昏暗的燈下以好聽的聲音輕輕誦讀。

彷彿浸入溫暖的泉水那樣舒服，我瞇起眼睛。

故事後來怎麼了呢？

魁星爺沒來由地受辱，文昌祠的眾文人神明請求孔老夫子主持正義，老夫子為求事態緩和，表明不應貿然與莽漢正面衝突，卻引發三千門徒的不滿，孔老夫子不得不找上隔壁武廟的關聖帝君去做說客了。那位義薄雲天的關聖帝君果然同意，跨上飛快的赤兔馬到了小上帝廟，開頭談得也尚稱順利，然而說到上帝爺錯認魁星為千里眼這件事，上帝爺卻惱羞成怒起來……

搖搖晃晃的車廂裡有許多聲音。

人們的聲音，車輪輾過鐵軌的聲音，列車的引擎隆隆。那許多聲音裡只有小千的嗓音像弦線，撥動清澈通透的樂曲。

忽然有靈光閃進我的心底。

「我知道了！小千的志向是成為專業的通譯吧，是小說翻譯家！」

我倏然睜開眼睛。

黯淡的燈光底下，小千朝我揚起微笑。

那張無懈可擊的能面之上，唯有一雙眼睛閃動前所未見的光采。

※

以黃麻的嫩葉煮成的湯。

聽到這種說法的時候，還以為摘下黃麻梢頭的嫩葉、投入熱湯裡就可以了，結果遠比想像的繁瑣許多。

直挺挺的黃麻，折下尚未轉為硬韌纖維的上方莖部，隨後揀選嫩葉——對黃麻一知半解的人，即使以指腹觸摸也未必知道葉片的柔軟程度是否適口，熟知烹飪麻薏湯之道的人，卻一眼瞥過就能輕易判斷了。

真正細小幼嫩的嫩葉是少數，葉脈中肋明顯的居多。挑去嫩葉的中肋，分成兩邊宛如上下端拉長了的半月形葉片。四斤的黃麻嫩莖，處理到這個時刻為止，便剩下不到四分之一。

備好清水與竹畚箕，接下來是考驗功力的時刻。

在畚箕裡以巧妙的力道搓揉嫩葉葉片，是為了將葉片加以細碎。不時加入流水，乃為了沖去苦汁。這個步驟要持續好一陣子，必須搓去苦澀汁液，同時保留黃麻嫩葉的滋味與營養。那絕非搓洗衣物般的賣力蠻幹，否則當嬌嫩的碎葉隨水流失，餘下的便僅僅是葉片的細小支脈罷了。

如此搓揉大約二十分鐘。當然，二十分鐘是以熟手而言，換作笨拙的我，即使花費一個鐘頭也是可能的。待得畚箕底部揉出一大團萌蔥色[25]的嫩葉團子，就算大功告成。此時又比搓揉前的分量少了些許。

但總算可以進行烹煮了。

燒一大鍋水，依照喜好的分量投入切塊的番薯，大火滾熟。隨後以手捏散嫩葉團子入鍋，翠綠色的團塊在湯鍋裡嘩然解散，這時要維持大火煮湯，留意以同個方向畫圓攪拌，遇有白色浮沫則撈起撇除。獨特的麻薏香氣會逐漸濃烈起來，令人精神一新。此時，視情況加入喜歡的小魚乾與少許鹽巴。

對了，上述過程裡要抽空洗米煮飯。

[25] 萌蔥色為日本傳統色彩之一，為濃綠帶暗藍的青蔥色。

米飯即將煮熟的前夕，頂部不是浮有一層白稠的米湯嗎？儘管可能會令米飯的滋味略遜，這個時候仍然要狠下心來，煮飯之初多添些許水分，以便最後撈起幾勺米湯，注入湯鍋添增麻薏湯的滑順口感與甘美之味。

「雖說是窮人的食物，麻薏湯繁瑣的料理步驟根本可比宴席菜色！」

廚房裡我忍不住大聲興嘆。

屁股往地板上一坐，我把雙腳伸在廚房土間處，貪涼地踩著沓脫石。

小千微笑不語，遞來井水沖洗後冰涼的毛巾。毛巾貼在臉上的瞬間，我打從心底感到得救了。

麻薏湯是夏季的菜色。

臺島七月的熱天，揀菜、搓揉、煮飯、烹湯，全程花費兩個多鐘頭，染得雙手指甲縫隙青黑一片，大火滾湯的時候更是揮汗如雨。

將黃麻的嫩葉化作翠綠色的麻薏湯，堪稱殫智竭力。

小千端詳湯鍋裡的狀況。

「再熬煮五分鐘左右就好了。麻薏湯消暑，有人放涼了喝冷湯。青山小姐可以先品嘗熱湯的滋味，這樣就能喝到兩種風味了。」

「哎呀，第一個想到要吃麻薏湯的人，應該是美食家吧！」

我這麼說，小千就笑了。

「第一次品嘗麻薏湯的內地人，您倒是我所知的第一人呢。麻薏湯的滋味很苦哦，請不要懷抱美食的期待。」

小千說著往碗櫥裡取碗，我趕緊跳起來協助。

我們以兩個大大的碗公盛飯，宛如茶泡飯那樣將麻薏湯傾入飯碗裡頭。

是的，兩個大碗公。

我的，以及小千的。

挑揀麻葉的時候，我問起小千跟未婚夫相親吃飯的事情。

——那是單獨吃飯嗎？

——是呀。

——好奇怪啊小千。

——青山小姐的意思是？

——為什麼可以跟未婚夫同桌吃飯，卻不跟我同桌吃飯呢？

坦白講，我自己也知道這話毫無道理。

不過小千並沒有反駁我的無賴。

——哎呀，被您發現了呢。

——這麼說來，果然是刻意的囉！但那是為什麼呢？

——這個嘛……。

——小千，我想聽的是全部的事實喔！

小千為此停下挑揀麻葉的動作。

——如果您沒有詢問，我不會主動說明。從一開始我就是這麼想的。然而要是您問起了，我就會據實回應。

所以答案是什麼呢？

「無論青山小姐的觀點如何，本島人做為您的通譯，我確實被寄予從事祕書性工作的期待。在這個立場上，本島通譯是內地作家的從屬人員，並不適合同桌吃飯。」

小千表情嚴肅，我按捺著心情等待她說完。

「說到底，是我不願以下屬之禮跟您同桌吃飯。如果要吃飯，那麼就必須是對等的關係。這就是為什麼我可以跟未婚夫同桌吃飯，可以在眾人同桌時吃飯，可是無法跟青山小姐單獨共餐。」

我緩緩地吐出憋住的氣息。

「跟青山『老師』固然不行，可如果是跟青山千鶴子這個人呢？」

小千笑了。

「是的呢，所以現在可以跟您同桌共餐了。」

於是，我們以兩個大大的碗公盛了麻薏湯泡飯。

這是今天的午餐。

配菜是前一天在鹿港買回的土產，那堆在冰箱裡保存一夜的各色丸子，原本已經是熟食，僅需架鍋蒸熱。另有小千上午來訪的時候，連黃麻一同攜來的鹹蜆仔與蘿蔔醬菜。

將屋內所有的障子打開通風，餐廳也顯得明亮而舒爽。

湯鍋、碗公、大盤、箸匙全部擺上西式餐桌。

三斤的各色丸子分作兩半，一人一個大盤子。

大碗公裡是米飯堆成的小丘，綠色的海洋滿潮，番薯與小魚錯落其中。

「小千吃的完嗎？」

「青山小姐才是呢，那湯您一口都還沒嘗過，真叫人憂慮啊。」

哼！

我立刻勺起飯湯往嘴裡一送。

這、這該說是什麼滋味呢？嘴裡唾液滿溢。

一口之後，再一口。

再一口。又一口。

小千說您不必勉強喔。

最後一小塊番薯用以作結，我捧著碗公將餘湯喝盡，吁出長氣。

「苦味裡有甘甜的餘味，說起來跟茶湯是一樣的。只吃這點分量，或許不足夠體會麻薏湯的真正滋味吧。沒問題的，這我能吃好幾碗！」

好像不能輸給您呢。

小千低聲這麼說。

「正所謂『投我以木瓜，報之以瓊琚』嘛。」

各色丸子裡有四種肉丸子、一種芋頭丸子。

四種肉丸子，第一種以樹薯粉、番薯粉揉製成的外皮裹著豬肉餡，煮熟後外皮略顯透明；第二種以豬肉混合粉漿錘製為肉片做為外皮，內裡填餡；第三種是以醬料醃漬後捏成的豬肉丸子；第四種是加入爽脆口感的切塊果實，再與豬肉同捏為丸子。以及一種大小如幼童拳頭的芋頭丸子，削成粗籤狀的芋頭絲與粉漿拌勻，中置醬漬豬肉塊，蒸熟成形，從中央切塊後食用。[26]

小千執起筷子，向大盤子下箸。

從第一種開始，按照透明丸子、肉皮丸子、醬肉丸子、爽脆丸子、芋頭丸子的順序吃了一輪。然後第二輪。接著第三輪。喝了湯，配醬菜，再第四輪，第五輪，第六輪……

我目瞪口呆。

以優雅與速度兼具的姿態，小千吃完了她那份大盤子裡的丸子。

——這種食量，根本就是妖怪。

說實話連我也曾經想過，這天底下，去哪裡才能找到另外一名妖怪夥伴呢？

「小千！這是宿命的相遇啊！」

我跳起來，大聲發出豪語：「我們一起吃遍臺島吧！」

小千先是怔了一下，隨後笑起來點點頭。

日光盈滿了小屋。

啊，南國，島嶼，臺灣啊！

[26] 根據形容，依序應為今日的鹿港名產水晶餃、扁食燕、蒸丸、水丸、芋丸。

四——生魚片

四角六面的骨製骰子，在本島和內地看起來是所差無幾的。

簡易遊戲可持三顆骰子，六個骰面為一點到六點，擲入大碗裡的骰面最低點數為三點，最高十八點，莊家與閒家擲骰子對決，比點數大小。只需要骰子與大碗，隨時隨地都可以進行，是本島風行的賭博遊戲。

我把大碗公往餐桌一放。

是的，是我們整個夏天吃麻薏湯專用的大碗公。

越過大碗公所在的桌面，對面站著的是小千。

「哦呵！開始吧！」

為了增強氣勢，我大大地轉動臂膀。

小千默默注視著我的虛張聲勢，只在嘴角邊啣著微笑。

做莊的人是小千。

我們比賽擲出的骰面大小，點數高者勝出。

不過，我們賭的不是錢，而是小千要不要住進川端町的柳川小屋。

這是怎麼說的呢？

以臺中為旅居生活的據點，我入住柳川邊的小屋約莫兩個月了。

這段期間，小千始終以固定的頻率造訪我的小屋。

酷熱的夏天，屋簷陰影又濃又深，我並非未曾留意小千總是因日曬而滿臉通紅，卻直到不經意問起，才遲鈍知悉了小千是步行通勤。

明明有市內巴士，為什麼要步行呢？

小千回應我說步行才能順路購物呀。

這麼說起來，不時提出說想吃這個、想吃那個的，我正是那位造成小千負擔的罪魁禍首。

翻出地圖對照方位，頂橋子頭的王家，乃在臺中市街最東南邊的曙町之南，據說鄰近那裡的第二中學校。川端町呢，卻是臺中市街最西北邊的一個町。

經由貫穿並劃分臺中市街各町的大正橋通，從王家到柳川小屋必須走過整個臺中市街，距離粗估是二十町[27]。

頭頂南國有如火山熔岩般的烈陽，背負包袱步行二十町嗎？不，如果還要繞道採買貪吃鬼所要求的點心與食材，肯定負重走了超過二十町的路程吧！

儘管自詡體魄強悍，我也感到這是苦行僧修行般的差事。

所以說，當下提出這樣的建議不也是合乎情理的嗎？

——小千就在這裡住下來吧！

我朗聲這麼宣告。

小千卻並未給予同等豪快的回覆。

——即使是嬌貴的女學生，走這點路程也只是尋常的事情。

表達婉謝的小千與我在座敷的桌前陷入僵局。

「為什麼不願意住下來呢？」

[27] 一町約一〇九公尺，二十町即兩公里強。

「那麼又為什麼非得住下來不可呢？」

「用問題回覆問題，只會陷入問題的漩渦啊！」

確實如此呢。小千點點頭說，「既然是您提出住下來的建議，請您先回答為什麼非得這麼做不可吧？」

「首先，這樣比較輕鬆不是嗎？省去通勤的辛勞，也不必待在需要周旋的家庭。對了，小千喜歡讀書吧！有個專門販售漢文書的書局就在這附近不是嗎？未來就能經常去逛書局了嘛。還有還有，可以一起上市場吧，小千愛吃什麼呢？到時候不必顧慮任何人，我們盡情地採購回來。只要喜歡，也能夠上餐廳大大方方地享用美食！」[28]

「嗯——固然很感謝這份厚愛，青山小姐所提出的確實也是優點，可是，說不上是非得住下來不可的理由呢。」

「確、確實如此。」

話雖如此，一旦浮現這個念頭，就覺得無法放棄了。

小千住下來的話，肯定比較有趣的嘛！

然而要賴到這種程度的言語，即使恣意如我也無法說出口啊。

我往榻榻米一躺。

「青山小姐，裙子會皺掉喔。」

「現在的我無法提出理由，可是很不甘心。」

「是這樣呀。」

[28] 青山千鶴子此處所提及的漢文專門書局，應為時年位於寶町的中央書局。中央書局於一九二七年創建，係日本時代臺灣本島販售漢文書籍最具規模的書局。

小千安靜了片刻，出主意說不然玩個遊戲吧？
如此這般，我們匆匆上街買了骰子回來。
中途旁觀壯漢拉糖蔥的表演，順手買下一大包切段糖蔥，這種小事且暫時不提了。
此時此刻，小屋的餐桌上有個大碗公。
我與小千隔著碗公相對。
小千做莊，閒家是後手擲骰。
「先跟小千說一聲，我的運氣一向是很強的喲！」
「真巧，我也是喔。」
小千說完，捏住三個骰子便往碗裡一放。
骰子喀啦喀啦在大碗公裡滾動，翻騰以後一個一個靜止下來。
——三個骰子，都是六點朝上。
我失聲大叫：「竟然是十八點！」
小千微微笑起來，酒窩浮現臉龐。
「青山小姐，我的運氣真的很不錯呢。」
「這這這……」
內地的骰子賭博遊戲，有種作弊的方法是在骰子某一面略略灌入金粉，令其面沉重，如此一來就能掌握部分骰子的點數。
可是，這是在市街上隨意入手的骰子，怎麼可能作弊？

我很快擲下骰子，並且同樣迅速地證明了骰子是平凡無奇的。

三點、四點、五點，總和十二點。

勉強也可以說是運氣強盛吧，但在絕壁般的十八點之前，完全慘敗了。

「……那麼至少從步行改為騎腳踏車吧？不會騎的話，我教妳吧！」

「青山小姐，不如這個問題也擲骰子如何？」

「好！換我先擲！」

在那之後。

我九點。

小千十二點。

哎呀呀呀，無可奈何，只好摸著鼻子去伏案工作了。

※

柳川小屋的西洋書案上，我踏實進行著「臺灣漫遊錄」的寫作。

驅動我提筆的並不是政策，也不是稿酬。

碰到趣味的見聞，或者心中偶得感想，我便從隨身攜帶的滑蓋鉛筆盒取出筆來塗寫一番。找不到筆記本，就撕下日曆紙、包裝紙，或者以舊報紙充作便條。由於一概擱往書齋，各色小開本的筆記本與紙條層層疊疊，書案桌面與抽屜不敷使用，只得向外蔓延，書櫃、窗臺、地板……四疊大小的書齋各處堆滿了書堆與紙屑。

這樣散漫的做法，總有些筆記後來怎麼也找不到了，也有乾涸後的米粒黏合了上下紙張、最後不得不撕破而失去筆記的狀況。

但我並非一味邋遢的懶惰鬼。

每隔一陣子我會收拾那些本子與紙條。原本以鉛筆塗寫的潦草筆記，好好理順了，再以鋼筆謄寫在硬皮的筆記本裡。檢閱鉛筆筆記而獲得靈感所寫的雜文，也是此時唰唰地在稿紙上完成。短文寄給臺北的臺日新報社，偶爾長一點的文章，則寄公論雜誌社。[29]

住進小屋以後，我一個月寫六篇文稿，多在這種日子寫就。倘若得心應手，一次可以產出兩篇稿件。

由於要一鼓作氣，只有這天我會在吃過午飯後開始動手，大致分為前半段分類、整理、謄寫，晚餐以貓飯[30]或外賣壽司、蕎麥麵解決，再進入後半段的謄寫、構思、寫稿，一路寫到深夜。

完稿擲筆之時，我通常已是肚腹大唱空城，雙眼浮動金星。要是運氣好，外頭會有叫賣麵茶的小販嗚起汽笛，夏夜廣袤稻田吹來的颼颼涼風裡，舒舒服服吃一碗熱燙的麵茶，可以懷抱溫暖的肚腹入眠。運氣不好，就只能吃廚房裡儲放的白吐司了。即使運氣不好的時候居多，我也不改作息。

小千很早就發現我這樣的工作惡習。

書齋與餐廳相連，考量通風與採光，我從不以障子隔間。有時紙條筆記堆積到餐桌

[29] 臺日新報社係指《臺灣日日新報》報社，公論雜誌社係指《臺灣公論》雜誌社。

[30] 貓飯是一種簡便的日本家常速食，常見為味噌湯澆白飯，以及白飯上撒柴魚片淋醬油。

上，小千不發一語將之掃進書齋的紙堆裡。唯有儲放吐司的櫥櫃，悄悄多出羊羹與紅豆麵包。

但大約彰化、鹿港旅行歸返那陣子，小千送來了數個陶甕與外送提盒。輕薄的紙條容易遺失，隨時收納進那肚寬口小的支那式陶甕。小小的筆記本則放置外送提盒，如此可以隨手拿起再度筆記。儘管我仍然偶爾丟失一兩件筆記，但那之後寫作前的整理工作確實大幅縮短了工時。

改善的還有晚飯。

我要伏案工作的那一天，小千會留到傍晚。

整理筆記時看見麵線，大喊說想要吃麵線，晚飯時刻小千就會端上蛤蜊蛋花麵線與山藥泥麵線。聖書云，神說要有光就有了光。我說要吃炒米粉、湯冬粉、煮大麵、生蛋拌烏龍麵，小千便點亮了餐桌。

有一回我說想吃片岡先生書上提及的潤餅卷[31]，小千提早前來備菜。市場新製的土豆粉與魚鬆。要吃之前才揉碎的黝黑海苔。本島酸菜與泡菜。分批水煮的豆芽菜、韭菜、高麗菜、筊白筍、綠竹筍、蓮藕、毛豆、花生，該切絲的皆切作粗絲狀，豆類一一剝粒。河蝦去腸泥，燙起去殼。豆干、香腸、豬肉各以恰到好處的火侯煎起來，切成片狀。紅蘿蔔與牛蒡削籤，以醬油與砂糖燉成略甜的口味。不需調理的小黃瓜、芹菜、蔥白、蒜苗與香菜，仔細洗切一番。

我終究忍不住偷看了幾眼。

[31] 原注：片岡巖大正九年著述《臺灣風俗誌》，「臺灣人的食物」篇章「潤餅皮」一節，說明潤餅皮如何以鐵鍋燒製，並可以豆芽菜、土豆粉、菜脯、豬肉、卵臊、滸苔等物包捲而食，此物即潤餅卷。

「我喜歡雞蛋，可以放雞蛋嗎？玉子燒或蛋絲都可以。」

小千說好。

然後廚房起了油鍋。雞蛋加鹽打散為蛋液，以漏勺孔洞漏入高溫油鍋，取長筷撥弄鍋內飄浮的蛋花，便很快散開為泡泡般的小小蛋塊。小小蛋塊顏色轉深，立刻起鍋瀝去油份。

我不由得大樂。

「這是雞蛋版本的天婦羅渣吧！」

「這個名叫『蛋酥』[32]，是臺灣傳統菜色裡的重要食材。雖說通常做不成主角，卻是很多菜餚裡不能缺少的配角呢。」

「還真是奢侈華麗的料理手法哪！」

「青山小姐，您這才發現潤餅卷是多麼奢侈的料理嗎？」

我哈哈大笑。

那天晚上我們餐桌對坐，盡情捲入喜歡的配料，兩個人把買來的一斤半分量的潤餅皮全部吃掉了。

我突發奇想，「好像可以包烏魚子啊！」

小千戴上完美的能面笑道：「您怎麼不索性包金箔呢？」

「因為金箔不好吃啊！」

「……。」

[32] 青山千鶴子注解潤餅捲時曾引用片岡巖紀錄，其中提及的「卵臊」實際就是蛋酥，但作者似乎並未發覺二者同為一物。

為著小千下廚的晚飯，我在八月伏案寫稿的次數默默增長起來。

——青山老師。

小千包潤餅卷的那天，高田家的女傭佐惠大嬸正好前來小屋清掃，事後趁著小千不在，對我發出感慨說「那位辛勤的王小姐究竟是您的祕書還是通譯呀，該領兩份薪水吧」。

啊，眼睛上的蛤蜊貝殼掉下來[33]，真是一語道破。

我立刻邀請小千上料亭吃飯。

生魚片、握壽司、壽司卷、茶碗蒸、湯豆腐，全部點一輪。不過在那之前，先請店家送上切得極薄的冷鮮魚片。

我盯著小千把魚片放入嘴裡咀嚼，興沖沖追問喜歡不喜歡。

「問說喜歡不喜歡……不如說，畢竟本島人吃不出生魚片的美味，青山小姐請我吃這種昂貴的料理，實在太浪費了。」

「不不，並不是本島人無法理解生魚片的美味，因為現在是夏天嘛！生魚片最好吃的時候，還是冬天與春天呀。而且該怎麼說呢……有了！在九州與山口交接一帶，下關那裡的河豚冷鮮魚片，那種美味才是，相信任何人都可以在入口的瞬間理解的吧！未來有機會，還請小千務必要去九州一遊。」

小千側頭想了想。

「接下來的演講要去嘉義呢，鄰近的布袋港海洋魚鮮相當知名。同樣是生食料理，

[33] 日文有「鱗片從眼睛掉落」（目から鱗が落ちる）的俗諺，意指恍然大悟。在這裡「鱗片」變異為「蛤蜊貝殼」，或許是想強調恍然大悟的強度。

不如請青山小姐到嘉義品嘗本島人的口味吧？」

我立即應聲說好。

「咦，該不會還是鹹蜆仔吧？」

面對我的發問，小千堆起臉上的酒窩。

「要說相似也是相似的，但並不是鹹蜆仔，是『膎』。」

——「膎」？

那個時候我認真地問清楚發音並記錄下來。

伏案整理這個月的第五次筆記，我看見紙條上正寫著關於「膎」的筆記：

以海產的鮮魚、鮮蝦等物為原料，加入食鹽、砂糖、酒醋等大量調味料並儲放於大甕，醃漬、日曬一個月以上熟成的食物。

此時是八月第三個星期六。

我們將在下個星期六前往嘉義。

筆記書頁翻動，海潮香氣穿透紙張拂面而來，令我直嚥口水。

「小千——今天的晚飯，我想吃加了很多鮮魚與海帶芽的味噌湯！」

※

說起來，我對嘉義的印象淺薄，想必多數的內地人跟我相同吧。

招睞觀光旅行的日程表，若非嘉義神社、嘉義公園，最為著名的景點當數阿里山。當然，也包含嘉義至阿里山的這段森林迷幻鐵道之旅。

嘉義車站發車，抵達阿里山車站，這段林業鐵道路線的車窗景觀可說是遠近馳名，畢竟阿里山車站位在海拔兩千公尺以上的高山之巔呢！

試想大霧瀰漫的深邃森林，倏忽有列車穿破迷霧，響起蒸汽火車令人心碎的長長鳴笛。車輪緊咬鐵軌，列車寸寸爬上高山的那份鋼鐵意志，也叫人著迷。

當雲霧散去的片刻，探頭往窗外一看，高高直直插入天際雲霧裡的神木，列隊般夾著鐵軌，氣勢逼人。

每到花開時節，更有櫻花夾道。

臺灣山櫻花。

千島櫻。

吉野櫻。

富士櫻。

八重櫻謝盡，就是夏天了。

正是「往昔奈良八重櫻，盛開今日九重宮」[34]啊。

如今是花季已盡的八月天，車廂喀噠喀噠搖晃，在小千那副好聽嗓音的解說裡，我仍然陶醉遙想那高山上的櫻花。

[34] 典出日本和歌集《小倉百人一首》第六十一首，在此用以讚嘆從遙遠故地移植而來的櫻花依然盛開。

深紅色，淺紅色，粉紅色，粉白色，白裡帶紅，紅裡透白。

往昔奈良八重櫻，盛開今日阿里山——

「突然好想吃真鯛的生魚片了！」[35]

「您才吃了兩個便當呢。」

「哎呀，那什麼愛國便當，只有飯糰和酸梅，能夠叫作鐵道便當嗎？才沒多久以前還能吃到豐盛菜色的便當呢！在月臺叫賣炒米粉的小販，又去哪裡了？所以說戰爭——罷了罷了，抱怨這種事情徒惹人心煩呀。」[36]

十一時的火車自臺中直驅嘉義，到站將是接近下午二時的事情。蒸汽火車要燒煤才能前進，人的肚子是火爐，食物就是煤炭，不可不吃飯啊！

小千沒有附和我的牢騷，若無其事地繼續為我介紹嘉義。

嘉義古名諸羅山。

稱為諸羅山，卻是城市之名。嘉義是本島在清國時代建設城郭的城市當中相當早的一個，亦有一說，嘉義乃是全島第一座建築之城。

到底是不是如此呢？我這樣的外地旅人就不予評價了。只是一想到敝帚自珍的道理，果然放在何處都是相同的，嘉義人對家鄉所懷抱的愛情，在我看來顯得極為可愛。

跟小千說了這樣的心得，小千頰上的酒窩便又浮現了。

「青山小姐，要聽個關於嘉義的故事嗎？」

「洗耳恭聽。」

[35] 真鯛的生魚片色澤與櫻花相近，或因此產生聯想。

[36] 中國盧溝橋事變一週年的一九三八年七月起，因戰爭態勢影響，臺灣鐵道便當受到管制，全面販售僅有飯糰、醬菜為內容物的「愛國便當」。青山千鶴子抵臺的一九三八年五月尚未管制，應是此時才發覺變化。

「二百多年前的清國時代，有位出身嘉義的名將王得祿，由於亮眼的戰功，道光皇帝封為太子太保。這是清國時代臺灣的所有官員中最高的官銜，王得祿的故鄉由此得名，就是現在的嘉義太保庄。這位王得祿首次上戰場是十七歲那一年，清國重要民變事件的起事者林爽文占領諸羅縣城，少年王得祿自告奮勇擔任聯絡官，領兵突圍向外求援。從這個時候起，少年軍官王得祿對抗起事領袖林爽文，累計大小戰事近百場……」

「啊，這少年戰神的形象，簡直是歌舞伎的劇碼！」

「隔年，清國乾隆皇帝的軍隊增援，王得祿跟隨領軍的清國將軍持續參戰，直到林爽文事件完全平定。乾隆皇帝感佩王得祿為首的諸羅眾人，宣稱嘉獎義舉，將諸羅改名嘉義，並且封賞這位少年擔任五品武官——青山小姐，清國官員的等級制度分為九品，跟明治維新以前的律令制相同，最低到最高是『從九品』、『正九品』、『從八品』、『正八品』……這意思是說，王得祿獲賞五品武官，即使是從五品，也是一口氣躍升了八個等級。」

少年軍官的風采彷彿浮現眼前。

「果然可以寫成劇本吧，寫小說呀！此前只聽過國姓爺的故事，誰知道竟然有這樣一位王太保？」

我不禁吐露感慨。

小千微微一笑。

「您現在知道了，這位一生征戰的王得祿，生命的起點、武者的起點，都是嘉義喔。」

「哎呀，不可小覷不可小覷。」

「嘉義著名的媽祖廟與大道公廟，可也都有兩、三百年的漫長歷史呢。」

「咦——這麼說來，直到今天都還沒有機會參拜本島人的廟宇呢！」

話一出口，我忽然興味大起。

「小千所說的廟宇，是在嘉義的何處呢？」

「恕我提醒青山小姐，下午三點就必須抵達會場，今天不可能成行喔。」

明明「有沒有時間先去看廟」這句話，我都還沒問出口呢！

大大嘆一口氣，我把身體歪在車窗邊。

小千對我出示她的筆記本。

紙頁的最頂一行與最左一列是漢字，夾在二者中間的則是無數阿拉伯數字。

「這是哪裡的時刻表？」

「是嘉義車站。位處高山與平原之間，嘉義車站匯聚臺灣鐵道、林業鐵道、糖業鐵道。這種三個鐵道共站的情形，在本島或許只有嘉義才有。」

「哦哦，果然不簡單？」

儘管不知道用意，但大力讚美總不會有錯的。

小千為此噗哧一笑，以指尖為我指點時刻表的重點。

「我提到的古老廟宇位在新港，有糖鐵可從嘉義搭乘到新港，可是您看，今天下午演講結束，已經沒有適合的往返時刻了。如果是明天上午，心情悠哉的參拜也比較好吧？今天的旅館我已經事前連絡，確認有本島人廚師，也願意為青山小姐準備布袋港來的蚵仔羹與文蛤羹……」

原本為了不打斷小千，我僅以點頭附和，聽到最後的晚餐安排，興奮的心情令我連肩膀都為之搖晃。

「小千是千手觀音菩薩！這些繁瑣的事情，得要花多少時間啊？今天無法參拜媽祖娘娘，應該膜拜小千才是。」

「青山小姐太誇大了。」

「不不，能夠吃到想吃的食物，人生沒有比這個更圓滿的事情了。」

小千失笑，「青山小姐，太誇大了。」

「佛家有云人間三毒貪嗔癡，說到這份對食物的執念呀，哪怕是皈依剃度了，我也無法成佛吧，畢竟肚子裡養了一隻妖怪嘛！」

或許是我的感嘆太深切，小千的笑容裡添增了困惑之色。

我頓了一下。

「……童年時代的某一個夏天呀，在山野裡的小庵堂住了兩個月，每天只吃米飯與一點點醬菜。」

「您說每天？」

「是呀。」

「其他人也這麼吃嗎？」

「沒有其他人，只有我一個人在那裡顧佛燈。因為距離寺院有幾里的山路，彷彿被忘記了一樣，每隔十天寺院派人來補充燈油，只有那時會一起帶上陳米和鹽巴。我的運氣很好，庵堂所在的山林茂盛，也有水源，可以採集到許多山菜，所以我醃漬成醬菜來吃。儘管如此，兩個月後還是營養失調，罹患了嚴重的腳氣病。」

「……。」

「小千說的是什麼？」

「……小說裡，沒有送去庵堂這一段。」

「小千有看《青春記》的小說呀！」

我咧開嘴笑，「所以說，小說是小說嘛。從那之後，對食物產生了旺盛的執念。不是非得要美食不可，但要是內心渴望想吃的東西，我的肚子裡就會燃燒起非得要吃到不可的貪欲，是名為貪吃鬼的怪物吧——到訪臺島以來，我一直很感謝小千喔！是小千馴服了這頭怪物呢。」

小千發出嘆息般的聲音：「青山小姐果然是太誇大了。」

那張能面彷彿冰融了。非喜非悲，唯有一抹笑意淺淺掛在嘴邊。

「可是您這麼說，我很高興。」小千說。

——咦？

那是風嗎？

我有短暫的錯覺。
溫柔的話語有如盛夏裡溪谷吹來的涼風，從我胸口穿透。
在那風裡我只能愣愣地坐定，忘記了天地時間。
直到那溪谷底部深處有鳴笛聲響起。
嘉義要到了。

※

演講的會場在嘉義高等女學校。
我們搭乘計程車準時抵達，在預定的時間結束了演說。再度婉謝嘉義高女的晚宴，直到最後都令人心情愉快，甚至也包括會後的短暫交流。
那時我一心記掛旅館的晚飯，前來交換名片的外籍教師M夫人看穿我的心思遠颺，當面掩嘴笑說您真是坦率的人呢。我於是更加坦率地回應道，「那是因為今晚會吃到本島的美味食物呀！」
M夫人起先有點驚訝，隨即放鬆地展露笑顏。
「青山老師一定會喜歡的，因為嘉義是個好地方哦。」
在高女教授音樂課程，M夫人僅能說一點簡單的國語，然而美食這種話題，確實是世界各地一概通用的吧。附和我的雀躍，M夫人明快地回應以一連串的英語。即使出身長崎，外語對我來說仍然棘手，幸好小千也略通英語。兩人咕咕唧唧幾番往返，M夫人越發笑得開懷，結束前特地跟我又握了一次手。

「能夠擁有一位優秀的通譯小姐，您的運氣真好！」

這樣的讚美，可比稱讚演講內容還要叫我開心。

沒招計程車與人力車，我們散步回旅館。傍晚的旅館房間仍有暑氣餘溫，我的好心情絲毫沒減，朗聲請女侍在晚餐前先端上冰涼的可爾必思。

「青山小姐都不好奇M夫人跟我說了什麼呢。」

「說的也是，那都說了什麼呢？」

「說了您的壞話喔。」

我哈哈大笑。

「明明是說了美味的食物吧。」

「不愧是青山小姐的敏銳耳朵。M夫人推薦了嘉義客家人的在地美食。」

「哦？小千以前說過的，支那系的本島人當中，有福佬人與客家人。這麼說來，這趟南下的列車，竟然沒怎麼聽見客家語呢？」

「嘉義的客家人與福佬人混居，聽說這裡的客家人也講福佬話了。」

「啊，這樣啊。」

打擾了。這時障子外頭的女侍出聲打斷我們，送上來浮著冰珠的玻璃杯。

我們一人一杯。

我仰頭咕嚕咕嚕入喉。

小千沒急著動手，翻開了筆記本。

「M夫人推薦您嘗試的是『粄湯糍』。『粄湯糍』是客家人的麻糬甜點，在節慶時刻，或者插秧、割稻的農忙時期，主人家會將麻糬捏成扁扁的圓形團子，加入土豆仁、薑汁同煮的甜湯，做為眾人共享的點心……咦？青山小姐似乎興趣缺缺呢。」

喝完可爾必思，我吐出長氣，「啊啊，因為肚子裡的妖怪現在想吃的不是甜點呀！」

「但您一口就喝完一杯可爾必思了呢。」

「因為心情很好嘛！」

「表裡如一的您，還真是完全表現在臉上呢。」

小千流露好笑的表情，卻有難以言喻的溫柔眼神。

我陶陶然如同喝了啤酒似的。

儘管根本還沒開始遊覽此地，此刻我已經深感M夫人說的沒錯，嘉義確確實實是個好地方呀！

※

晚飯的餐點擺滿餐桌。

內地人經營的旅館，餐桌也是濃厚的內地作風。白米飯、生魚片、味噌湯，魚板、豆腐、涼拌山菜與茶碗蒸，烤物是竹筍與醃漬過後的魚，炸物是蝦子與蔬菜天婦羅。儘管看上去是這樣，當季鮮魚仍然帶來本島獨特的氣息，首次品嘗的午魚與白鯧，令人難以想像是熾熱夏天的生魚片所能擁有的美妙滋味。

普遍做為前菜的醬菜，女侍更換為同為醃漬製品的本島食物。

蚵仔膎、文蛤膎，還有蝦仔膎、螃蟹膎與小魚膎——確實不是「鹹蜆仔」，而是透過長時間發酵，原物已然化作半固狀濃稠醬汁般的醃漬品，可以類比內地的什麼呢？應該是酒盜[37]吧！另有高麗菜乾、鹹菜乾、蘿蔔乾，醬菜烏黑一色，相似九州的高菜，色澤則漆黑許多。

乾脆叫來了啤酒。

在下榻旅館的房間內用餐，喝酒也不必顧忌別人的眼光。

小千幫我倒酒。

我也幫小千倒酒。

各色的「膎」鹹香下飯，當然也相當下酒。

於是再叫來燙清酒。

倒酒像是打桌球，對話也像，酣暢時乒乓來去。

「山葵的氣味比別處的高雅清新啊。」

「說是產自阿里山，是高山風土的滋味。分量少，別處自然吃不到了。」

「小千吃天婦羅了嗎？嗚哇，這是什麼，太好吃了吧！」

[37]「酒盜」多以魚、海參、海膽等海鮮的內臟長期醃製而成，滋味濃烈適宜下酒，故得此名。「酒盜」與「膎」在製程上確實有雷同之處，但「膎」原多產於海港，在冰箱未普及的年代用以保存多餘漁獲，並不限於使用海鮮內臟，種類亦相當多元。冷藏技術興起後，「膎」已難尋，只在少數海港地區可見。

「是佛手瓜的幼籐[38]吧，是有點罕見的蔬菜呢。」

「醬菜這樣黑，不也很罕見嗎？比其他地方吃的醬菜鹹多了，不過，口感很有趣呀。」

「這是客家人的醬菜，那位本島人廚師或許是客家人呢。」

「客家料理和福佬料理的差異是在哪裡呢？標榜著臺灣料理的餐廳，難道不是融合了客家與福佬的料理嗎？」

「這個嘛……」

「小千不必回答也沒關係，啊，這種問題無異是考試了嘛。」

「沒問題的喔，只是需要想一下。跟福佬人相比，客家人住在淺山地區，由於開墾艱辛，精神上崇尚物盡其用。臺灣料理的餐廳，還是以福佬料理為主，屬於客家料理的菜色，或許是前菜的豬膽肝，以及可以當作主菜的封肉吧。封肉是宛如東坡肉那樣的料理，可是分量相當大喔。」

「長崎也有喔，東坡肉，叫作豬肉角煮。話說回來，這樣還是沒有聽出客家料理的獨特之處呀。」

「嗯——我聽人說過，客家料理的宴客菜，多是從祭拜神明的菜色延伸而來的。可是福佬人不同，臺南一帶有所謂的『阿舍菜』，『阿舍』是有錢人家的少爺的意思，阿舍菜就是『食不厭精，膾不厭細』的精緻料理。生活環境與飲食文化的差異，客家菜樸實，醃製食品的種類相當豐富，從蔬菜、漁獲到野味，據說有上百種呢。曾經聽過熟人們討

[38] 佛手瓜的幼籐即龍鬚菜。

論，同樣是醃漬，比起福佬話只有『豉』一個說法，客家話裡面至少有四、五種呢。」

「果真是志在通譯的小千呀！」

「青山小姐見笑了。我正好想起來，客家料理當中有一種調理手法，是將青蛙、小鳥連著骨頭剁成肉末，可以製成肉餅與肉丸子食用，這就是客家人珍惜食物的文化表現呢。」

「這樣啊，就叫肉餅與肉丸子嗎？」

「客語的青蛙讀作『蜗仔』，剁碎後煎食，叫做『煎蜗仔』，或許可以翻譯為煎青蛙肉餅。鳥類不分品種，似乎都叫『鵰丸』，鳥類的肉丸子的意思。」

「唔，國語科教師，為什麼需要知道這種事情呢，這種事情又是從哪裡知道的？真是想不透呀！結果還是為了通譯嗎？身為小說家，不得不奮起啊——」

「您是喝醉了吧。」

「或許是醉了哦！心情暢快。明天去阿里山吧！我們在大霧瀰漫的山林裡喝酒吧，去仰望神木……」

「真遺憾，不久前的颱風讓鐵軌受損，現在無法上山呢。」

「小千連這個都打聽好了！」

「不是的，這是嘉義高女的老師說的喲！學生們原本想要去那裡登山，因為取消了才請您來演講的。青山小姐，偶爾也該聽別人說話呀。」

「哎咿呀，哎咿呀。」

「您喝醉了吧？」

「小千。」

「是的？」

「明天我想吃爏湯糍。」

「咦？儘管這個要求並不令人意外……」

「就算不是明天也可以，後天可以嗎？」

「無論哪個都很強人所難啊，青山小姐。明天前往參拜的新港，也有知名的甜點喔，新高飴、弓蕉糕[39]之類的。」

「嗚嗚，真的吃不到嗎？」

「……要是吃不到的話，肚子裡的妖怪會怎麼樣呢？」

「會哭喔。」

「會哭？」

「因為內心很委屈，很委屈很委屈啊！會像個孩子一樣嚎啕大哭喔！」

「您是喝醉了吧。」

「小千啊！」

「是的。」

「我說啊，所有的羮裡面，蚵仔羮是最好吃的！小千要多吃一點！」

「咦咦？您自己享用就好了，請不必顧慮我。」

[39] 新高飴即今人所稱新港飴，弓蕉糕即芭蕉飴。

「不行，因為啊——這個最好吃！我要把最好吃的留給小千！」

「……您醉得很徹底呢。」

「哎咿呀哎咿呀。」

「我請女侍撤掉餐點來鋪床吧，青山小姐別再喝了。」

「小千，小千啊。」

「是，我在。」

「阿里山上的櫻花，來年春天，我們一起去看吧。」

「……。」

「啊，好像不情願呢！那麼，我們擲骰子吧，我先來。嘿！哦！竟然是十七點啊！」

「——好的，真可惜，我的是十八點呢。」

「哈哈哈哈，小千的強運，不可小覷不可小覷。」

「只是運氣罷了。」

「運氣也是實力的一環喔哎咿呀。」

「您喝點水吧。」

「小千。」

「是。」

「移植內地的櫻花，強加在本島的土地上，不是太蠻橫了嗎？小千是不是這樣想的呢？」

「我並沒有這麼說過。」

「因為我一直看著小千的表情，自認不會看錯呢。」

「……。」

「帝國的強硬手段確實叫人不愉快，可是美麗的櫻花是沒有罪過的。如果可以跟小千一同去賞櫻，應該像是在作夢吧。其實啊，我從來沒有可以共同喝酒賞花的朋友呢……」

「……。」

「小千？」

「青山小姐啊。」

「唔？」

「坦白說我，實在對妳束手無策呢！啊，忘了用敬語，我也醉了吧。」

「不要緊啦，哎咿呀哎咿呀。」

「哎咿呀哎咿呀。」

五——肉臊

北回歸線地標位在嘉義，標誌此地以南即是熱帶。

地標於縱貫鐵道開通的明治四十一年建成，不過毋須標誌，仰望金光燦爛的太陽就足夠了，島嶼臺灣九月了還不見降溫，確確實實是熱帶的南國啊。

一路向南，我們抵達嘉義南方的高雄。

在距離車站並不遙遠的地方，看見了挑著扁擔的小販。扁擔的一端是矮櫃，一端是大簍，隱約可見蜃氣吐露般浮動的水氣。即使是太陽曬得令人腦門發燙的熱天，我也無法忽視綁在矮櫃支架上的筷桶。

「那是要去市集擺攤的小販嗎？」

我的提問令小千停下腳步，順著我的目光投以注視。

「不是去市集，是沿途叫賣的小販，或許是販售滷肉飯的吧。」

「滷肉飯？」

「早前說過客家人的封肉料理，您回應說長崎也有雷同的豬肉角煮，那麼福佬人版本的，就是滷肉了。小碗的米飯上盛放滷肉，名為滷肉飯，是受到工人歡迎的點心。可是滷肉價格偏高，不是工人能夠經常享用的美食。嗯，這麼說來，那位小販也有可能是賣肉臊飯的，因為肉臊比滷肉便宜。」

「這樣啊，我們可以吃那個嗎？」

「青山小姐，您剛才吃了兩個便當……雖說是愛國便當，可是事前準備起來的配菜您也都吃光了哦。」

事前準備的配菜。小千說的是耐儲放、不畏炎熱的蘿蔔乾丁，臺灣話叫作「菜脯」，以及一種臺灣話叫作「四破脯」的魚乾。那是以鹽醃過後的四破魚乾加入醬油與薑蒜炒製而成的，四破脯炒得略略有些焦乾，介於魚乾與肉乾之間的口感教人忍不住一再咀嚼。

「對美味的『四破脯』來說，如果沒有一口氣吃乾淨，實在太失禮了。」

「您是說對魚乾失禮嗎？」

「當然。」

「可是，您後來在駄菓子店[40]買了很多點心不是嗎？醬油仙貝、牛奶仙貝和那些麩皮菓子。」

「還有黃豆粉糖和花林糖。」

「買了各種各樣的點心呢。」

「晚上在陌生的地方過夜，要是找不到墊肚子的點心吃那就糟糕了，所以才買下來的哦。」

「也已經被青山小姐吃光了呢。」

「那是因為，對美味的點心來說，如果沒有一口氣吃乾淨，實在是太失禮了啊！」

「……。」

「那我們可以去吃滷肉飯了嗎？」

青山小姐。

小千說著朝我露出甜美的微笑，「答案是不可以喔。」

[40] 日本點心（和菓子）當中，採用價廉原料製成、便於長時間保存與攜帶的庶民點心為「駄菓子」，中文並無確切對應詞彙，臺灣傳統籤仔店裡零售的點心即相當於駄菓子。駄菓子店常見翻譯為雜貨店，實際上駄菓子店並不販售其他南北雜貨，故此處保留使用「駄菓子店」一稱。

哎呀呀呀。

我們預計在高雄停留三天。

今天搭乘臺中到高雄的急行列車，最短車程四個鐘頭，抵達時乃是逢魔時刻的傍晚五時許。第二天，將由高雄的婦人文化演講會協力，在金鵄館播映電影，放映後演講。第三天返回臺中。

婦人文化演講會在首日夜晚舉辦了晚宴。小千知我不喜宴席，特意交涉安排我未曾品嘗的菜色，擬來的菜單上有封肉、南靖雞、冬瓜盅、肉米蝦、五柳鰱魚與燉鰻魚湯，唯有生炊蟳飯因我偏愛而加點。這樣費了功夫的晚宴，赴宴之前就因為滷肉飯而飽腹，那不是太可笑了嗎？

我理解小千的顧慮。

「不必擔心，就算吃了滷肉飯，蟳飯上的紅蟳我也能吃下兩、三隻喔！」

不料小千一臉哭笑不得。

「青山小姐誤會了。您看，叫賣的小販沒有座椅，難道您打算跟其他男人並肩站著吃飯嗎？」

「什麼，居然是立食嗎？」

轉頭去看，就在我們說話間，彼端的小販受到招呼而停駐街口。

喊住小販的中年男子自行攜著碗來，隨後有戴著學生帽的三兩少年，如同紋蝶般翩然群聚在花端。

留神一看，鐵鍋嵌在矮櫃裡，內部似乎有個炭火爐子，鐵鍋揭蓋便有一團熱氣外湧。另一端的大簍取下蓋子，露出覆蓋潔淨的棉布，掀開後果然是白米飯。小販手腳俐落，迅速盛好飯，以長長的勺子舀起鐵鍋裡的肉末醬汁，往小丘般的米飯上繞圈澆了兩匙。看上去並非塊狀豬肉，那麼應該就是肉臊了。

起先喊住小販的男子雙手各端一碗，喜孜孜地笑著回去了。

啊！看起來實在美味。

可是小販旁的少年學生們端起碗來，當即站在路邊埋首大吃。

要擠身在少年旁邊一起埋首飯碗嗎？儘管是魯直的北山杉如我，這等行徑設想一下也是不禁臉頰發燙。只能飲恨放棄了吧！

「嗚嗚嗚……」

「宴席菜色有封肉，我請餐廳廚師另外給青山小姐做一份滷肉飯吧。」

「不不，不是這樣的。」

我大大嘆息。

「小千，駄菓子和上菓子[41]是不一樣的東西呀。如果只是打算品味上菓子，何須外出旅行呢！」

「……所以說比起上菓子，您想吃的是駄菓子。我明白了，想要切身體驗在地風情，比起餐廳宴席，更需要仰賴當地的攤販對嗎？」

「就是這樣，小千是知音啊！」

[41] 上菓子是在茶道文化裡發展生成的精緻和菓子，上菓子與駄菓子可說是上流階層與平民階層的對位關係。

「那麼，既然現在無法吃肉臊飯，姑且請青山小姐以駄菓子代替——」

小千說著停頓下來，帶著歉意燦然一笑。

「啊，真是抱歉，駄菓子早就全部進到您肚子裡了呢。哎呀，該怎麼辦才好，為今之計只有趕緊抵達晚宴所在的餐廳了吧！」

「小千這是在挖苦我吧。」

「哎呀，如果是的話呢？」

「唔——」

「如果是的話，那也是因為品格高尚的青山小姐，可以容許您的通譯這麼做呢。能夠待在這樣的青山小姐身邊，真是太幸運了。」

「啊啊，說這種話太狡猾了，這樣一來我就無法抗議了哪。」

我裝模作樣地垂下肩膀。

小千立刻支起我的臂膀，笑說走吧走吧。

側過頭去看，小千正抿著嘴朝我微笑起來。

那張臉龐上的酒窩像是飽藏蜂蜜般甜美，令人暈眩。

哎咿呀哎咿呀。

※

截至遠赴高雄這時，我旅居臺島即將半年了。

我沒有詳細書寫日記的習慣，瑣碎庶務並無一一記錄。參與的演說與茶話會不計其數，到來僅能以「臺灣漫遊錄」的文章與筆記掌握概況，推測一個月的外出活動應是八場至十場。見過的人，數不清數目。

做為帝國在南方的殖民地，以及帝國的第一個殖民地，在臺島生活期間，觀察兩地文化之風的交錯影響是我的興趣所在。始終身在內地的內地人、移居本島的內地人、誕生在本島的內地人、生於本島領受帝國現代文明成長的本島人，以及赴內地求學或工作的本島人，眾人在細微之處展現教養氣質的歧異。這是三言兩語無法說盡的事情，因而我未曾提筆書寫此事。

我只是著迷於觀察島上的人群。

一介青年的我，小說家的我，並沒有政治家與學者的才幹，也無蚍蜉撼樹的偉大野心，所能做的唯有記錄當下所見所聞，以及那當下真實的情感罷了。

所謂的真實情感，指的是什麼？

帝國的「南進」，帝國的「國民精神總動員運動」，在殖民地成為了天皇國度的同化運動。這是抹除掉眾人各自文化教養痕跡的粗暴行為吧，難道不是嗎？只要嚴肅面對此事，我便忍不住生出抗拒與嫌惡之情。諸如此類。

——面臨戰爭，沒有男女之別。

有人高唱這種論調，我不以為然。阻擋在女人面前的障礙，沒有內地與本島之別——

這樣還比較正確。

可謂是憤世嫉俗的這些言論，我並不輕易透露。

宴席上，婦人文化演講會的K夫人向我提問，婦人與文學家應當在聖戰裡扮演何種角色呢？我引據《孟子》之說回應，「窮則獨善其身，達則兼善天下」，去做眼前能夠做的事情，就很足夠了，重點乃在於覺悟與行動。K夫人追問所謂行動意指具體的什麼呢？我補述了一番比如照拂無力者，鼓勵志於向學者，從而栽培國民強壯的心志，彼此團結成為家園的支柱云云。

餐桌上，眾人紛紛表達佩服之意。

哎啊，都是社交辭令啊！即使是我，到了要搬弄社交辭令的場合，也是必須毫不臉紅地說出口呢。

晚宴飽腹後與眾人分別。

婉拒婦人文化演講會的轎車，我和小千散步回旅社。

電燈沿途照路，暑氣總算在深夜裡退去些許，吹來撲面的風。

從旁凝望小千的側臉，感到那裡有蜃氣覆蓋，是一張讀不出真實情感的臉孔。

小千也是戴了一整夜的面具。

我著迷於觀察小千。

完美勝任祕書性的庶務工作，料理美味，這些都暫時不論，我更稀奇的是小千年紀輕輕卻極為熟稔社交進退，身段柔軟而不失格調。

該說是善解人意嗎？有時甚至感覺小千說不定會讀心術吧，可以輕易辨識他人在情緒與態度上的幽微變化，並且迅速予以恰如其分的回應。即使是明顯的敵意，也能夠輕鬆地補救回來。這是以專業通譯為志業的緣故嗎？

教人忍不住感嘆，原來通譯是一門技藝。

說起來，單純就通譯所需的語言能力專業而言，小千也教我嘆服。

嫻熟於國語、臺灣話、客家話、英語，小千似乎還接觸過法語。

那是搭乘列車途中的事情，一對西方人夫婦與我們共乘了一段車程。他們離開之後，我順口說了「曾經聽說英格蘭的旅人喜歡進行殖民地旅行呢」，小千便回覆我說「那兩位是法蘭西人」。

「哦？從臉孔看得出來嗎？」

「是從說話時的嘴形看出來的。那對夫妻要起身下車時，丈夫讓妻子先行，妻子那時說了『Merci』，丈夫則說『De rien』，是法語裡『謝謝』與『不必客氣』的意思。」

「沒想到小千懂法語呀！」

「只是懂幾句日常用語罷了。」

「Bonjour，早安！Bonsoir，晚安！」

「是呀，Merci beaucoup、De rien、Au revoir、Je t'aime——嗯，不經意的時候學起來了的。」

是什麼場合會不經意學習到這樣的法語詞彙呢？

我沒有追問小千。

雖說是殖民地富貴人家的妾生女，實則比我見過的同齡官員、文士還要難以看透全貌。要是出身內地華族，小千會成為什麼樣的人呢？想必是大人物吧！本島人的出身，著實是珠玉蒙塵的命運。

——青山小姐。

小千的聲音融化在高雄街道的晚風裡，依然迅速召回我神遊的魂魄。

「青山小姐說過，旅行是為了在外地過生活，是想要寫下外地生活的紀錄吧？您持續在寫的『臺灣漫遊錄』，似乎進行得很順利呢。可是您想在本島記下的，究竟是什麼樣的事物呢？」

「嗯——」

我發出沉吟，小千隨即小聲說請當我沒有問過吧。

「小千問的是好問題。前兩年，我曾經短暫旅行北海道與沖繩。北海道的愛努族，沖繩的琉球族，族人獨有的生活方式逐漸消失了。兩地的開拓，僅僅是明治初年的事情！日之丸大日本帝國，天皇的子民，都是大和民族——這是帝國的想望吧。」

小千想說什麼似的，最後沒有說。

我於是繼續了。

「殖民地臺灣、朝鮮、滿州國，有朝一日也會走上北海道與沖繩曾經走過的道路吧，未免太悲哀了。我是這樣想的。如小千所見，剛才的場面我不願說出違心之論，卻也不得不配合戰況侃侃而談，我啊，面對世局之時是完全無力的啊。如果想要做點什麼的話，身為小說家的我，到底可以做什麼呢？——這就是為什麼我來到臺灣的原因，至少，我想記下這座島嶼尚未遭到改變的那副面貌。」

「可是青山小姐，臺灣早已走上同樣的道路了啊。」

街燈下小千站定腳步。

我凝望著小千。

燈光勾勒小千纖細的身影，長衫襟口上的貝殼鈕扣曖曖發光。

「青山小姐怎麼看待我今天的穿著呢？」

「我覺得很好看。」

「您真是好人。」

「要是我說謊，就讓我吞千根針。」

小千總算笑了一下。

「其實您發現了吧，正因為我穿著本島長衫，K夫人才會發出那樣的尖銳提問哦，人家希望您回答的，可不是孟子的學說。如果不是在那種場合，K夫人想必會對您直言的，『請您的通譯換下那身清國奴的衣服吧！』」

「不必理會那種人的目光。」

「青山小姐說的沒錯，再也沒有人記得本島人的生活方式，那種日子是會到來的。可是無從悲嘆呀，清國時代福佬人也是這樣對待原住種族的，人世荒謬，就是這樣吧。

唯有降臨在自身的時候才會感到痛苦，真是太殘酷了。啊，傷腦筋，明明沒有喝酒卻說出這種失態的話呢。」

「那麼就去喝吧，回旅社去，叫葡萄酒來喝。」

「住的不是西洋旅館，沒有葡萄酒吧。」

「那就喝啤酒！冰涼的啤酒！」

我支起小千的手臂，大步向前走。

踩出燈下的光亮，鑽入黑影，再從黑影裡踏進燈光。

明明暗暗，晦晦亮亮。

強風吹拂啊，連影子都要吹走了似的。

「這個時間還有下酒菜嗎，哎呀哎呀，要是有點四破脯就好了。」

「不是都收納在您的肚子裡了嗎？」

「啊哈哈。」

「『啊哈哈』什麼的。」

「對了小千，明天去看鐵橋吧！」

「鐵橋？」

「在商店的明信片上看見的，叫作下淡水溪鐵橋[42]的地方，看起來很遼闊哦，要一掃鬱悶，就要去看遼闊的景色！」

「咦——？明天中午必須搭乘回程的列車，錯過十二時四十五分，下一班是下午四

[42] 下淡水溪為現今高屏溪，下淡水溪鐵橋今俗稱高屏舊鐵橋，鐵橋於一九九二年除役，一九九七年列為國家二級古蹟。

時五十分的車了，回到臺中的深夜，可是連計程車都叫不到的哦！」

「那種事情不要緊啦，啊哈哈哈。」

「『啊哈哈哈』什麼的……」

我與小千交叉著手臂，踏步如跳舞，晚風吹亂了我們的頭髮。

※

「下淡水溪鐵橋」的明信片在高雄比較常見。

說來這是理所當然的事情。下淡水溪鐵橋乃是高雄往屏東方向、位在潮州線九曲堂車站到六塊厝車站之間的大鐵橋。明信片上的鐵橋氣勢宏偉，寫著「東洋第一淡水溪鐵橋」或者「長達一公里餘的阿緱淡水溪大鐵橋（東洋第一）」，確實引人嚮往。以括弧將「東洋第一」的字眼標示出來，帶有奇妙的趣味，「阿緱」是改正以前的屏東舊名，或許是很早以前發行的明信片。

對照旅社提供的《臺灣鐵道旅行案內》，說道下淡水溪乃是本島第二大河，水源來自新高山。如此一來，豈不是更應該好好見識了嗎？

小千卻抱持相反的意見。

「相當抱歉，沒有留意青山小姐會對下淡水溪鐵橋感興趣，我事前的準備相當不足……能否容我安排下一回的高雄行程，那時再前往觀看呢？」

「何必等待下次，旅行就是這樣的，臨時起意更有趣啊！」

「青山小姐，六塊厝站是為了競馬場而設立的車站，並不是熱鬧的市街，聽說過競馬賽事期間人群如潮，但現在並不是賽事期間，專程搭車到六塊厝，恐怕會讓您感到無趣的。如果安排到下一次，就可以一併觀賞競馬了。」

「小千，我並不是想看競馬，是為了宏偉的鐵橋與河川哦！」

「可是廣播不也說了嗎？有颱風要來了。鐵橋有一公里半以上呢，在大風中冒險搭乘，太危險了。」

「如果有翻覆的危險，鐵道部會決定停駛的。」

「……青山小姐，有句古語說『千金之子，坐不垂堂』呢。」

「可是小千，也有句古語說『不入虎穴，焉得虎子』啊。」

「請恕我直言，專業的通譯不應該讓她的雇主進入虎穴。」

「哎呀哎呀。」

深夜的旅社沒有提供啤酒。

洗過澡後，叫來茶泡飯和米糠醬菜，邊吃邊討論起隔天的行程。

「而且我並沒有調查到潮州線的時刻表，不能讓青山小姐白跑一趟。懇請青山小姐容許我婉拒這次的要求。」

小千正座斂容，相當堅持。

都說到這種地步，我也只能說好吧好吧。

那個晚上，聽著風聲睡了。

隔日早早便醒來。

或許是颱風即將到來的緣故，清晨的天色昏暗，我到戶外繞了一圈，回到旅社時才見天空邊緣那微微破雲而出的日頭金光。

旅社的走廊上遇見了小千。

小千迎向我說「早餐有您喜歡的溫泉蛋哦」。

「走吧！」

「您說走吧，是要去哪裡？」

「六塊厝啊！聽說颱風還不會登陸呢，沒問題的。我也查到潮州線的時刻表了，再三十分鐘左右有一班車，要是太匆促，搭下一班也行哦，中午之前可以回到這裡來。」

「青山小姐，原來沒有放棄——」

「啊哈哈哈！」

拉著小千，我們一前一後坐到餐桌前面。

我的是溫泉蛋、生魚片與飛龍頭[43]味噌湯，小千的是吐司麵包、法國式煎蛋包、火腿肉與熱咖啡。溫泉蛋點兩滴醬油，倒入飯裡拌一拌，幾口就吃掉了，倒是生魚片和飛龍頭有值得徐徐品味的美味。小千也是，蛋包與火腿夾入吐司，三、五口吃完，反而咖啡喝得仔細。不過，也有可能是咖啡太燙了吧。

「火腿肉單獨品嘗更好吧，不好吃嗎？」

[43] 飛龍頭是以豆腐為主，揉入切碎的蔬菜的豆腐再製品，可製成丸子狀、餅狀。

「拜青山小姐所賜，即使是美味的火腿肉也吃不出味道了呢。」
「那就請旅社的人打包一份，在車上好好享用吧！」
「真是敗給您了啊。」
「不敢不敢。」
「我並不是在稱讚您哦。」
小千苦笑的模樣，比飛龍頭加倍值得回味。
我笑著說「好啦好啦」。
想必是無賴般的笑臉吧，小千注視了一會兒以後垂下肩膀。
「不好啦不好啦。」
是在模仿我嗎？太不適合小千了，我不由得哈哈大笑。

※

計程車早在旅社門口等候，到車站時一看時間，列車五分鐘後發車，可說是一帆風順。車站前有個叫賣生菓子[44]的小攤車，尚且來得及物色點心。
這班列車從高雄出發，南下三塊厝、鳳山、後庄、九曲堂、六塊厝、屏東、西勢、竹田、潮州、溪州，就是潮州線的全部車站了。在這當中，我們的目標是九曲堂往六塊

[44] 生菓子是和菓子中含水量偏高的點心種類，羊羹、豆沙、麻糬為其中代表。精製的「上菓子」多為生菓子類，但此時臺灣已有販售平價生菓子的路邊攤。雖然為數甚少，臺灣至今仍然存在販售生菓子的路邊小攤車。

厝的路途上，全東洋第一的下淡水溪鐵橋。

我斜靠車窗，小千卻還坐得筆挺。

「小千的心算能力應該相當優秀吧。」

「這也是青山小姐推理出來的嗎？小女子不敢當。」

甜笑的小千，居然戴上了能面。

「嗯呵，考考小千——剛才的點心，銅鑼燒一個是十錢，不分紅豆餡、奶油餡，五個四十錢。帶皮羊羹十二錢，不分紅豆、綠豆口味，六個六十錢。紅豆丸子、花豆丸子、紅豆麻糬無論買幾個都是一個十錢，不二價。」

「是的？」

「我手上這一袋點心，是三個紅豆銅鑼燒、三個奶油銅鑼燒，三個紅豆帶皮羊羹、三個綠豆帶皮羊羹，三個紅豆丸子，三個花豆丸子，三個紅豆麻糬。」

「是？」

我將袋子放到小千手裡。

「現在給小千的這個袋子，總價是多少錢呢？」

「兩圓。」

「可——惜——」

「嗯？」

「答——錯——了——。」

「怎麼會呢？六個銅鑼燒，是五個四十錢加上一個十錢，這樣是五十錢。羊羹六個六十錢，丸子六十錢，麻糬三十錢。五十加六十加六十加三十，等於兩百，沒有算錯呀。」

「因為啊，這是我要送給小千的禮物，所以免費喔。」

對座的小千愣住了。

長長的睫毛上下翩飛，實在可愛。

我凝望小千，端詳那緩慢有如冰融般的過程，直到美麗的能面軟化成為了無奈而和煦的表情。

「真是敗給您了啊。」小千說。

我拉開嘴角笑，「小女子不敢當。」

不知不覺列車順遂地從九曲堂發車了。

窗外有強風。

彷彿夾帶風勢起飛，汽油車的車頭迅速而強勁向前，窗景展開如映畫。

像是摩西分開紅海那樣，街道眨眼間往四方退散，列車穿入廣袤無盡的天地之間。

觸目所及是遙遠的彼岸，深邃的天空，壯闊的河川。

下一瞬間列車鑽入東洋第一長橋，鐵橋的兩側桁架有如映畫底片一格一格唰唰而過。穿透桁架，閃爍波光的河川時而閃現。

我瞇起眼睛，心底有什麼輕輕顫動。

「好美啊，臺灣。」我說。
小千彷彿受到同樣的感動，輕聲如吐氣般地說「是啊，好美啊」。
果然心情鬱悶的時候，需要開闊的景色嘛。
列車筆直前行，桁架破風，發出有節奏感的轟轟聲。
瞇著眼睛凝望四周，兩岸有濃綠新綠交錯的林木。
幾束金色光芒由雲隙篩落，光點在綠葉上頭跳躍。
河川中央的沙洲開滿了白色的花。
強風吹拂，白花如浪起伏。
「那是蘆葦嗎？」
「不是蘆葦呢。」
小千輕聲說，「臺灣話叫作『猴蔗』、『野蔗』。根部嘗起來有甜味，所以名字裡有『蔗』的字眼。」[45]
「真好，原來可以吃呀。」
「有些青草茶會將猴蔗做為原料，但沒聽說過單獨品嘗猴蔗的。」
小千話才說完，我的肚子就發出咕嚕巨響。
啊啊，畢竟早餐才吃了一碗飯嘛。
「回到臺中之後，就來煮肉臊吧。還是青山小姐想吃滷肉飯呢？」
「肉臊也要，滷肉也要！Merci beaucoup！」

[45] 猴蔗、野蔗即甜根子草，常與蘆葦、芒草混淆。

「Je vous en prie, Mademoiselle.」

「哈，這不是會說法語嗎！」

我抓到把柄。

對座的小千沒有反駁，只是抿著嘴笑。

她的眼睛裡有溫柔的光，像是閃現在桁架之間的河川波光。

※

Merci beaucoup. 相當感謝。

Je vous en prie, Mademoiselle. 不必客氣，女士。

小千當初是這麼說的吧。

「是呀，Merci beaucoup、De rien、Au revoir、Je t'aime——嗯，不經意的時候學起來了的。」

Au revoir. 再見了。

Je t'aime. 我愛你。

是什麼場合能夠不經意學習到這樣的法語詞彙呢？

我不是偵探，只問了肉臊和滷肉。

小千看見那個叫賣肉臊飯的小販時，首先猜想是賣滷肉飯的，而後才推測是肉臊飯。「因為肉臊比滷肉便宜」是當時僅有的解釋。這樣說來，二者是相當相似的料理吧。又該如何區別呢？

回到臺中的隔天，小千有備而來。

攜進柳川小屋廚房的，不只是連皮帶肉肥美的五花豬肉，還有豬皮。

「以言語形容的時候，滷肉和肉臊都是以醬油或醬汁燉煮的豬肉，聽起來是相當相似的料理，要是單獨品嘗熬煮出來的肉汁，風味也會相當相似，不過大致上來說，最明顯的差異是形狀。先前說過，滷肉是有如東坡肉那樣的料理，採用豬的五花肉切成塊狀燉煮入味。至於肉臊嘛，則是燉煮切碎的豬肉末，青山小姐是吃過的哦，您記得嗎？」

「哦！這麼說來，莫非是吃米篩目那個時候？我有筆記起來呢！原來如此，將肉臊澆到白飯上，就是肉臊飯了。這樣直率的命名，作風豪快啊！」

「肉臊使用在許多料理上，不只是米篩目，米粉、冬粉、大麵也有，對了，在鹿港吃過的肉丸子，內餡也是肉臊。儘管都叫作肉臊，可是做法並不相同哦。因應經濟能力與飲食習慣，每戶人家也都有各自製作肉臊的配方。」

「這樣啊，總覺得滿意外的，可見本島人還真是喜歡肉臊呢！」

「是呢，內地人喜歡生魚片，本島人喜歡肉臊，或許可以說是同等程度的喜好吧。」

「那麼，我不記得之前看過這個？」

我指著砧板上的那塊豬皮。

不，我並不是沒見過「豬皮」，無論是東坡肉、豬肉角煮、封肉，都有一層帶著油滋滋柔軟肥肉的豬皮。砧板上另外一塊五花豬肉，就是這樣連著豬皮的。奇特的是，「那塊豬皮」卻是名符其實的豬皮，肉的部分全部剔除了，僅剩一層厚皮，以及底下薄薄的白色脂肪。

「豬皮是價格最低廉的一種豬肉。即使是貧窮的人家也喜歡肉臊，偶爾做肉臊的時候，就是買這種豬肉。豬皮切碎成丁狀，入鍋後以慢火熬出油脂，這樣一來還能產生豬油這種副產品。熬出來的豬油，不只能夠在烹飪時為料理增色，單純將豬油與醬油淋在飯上，也是無論富貴貧窮的人家都喜歡的簡易料理。說回取出豬油以後鍋內的豬肉末吧，依序投入醬油、冰糖與油蔥酥仔細翻炒，聞到豬肉醬香相當濃郁了，才加入少許清水燉煮，肉湯醬汁會逐漸收乾，成為黏稠又芳香的肉臊。只要願意花費時間熬煮，製作出來肉臊的美味也是不會輸給叫賣小販的哦，只是全程要花去半天的時間。」

「哎呀呀，跟麻薏湯一樣，是美食家想出來的料理。」

「不，跟麻薏湯不一樣，豬皮肉臊是名符其實的美食。」

「說的也是。」

我從善如流地回應，「光是聽著小千說明，就知道那是多麼美味了。」

小千似乎有點意外地對我投以注視。

「青山小姐真是好人呢。」

「怎麼又這麼說嘛。」

「之前來這裡料理的肉臊，使用了比較好的豬肉，今天的豬皮肉臊絕對會比較遜色的哦。美食家如青山小姐，不可能不知道的。」
「我知道的只是，小千做的料理，都很美味。」
「……唉，完全敗給青山小姐了。」
「要是我說謊，就讓我吞千根針吧。」
小千呵地一聲笑起來。
說到滷肉這種料理呢。
小千沒有接下我的話尾，而是接續著解說起滷肉。
滷肉的臺灣話「滷」這個詞彙，指的是以醬油、醬汁將食材煮到入味的料理手法。同樣的料理，臺灣話還有另一個別稱是「炕肉」[46]。「炕」是將食材煮透到變得鬆軟的手法。在本島不同的地方，有人稱為「滷肉」，也有人稱為「炕肉」。
「哦！這樣說來，『滷』這種技法也用在肉臊上面嘛。」
「是呢，聽說過大戶人家的廚房私房菜所做的肉臊飯，是以豬的肩胛肉切大丁去燉煮的。雖然說是使用肩胛肉，也必須兼顧豬肉肥瘦的比例，做出來的肉臊盛到飯上，乍看之下不像肉臊飯，更像滷肉飯呢。」
「不愧是博學多聞的國語科教師。」
「青山小姐真是會挖苦人呢。」
「那是因為高潔而寬容的王千鶴小姐，可以容許妳的朋友這麼做呢。」
「哎呀哎呀——」

[46] 根據原文的臺灣話拼音，係指今稱「焢肉」、「爌肉」，此處譯以臺語正字「炕肉」。

小千嗔怪地橫我一眼，不說了，逕自去扭開水龍頭。

仔細以肥皂洗淨雙手，流水沖去泡沫。

「說到滷肉飯與肉臊飯，重要的主角還有米飯。本島傳統的在來米也很美味，或者摻入糯米一起烹熟，會帶來不同的口感。有彈性的蓬萊米更能吸附肉汁，現今不只是叫賣滷肉飯或肉臊飯，連街道上叫賣熱飯的小販，煮的也都是蓬萊米了。今天為您準備的是豐原的蓬萊米，有機會再請您試試看在來米吧。」

扭上水龍頭。

話語與水聲同時停歇了。

小千側過臉來看向我。

或許是因為往常這種時候，我早甩著袖子去書房坐等晚餐了。

「解說完畢，要開始料理了哦，您今天不寫作嗎？」

「我想看看，不可以嗎？」

「調理肉臊和滷肉很花時間，會很無聊哦。」

「並不無聊。」

「既然您這麼說了。」

水龍頭再次扭開了。

水聲嘩嘩，蓄滿鍋子。

豬肉放置入鍋底，水滿溢出。

流水帶走豬肉表面上的細小塵埃，隨後取出豬肉，以潔淨的布巾擦去水分。

小千動作俐落。

手持鉗子挑去五花肉表層與那塊豬皮上的豬毛。分割五花豬肉為塊狀。豬皮剁成粗丁狀。

一舉一動都充滿餘裕，即使是剁肉看起來也是姿態優雅。

「青山小姐。」

「在。」

「您是知道的吧。」

「不知道喔。」

「那個豬皮肉臊。」

「嗯。」

「小時候在母親的娘家，只有在難得的日子才能吃到豬皮肉臊。」

「想必留下非常美好的回憶吧。」

我這麼說了，小千便抬起頭來朝著我微笑。

「青山小姐，我小的時候，還以為豬皮肉臊是非常昂貴珍稀的料理呢。那個時候心底有個夢想，是長大了以後，要盡情地享用肉臊飯。」

「那麼，看來就是今天了呢。」

「……。」

「對了，肉臊飯適合啤酒吧？在高雄沒機會喝到的啤酒，我去叫人送來吧，冰涼的啤酒。既然在市區，也可以叫葡萄酒了，紅酒搭配豬肉，肯定相當美味的啊！」

「……果然是，完完全敗給您了，對您束手無策啊。」

小千低笑，返身回去面對調理臺。

切塊與切丁的豬肉分別放置不同的大碗公。

扭開水龍頭，水聲嘩嘩。

洗淨砧板。水聲停歇。

「其實啊，小千不使用敬語也可以的哦。」

「那樣似乎很不錯。」

「是吧。」

我從旁看著小千的側臉。

柔軟的、溫煦的、甜美的側臉。

「颱風就要來臺中了，今天住下來吧？」

「不會住的喔。」

「明明會喝點酒的嘛。」

「還是您要擲一下骰子呢？」

「哎呀哎呀，還真是一點都不鬆懈啊。」

六——冬瓜茶

——「哩呀！」

這是內地人對本島人的蔑稱。

起先我並沒有意會過來，經過解釋才明白那是臺灣話「你啊」的意思。原是蠻橫的呼喝，視本島人為隨意使喚的對象，不知何時演變成為針對本島人而生的輕蔑稱呼。

旅居本島時至半年，我才首次親耳聽見這種稱呼。

那是我們身在臺南所發生的事情。

我望著前方負責引領的F女士。

F女士是臺南第一高等女學校的教師兼舍監，正在為我們介紹這座大正六年[47]創校、大正八年起陸續完成當今主要建築的校園。

校園大門有花園夾道，位在第一、第二列的兩棟校舍是行政與教學之用，包括博物標本室、圖畫教室在內的嶄新校舍，剛在今年春天落成。

校舍後方則是連著三列的宿舍區。前兩棟是寢室，最後一棟是浴室、食堂、廚房等公共用途的起居舍房。東西方位的兩側，個別設有一座游泳池、四座網球場。

正所謂現代女子教育所追求者，乃在於令學生成為一名教養良好、博學多才的優秀之人，爾後才是優秀的女人——

F女士的嗓音凜然，「但凡出身本校的師生，都可以挺起胸膛這麼說，本校對學生的期許，是相應地展現在校舍建築之上的哪！」

不愧是臺南第一高等女學校。

[47] 大正六年為西元一九一七年。

我說，「既然有第一高等女學校，那麼也有第二高等女學校吧。」

「是的，如您所說。隔著兩條街道，第二高等女學校就在附近。」

「這樣啊，差別在哪裡呢？」

「第二高等女學校以本島學生為主，校地大約只有本校的一半。啊，確實有部分地方人士發出異議，然而臺南在地優秀的女學生，第一志願畢竟還是本校嘛。考入本校的本島學生，沒有不以此自豪的——這就是優秀的證明呀！」

還真是「優秀」、「優秀」的說個不停啊。

我看了一眼身邊的小千，那張臉蛋上掛著白璧無瑕的笑容。

「F老師，第一高女的優秀學生，也會出現內地人稱呼本島人『哩呀』的狀況嗎？我可是直到最近，才聽說有這種稱呼的呢。」

話一出口，F女士便停住腳步回頭看我，再看了小千一眼。

「雖然想說本校並沒有這樣有失儀態的事情，可是很遺憾，不久之前的確發生了校內少數本島學生抗議遭受此等稱呼的事件。不過，倘若青山老師有意寫成文章，那麼請務必也要報導本校公正的處置哦！」

「F老師誤會了，我無意針對貴校，只是旅行途中的見聞罷了。」

「那還真是巧合呢。」

F女士似乎沒有採信我的說法，兀自解釋起來。

「這次事件的當事人是四年級同班的兩名學生，內地籍的大澤麗子與本島籍陳雀微。兩位都是相當受歡迎的學生，不知不覺有了宛如東軍西軍一樣的兩個陣營，但這兩位學生以前的感情也是很好的呢！正值青春少女時期，有一點摩擦也難免吧，現在又言歸於好了。」

「哦？東西兩軍這麼容易就和好了呀。」

「哎呀，區分陣營也是學生間的常見遊戲嘛。事件的發生，是本島學生抗議大澤同學對陳同學發出『哩呀』的稱呼。本校嚴肅面對，很快就平息這次的事件。說起來是本校作風太過端正了，才會視同『事件』，本來只是小事的。證據就是風波過後，有學生私下來反應，那只不過是鬧著玩的呢。」

鬧著玩。

小千戴著能面的功夫不凡，我學不來，只是直直地看著F女士。

F女士於是輕輕一笑。

「當然了，即使是鬧著玩的，本校也有做出相應的處置。想來真的是巧合吧，本校期盼以正確的教育方式促成兩位學生的和好，因此安排這兩位學生共同擔任青山老師的招待人員哦。啊，正是那兩位。」

走在校舍通往宿舍的路上，我順著F女士的指示看見了宿舍大門。

那裡九重葛開滿了紅梅色的、龍膽色的花。

花樹底下有兩位女學生並肩站立，正同樣地仰望盛開的燦爛繁花。

那是有如少女小說般的景象。

有長風吹起，拂落飛花。

個頭健美的少女伸出手，為身材瘦小的少女掩去零落的花朵。

※

宛如少女小說主角的兩位學生，其中一位對著另外一位呼喝著「哩呀」，實在是令人難以想像的事情啊。

——聽見「哩呀」，是在抵達臺南第一天的時候。

容我話說從頭吧。

臺北車站前有座名氣鼎盛的「臺灣鐵道飯店」，約莫在兩年前，因應「臺南鐵道飯店」啟用，配合改名為「臺北鐵道飯店」。然而比起臺北的，我對臺南鐵道飯店更感興味盎然。

臺北鐵道飯店是本島首屈一指的西洋旅館，那樣富麗堂皇的旅館要談論樂趣，不外是美味的西洋料理，以及省力登樓的客用電梯吧。做為有如手足般的臺南鐵道飯店，雖說也是洋式旅館，餐廳、酒吧、娛樂室、公共電話室兼備，卻位於臺南車站的二樓，房間數僅僅九間。

出了剪票閘口，登樓就是旅館，這是本島唯一兼備餐廳與旅館的車站。前一天盡情享用美酒，懶洋洋地睡到第一班列車進站、天光大亮的時分，在列車引擎與車輪輾過鐵軌的聲響裡醒來，想必也是美好的旅途經驗。

於是讓小千安排了臺南的旅程。跟高雄的行程相似，第一天抵達臺南，第二天演講，第三天返回臺中。

十月金秋，臺南無一絲秋意。

真正一腳踏出了剪票閘口，比起鐵道飯店，我更在意此地二樓的鐵道餐廳有沒有冰涼的蘇打汽水。

「蘇打汽水在別處也能喝，稍晚出門散步的時候，我請青山小姐去品嘗臺南的『冬瓜茶』吧？」

「哦！『冬瓜茶』是什麼？」

「本島常見的青草茶、梅仔湯、蓮藕茶、冬瓜茶，都是消暑解渴的傳統飲料。在這當中，以冬瓜熬糖後製成的糖磚，再製而成甜茶，就是『冬瓜茶』。對於容易大量出汗的熱帶住民來說，冬瓜茶是消暑的同時，可以用來補充精力的飲料。內地人喝不慣青草茶，甜味的冬瓜茶卻普遍受到喜愛哦。」

「哦，是冬瓜嗎？大大的、青綠色外皮泛有白霜的那種冬瓜？」

「是的，請務必品嘗看看。」

「那是當然要的！」

不顧手上還提著行李，我的腳步立刻踏向站房出口——又立刻被小千拉住，轉往二樓的鐵道飯店登記住房。哎呀呀，如此只好認真端詳旅館的風貌了。

僅有少量住房的臺南鐵道飯店，樓梯是相襯地小巧，唯有高大的圓拱窗投入晴朗光照，展現大飯店的氣派。登階上二樓，直面就是櫃檯，轉向右側則是筆直的長廊，上頭懸著玻璃吊燈，光源卻也來自長廊西面成列的圓拱窗。

前去挑高的圓拱窗那裡一看，下方是一樓的站房大廳。

底下無數旅人來去，戴著巴拿馬帽的、大甲草帽的，也有軟呢帽、鴨舌帽，軍帽與學生帽，有精緻的婦人髮髻，以及剃光頭髮了圓滾滾的小男孩腦門。我看著不禁莞爾，感到這或許是臺南車站最有趣味的觀看視角了。

就是這個時候。

「哩呀！」

櫃檯處發出了低沉的喝斥聲。

我當即轉頭，看見小千站定在櫃檯前方不遠處。

背著光線的小千，側臉隱沒在陰影裡——陰影裡她挺直著背脊，肩膀隨著呼吸有小小的一次起伏。

然後，小千走向櫃檯。

我幾步追上去，正好看見櫃檯人員一臉不悅的表情。

「今天客滿了，趕緊走開。」

櫃檯人員口吐粗暴的言語，無法相信這是高級旅館提供的接待服務。

小千卻很平靜。

「還請確認訂房狀況，房客是日新會的青山千鶴子老師。」

在櫃檯人員橫眉注視下，小千遞上名片。

「我是青山老師的本島通譯。這位青山老師是應總督府邀請，特別由內地來訪本島的文學家。如果有任何疑問，請連絡臺中市役所的美島愛三先生。」

我沒有小千的耐性。

「夠了，沒有道理接受這種無禮的待遇。臺南鐵道飯店，不過爾爾！」

正當我要拉走小千的時候，櫃檯人員竟然飛快地從櫃檯內側出來，朝著我們深深一次鞠躬。

「相當抱歉，這是敝人的疏忽，公所先前已經連繫過了，現在房間隨時可以入住。」

一抬起頭來，那張臉龐已經從哼哈二將變成了惠比壽福神。

這是什麼新劇的演出嗎？櫃檯人員戲劇化的轉變叫我目瞪口呆，一時之間愣在當場。

趁我不備，惠比壽福神招喚僮僕，提走了我們手邊的行李箱。而接替惠比壽福神帶領我們前往房間的，乃是笑咪咪的弁財天女神——這位原本守在櫃檯角落、對我們視若無睹的女侍，轉眼間便奉我們為繳納了豐厚香油錢的上賓。[48]

「青山老師，搭乘剛才的列車前來的是嗎？天氣這麼熱，有一番勞頓吧！青山老師住的是套房，通譯小姐的房間只隔著一個走道，很便利的。晚餐會為您安排在這裡的鐵道餐廳，晚間六點用晚餐，需要提前或延後嗎？稍後會送冷飲進房間，有新鮮的果汁與

[48] 哼哈二將、惠比壽、弁財天皆為日本民間常見神祇。哼哈二將是佛寺門神，皆做怒目兇惡的表情，而惠比壽與弁財天是日本七福神之中的兩位，多以笑容示人。

汽水，也有牛奶，需要哪一種呢？冷飲分別幫兩位送進房間好嗎？」

弁財天過分殷勤，到了可笑的地步。

「六點用餐就好。冷飲請給我們果汁，送到我的房間來。」

「好的、好的。」

以玻璃杯盛裝的冰涼飲料很快就端入房間。

西洋式的彈簧床，樣式精緻的窗簾，把手圓潤的安樂椅。我與小千坐在套房的兩端，默默喝完冷飲。踏入飯店起的荒謬混亂，直到此刻才平息下來。

玻璃杯裡殘留的冰塊，發出了小小的冰裂聲。

小千細聲嘆息。

「對不起，驚擾青山小姐了。」

「不是小千的問題。」

「是我的錯，穿著長衫是我的失策。」

——「哩呀！」

小千說，這是內地人對本島人的蔑稱。

※

臺南第一高女也有「哩呀」事件。

兩位當事人大澤麗子與陳雀微，是人如其名的少女。大澤麗子豐滿端麗，氣質穩重，陳雀微則手腳纖細，削瘦如未發育的少年。「大澤」與「小雀」，形象鮮明，就像是一雙成對的組合。

宛如少女小說主角的兩人，也有內地與本島的分別心嗎？

在臺南鐵道飯店過了一夜，第二天赴臺南第一高女演講。基於我的好奇，小千早前便向學校交涉，讓我們在演講這天入住學校宿舍，於是才有F女士委請學生擔任招待人員的安排。

在九重葛花樹底下，F女士將我們交託給她們。

「青山老師到其他學校演講，也是住在那裡的宿舍嗎？」

「不，坦白說，貴校是第一個接待我住宿的學校。」

「這麼說來，青山老師是專程入住本校宿舍了，這是什麼緣故呢？難道說本校的宿舍聲名在外，擁有許多好評嗎？」

我聽著微笑，「嗯——來訪本島以前，我讀到一本英國旅行者大正年間的旅臺遊記。那位旅行者參訪了臺南的女學校，想必就是臺南第一高等女學校吧，內文寫到寢室是每間住三位這樣的細節。為什麼不是偶數而是單數？一般來說，還是偶數比較方便管理呀。我是會在意這種小事的無聊之徒，於是想著藉此機會一探究竟。」

「原來如此，大正年間那時，宿舍是一間三人嗎？不過，現在使用的新宿舍是近年完成的，如今是一間八人，確實是偶數呢！青山老師知道附近有第二高女嗎？那裡的宿舍也是一間八人。同樣是州立學校，這麼做才好嘛。啊，只是很遺憾，青山老師想一睹的舊日景況，這樣就看不見了。」

大澤開朗大方，流露正直的態度。在旁的小雀則總是微笑點頭，以示附和大澤的發言。若從旁觀，大澤與小雀的相處毫無芥蒂。不，不如說，當眾人走在逐漸高張起來的南國驕陽底下，大澤甚至數度變換位置為小雀遮擋日光。

唔，這樣的大澤，稱呼小雀為「哩呀」嗎？

大澤與小雀，我與小千，在演講前繞遍了宿舍以及周邊一帶。

「晚飯過後是住宿生的自由休憩時間，八點到十點是自習時間。十點之後寢室熄燈，那時就不能隨意交談了，直到隔天六點起床為止。對了，青山老師與王小姐不熟悉路線，到了晚間會比較不便，如果有任何擔憂都可以找我，我的寢室就在兩位的隔壁。」

小千對這番言語有了反應。

「大澤同學，莫非有什麼需要擔憂的嗎？」

細膩的提問，不愧是小千。

然而大澤還沒回應，小雀先笑了。

「第一棟宿舍附設的廁所，可以的話，還請不要在熄燈後靠近。」

「哦？這是為何？」

「沒有什麼事情啦。」

大澤有意遮掩，我抬手示意小雀往下說。

小雀露出一種令人玩味的笑容。

「因為，那個廁所有過神隱的傳說。」

「神隱——這是說，曾經有誰在這裡消失了嗎？」

「是的，有過這樣的往事。住宿生之間有這樣傳言，熄燈時間過後，那裡的廁所會出現神祕的空間，讓人憑空消失……」

「陳同學。」

大澤打斷了小雀。

小雀只是聳聳肩輕鬆地笑起來。

哎呀哎呀。

這到底是少女小說，還是怪談呢？

※

少女小說，或者怪談，哪個都好。

演講結束在第二節課，學生們要上完第三節課才能用餐。我與小千婉謝校方的午宴安排，搭乘計程車到此地有名的西市場。

以糯米為基底的滷肉米糕，勾芡的鱔魚米粉，手工捏製的魚丸湯與鮮味撲鼻的蚵仔湯，美味地飽餐了一頓。甜點是新鮮水果，切盤的西瓜、芒果、番茄、木瓜。街角的攤車邊端著咖啡杯痛飲冬瓜茶與楊桃湯，這才感到糖蜜般的果子茶湯果然甜美無匹。啊，南都的滋味啊！

美食當前，校園裡的故事被我拋在腦後了。

說到文化古都臺南，不也應該去看看赤崁樓嗎？話雖如此，特地搭車參觀那種觀光景點反而像是受人擺布，於是一路漫步到號稱臺南銀座一帶的熱鬧市街，就近還有臺南神社與孔子廟。最終在百貨公司購入新的鋼筆與鉛筆，而小千的是兩本小說。餐飯與購物都已滿足，就此折返臺南第一高女。

回程的途中我偷偷窺探小千的側臉。買了喜歡的書本以後，那張臉上的能面總算有所鬆動。

我霎時也感覺輕鬆起來。

「一樣是燉煮豬肉末加上米飯，臺南的做法跟臺中很不相同呢。我們之前試過蓬萊米和在來米，沒想到此地卻是採用黏性更強的糯米啊！」

「青山小姐似乎都很喜歡呢。」

「因為都很美味啊！要說的話，在來米吃起來鬆鬆乾乾的，沒有那麼適合。畢竟吃到最後湯汁都留在碗底，那麼就不得不添飯了，添飯又必須再加肉臊，不就陷入怎麼也吃不完的輪迴了嗎？」

小千噗哧一笑。

「聽說臺南地方有種叫作『肉粿』的點心，是在來米磨漿後製成手掌大小的粿，煎過後淋上肉臊來吃。可是剛才特別留意，卻也沒有看見，真可惜呀。」

「嗯，實在叫人納悶，小千到底如何查到這些資料的？報紙和雜誌，可都沒有看見這麼詳細的本島見聞啊！」

「這是身為通譯的商業機密哦。」

「哎呀，失敬失敬。」

我忍不住發笑。

小千也笑起來，卸下了能面的那種。

「青山小姐。」

「嗯，在。」

「從前聽人說過，內地人認為肉臊有臭味。『內地人只吃生魚片』，我也曾經獲得這樣的告誡。不過，青山小姐對肉臊和生魚片是平等看待的呢。」

「會嫌棄肉臊，肯定是不懂得分辨美食的人的偏見。」

「本島人的肉臊，內地人的生魚片，是汙穢與潔淨的區別。」小千放輕了聲音說：「本島的長衫，內地的和服，這也是同一回事啊。」

「唔咕——雖然說，我不曾這麼感覺。」

「青山小姐是好人呀。」

「不，我也說不上來，對頭腦簡單的我來說，這是太艱難的問題了。」

思考令我腦筋打結，走出幾步路才理順。

「只是小千，或許應該這麼說，肉臊和生魚片都很美味，長衫與和服都很美麗。對我來說，世間萬物，本質是最重要的。這個世界上，肯定存在不懂肉臊與長衫之美的人，可是，理解這份美麗的人也是存在的。」

「……。」

小千默默將手提包掩在臉頰上。

「為什麼是這個反應呀？」

「因為這樣太狡猾了，青山小姐是知道說什麼話會討人喜歡的吧……」

「所以小千喜歡囉？」

「……。」

我取下小千摀在臉上的手提包。

眼前的小千，應該說是什麼表情呢。

肌膚浮上薄薄紅暈，臉頰堆擠出酒窩，卻不是甜蜜的能面。

也不是嗔怪時帶有幾分嬌俏的嫵媚微笑。

是了，是在柳川小屋的廚房土間裡，那種逐漸柔軟放鬆了、有如冰霜融化的表情。

也像是列車經過下淡水溪鐵橋那時，小千眼睛裡帶著真正的溫柔笑意。

我簡直只能傻笑了，一把勾住小千的手臂。

「您是哪裡來的無賴呀！」

小千以肩膀推擠我，我以手肘推擠小千。

有濃濃的笑意從我胸口滿溢而出。哎呷呀，哎呷呀。

心情暢快地並肩走在那路上，有一陣像是吹落九重葛落花的長風迎面拂來。這不也就像是置身在少女小說的場景嗎？

要是我們站在那濃豔花樹底下，我也會為小千掩去所有的落花。

不，不對，哪怕落下的是箭雨，我都願意以身相護啊。

※

在意大澤與小雀，或許是因為有一絲連帶感的緣故。

當天晚餐是在臺南第一高女的宿舍食堂，與那裡的師生共餐。洗澡也是，大澡堂裡與少女們共同泡澡。期間多由大澤與小雀隨同，直到晚點名時刻道別。

熄燈以後，我忽然想起小雀口中的「神隱」傳說。

那時我和小千各自躺在自己的床褥裡。

安靜躺了片刻，我小聲地說「小千啊」，榻榻米另一端的小千便笑了。

「您是想要上廁所了嗎？」

「啊哈哈哈。」

「想必是第一棟宿舍外的廁所吧。」

「小千沒有打算阻止嗎？」

「沒有危險性的事情，不需要阻止。」
「該不會，其實小千也想去一探究竟吧？」
「……。」
我掀開被褥，小千也出了被窩。
月光浸透的寢室裡，小千臉上帶著可愛的笑容。
啊哈。
我們憑藉記憶行動。
寢室舍房是兩層樓建築，我們住在一樓，位處後列的第二棟宿舍——如先前F女士所介紹，第一棟、第二棟都是寢室，第三棟則是起居空間，三棟建築以走廊相互連結。出於衛生考量，兩間獨立的廁所皆是隔著樓梯，再以走廊連接在第一棟、第二棟宿舍的西北側。
仔細一想，也難怪有神隱的傳言吧。
熄燈後悄然無聲的宿舍，我把聲音放低了。
「廁所在西北方位，不就是傳說中的『鬼門』嗎？」
「青山小姐也信風水嗎？」
「不，想必是學生們相信這件事吧。」
「真不知道您是小說家還是科學家呢。」
「是大偵探福爾摩斯。」

「咦，那麼我就是華生了嗎？」

說話間，已經看見第一棟宿舍的廁所。

熄燈後的宿舍群，唯有廁所燈光通明。

一片漆黑的校園裡，光亮的廁所彷彿遺世而獨立，這樣看上去，無異是打著怪談的招牌，正在強烈地聲張「這裡很恐怖哦——」。

木造建築的走廊，踏步前進時發出細微的聲響。

別說一個神隱的傳說了，不如說只有一樁怪談才是怪事呢。

小千卻一點也沒有感覺似的，越過樓梯，往連接廁所的走廊邁入腳步。

——哩呀。

廁所突然傳來有人說話的聲音。

「哩呀，怎麼不早點來呢？」

很小聲，卻清脆入耳。

我和小千同時煞住腳步，迅速對看一眼。

「裡面是誰？」

我提高聲音詢問，廁所卻陷入死寂般毫無回應。

正當我踏出步伐直驅廁所之際，小千拉住我。

「不能讓您去危險的地方。」

「難道小千不好奇嗎？」

小千點頭，下一刻便走進廁所。

我當即跟上。

內裡一側是數個隔間廁所，隔間廁所的小門一概只是虛掩，另一側則是光潔的洗手臺。底部是單純的牆面——我們身處的廁所入口，就是唯一的出入口。

廁所裡面空無一人。

神隱——嗎？

唯一的突兀之物，是洗手臺下方的地面有一張紙類的什麼。

拿起來就知道，那是一張寫真照片。

由寫真館拍攝的室內照片，茶几上盛開的百合花做為裝飾背景，體格纖瘦如少年的一名少女站立在照片中央。一身雙排扣的西裝、馬褲與長靴，頗有男子英氣，然而貝雷帽斜戴略蓋住一側的眉毛，與斜起的笑容一樣顯露幾分頑皮。

少女有一張很熟悉的臉蛋，我與小千都見過。

是小雀，陳雀微。

※

不是少女小說，也不是怪談，而是偵探小說嗎？

「福爾摩斯小姐，現在有什麼看法呢？」

果然小千跟我想到同樣的事情了。

我裝模作樣地說「問得好，華生」，儘管我毫無頭緒。

好吧，如果是偵探，這種時候應該先從哪裡開始探查起呢？

一旦這麼自問，立刻就想到必須仔細調查廁所的每一吋了。不過，這個心願並沒有實現。身兼舍監的F女士正巧巡視到此處。

「兩位怎麼會到這裡呢？第二棟的廁所比較近……」

負責安排寢室的F女士，立刻覺察我們身在此處的異樣，但F女士的起疑只有短暫的片刻，旋即有所領會地點點頭。

「想必是那邊的廁所必須排隊使用吧！這間廁所不知何時開始有了奇怪的傳言，學生都寧願到那邊的廁所排隊了，真是傷腦筋啊。」

我和小千不約而同對剛才的「神隱事件」保持沉默。

「傳言……，F老師指的是什麼呢？是可怕的事情嗎？」

明知故問的小千，大大的眼睛流露無辜與疑惑。

F女士回應以權威的嚴肅表情。

「並不是可怕的事情，請不必擔心。」

「是這樣呀……不過說起來，人類這種軟弱的存在，正因為是不明所以的事情，才更加容易心生畏懼嘛。想必學生們也是一知半解，才會有所誤解吧。」

小千以甜蜜的聲音說：「啊，抱歉，如果耽誤F老師的工作就不好了，明早我們再詢問大澤同學吧！」

「哎，真是的，完全不會令人恐懼，那不如說是有點溫馨的故事呢。」

F女士起先躊躇，但很快便棄械投降似的鬆口了。

「曾經有過兩名學生，各自在熄燈時間過後跟室友說要上廁所，可是經過了許久時間，兩人都沒有回到寢室。兩間寢室的學生感到奇怪而出來尋找，卻在廁所前的樓梯間會合了。此時，廁所裡走出當中的一名，問她有沒有看見另外一名學生，她回答說沒有。眾人進廁所一看，果然也沒有其他人——其實不必探看也知道，兩位同學彼此不合，如果同在廁所，想必會產生口角吧。」

我忍不住打岔，「這個故事究竟溫馨在何處？」

F女士微微一笑。

「『遭到神明所隱藏』，學生之間是這麼傳言的。說起來，這確實是神明大人為了讓宿舍氣氛和諧而出現的安排，不是嗎？」

「為了氣氛和諧而做出這種事情，神明大人未免太蠻橫了。」

「……總而言之，大致是這樣的事情。兩位記得如何回去嗎？」

早在說話間以目光巡視廁所完畢，F女士一副要為我們帶路的架勢，如此一來我們也不得不往寢室回去了。

——可是，那間廁所裡到底發生了什麼事情？

寢室裡我與小千對坐，月光投射在照片上面。

「無論如何，不可能是神隱的吧。」

「青山小姐有什麼見解嗎？」

「廁所裡說話的人是大澤麗子。」

「咦，這是怎麼推理出來的答案？」

「我們靠近廁所的時候，裡面的人說了『哩呀』。那個人不是這麼說的嗎？『哩呀，怎麼不早點來呢？』是在等待某個人到來吧？聽見我們的動靜之後，匆忙離開廁所的時候，把照片遺落在那裡了，而照片裡的人，就是『哩呀』事件的另外一名當事人陳雀微。」

「嗯——確實如此，儘管說這個學校上百名學生，應該不是只有大澤同學會這樣稱呼本島學生，但照片正好是陳同學，感覺是有關連的。」

「是呀。這應該是陳的私密照片吧，不知道大澤是從何取得，私下跟陳約定好今晚在廁所見面。熟悉校園傳說的高年級生，利用眾人畏懼『神隱廁所』的心理，不得不說是相當巧妙的一手。可是，大澤是怎麼離開廁所的？」

「這個嘛，暫時不論是怎麼從廁所裡離開的，按照青山小姐的說法，假設廁所裡的人是大澤同學，那麼她找陳同學赴會的目的，難道是勒索嗎？」

「嗚嗯——」

月光下我和小千的視線碰在一起，同時安靜下來。

九重葛的花樹底下，大澤為小雀掩去落花。

那樣的情景在我腦海裡揮之不去。

※

紅梅色的、龍膽色的花，花葉在風裡飛舞。

最終，九重葛安靜地降落地面……

「青山小姐。」

在小千的呼喚下，我恍然甦醒。

啊，不知不覺睡著了。

起來揉著朦朧的眼睛一看，寢室內有淡淡的薄光。這是幾點鐘呀？

「青山小姐，我們再去一次廁所吧。」

小千立刻伸手過來敲我的肩膀，說「我並不是因為害怕哦」。

我不禁失笑。

好的好的。

這就又走了一趟已然熟門熟路的路線。

可是，小千並沒有上廁所，而是將前晚拾到的那張照片放在洗手臺上，隨後拉著我上樓梯，在樓梯的轉角處坐下來。

「小千？」

「噓……。青山小姐，我認為『那個人』會來取回照片。」

「咦？」

小千聲音放得極低，我不得不將耳朵湊到小千嘴邊。

「宿舍的起床時間是六點。既然有晚點名，一定也有早點名，如果是負責點名的幹部，那麼在起床前就有多出來的活動時間吧。現在是五點半，最近的天亮時間是五點五十分左右，無論『那個人』是誰，肯定會在天亮之前來拿的。」

我抬頭，看見小千以寧靜的眼睛注視著我。

尚未破曉的清晨，小千臉上一絲睡意也沒有，唯有眼圈黯淡。

在我昏睡之後，小千無疑抱著謎團想了一夜。

——誰說小千是華生的？

晨起的鳥鳴啾啾，交錯而嘹亮。灰白色的天空，一寸一寸地明朗起來。小千兩輪黑眼圈中央的眼睛，比那些都還要璀璨。

那個時候。

嘰嘰。

駁雜的鳥鳴聲裡，出現了走廊木板承重時的小小聲響。

嘰嘰。

靠近樓梯。然後，越過樓梯。嘰嘰。

我們一同站了起來。

就著樓梯與建築中間的夾縫望去，有一名少女直直走入廁所。

「竟然——」

我差點失聲，小千卻沒有絲毫驚訝之色，彷彿這是預料當中的事情。她小聲地讀秒，一、二、三、四、五，接著果斷走下樓梯，腳步聲咚咚作響。我緊緊跟隨在福爾摩斯小姐的身後。

再度走進廁所，如同前一個晚上那樣，小盞電燈依然通亮，隔間小門一概虛掩，一排光滑毫無遮掩的洗手臺，底部毫無出口。

廁所裡面沒有任何人。

——而洗手臺上的照片，已經消失了。

小千朝著我在唇上豎起手指，拉著我的手退出廁所。

我們返回寢室。

不多久，六點鐘的早晨打鈴聲清脆響起，整棟宿舍像是瞬間復活，嗡嗡地說話聲、移動聲與鳥鳴聲融合在一起。

小千傾聽片刻後，朝我微笑說：「您可以說話了哦。」

「竟然——竟然是陳雀微！為什麼是陳雀微！」

※

按照預定行程，我們搭乘上午十一時四十分的急行列車返回臺中。

買下兩包路邊販售的黑色菱角，預計列車抵達嘉義站時再買便當。列車從臺南站發車後，我們將報紙包起的菱角攤開在膝上。形如蝙蝠的菱角，兩個尖尖的銳角令人無從下手，幸好有靈巧的小千。

手巧的人，原來腦袋也靈活。

——為什麼是陳雀微？

那個寢室裡的小千笑起來說：「我是猜中的，運氣很好吧。」

怎麼可能讓小千用這種搪塞之詞敷衍過去！

「我們首次見到陳同學與大澤同學的那個時候，九重葛的花朵被風吹落，大澤同學以手臂為陳同學擋去落下來的花朵，您有注意這件事情嗎？」

「當然。」

「做為引導，陳同學與大澤同學走在前方。在一次經過轉角的時候，大澤同學髮鬢旁邊多出了一朵紅紫色的九重葛。那朵花原先夾在陳同學的水手領裡面，只有露出一點點，但我的身高跟陳同學相近，所以很早就留意到了。如果我的觀察沒有出錯，這兩位學生之間，是大澤同學做為保護者，而陳同學偶爾會做出反抗之舉呢。」

「……反抗保護者，嗎？」

「是呢。所以『哩呀』這樣的蔑稱，也反過來成為陳同學對大澤同學的稱呼了。就這樣說來，兩人之間出現的『哩呀』事件，或許也是陰錯陽差的誤會。」

「那個陳，稱呼那個大澤『哩呀』嗎？也真是難以想像的事情。」

「儘管不明白箇中緣由，在我們這樣外來者入住的夜晚，刻意要求大澤同學前往『神隱廁所』，也是一種惡作劇吧。不過，我認為那並不是勒索——四年級學生來年春天就要畢業了，交換個人照片做為紀念，是女學校的文化。雖然那樣的兩個人，竟然會交換照片……？嗯，畢竟少女的感情，乃是世界上最難解的謎題了呀。」

「可是單就這些線索，無法推測出是陳吧！」

「說的也是。第一個線索是，大澤同學住在我們的隔壁寢室。大澤同學是晚點名的幹部，回到寢室後以來不及上廁所為理由出來——也許一開始是這樣的打算吧。然而，我們早一步離開了寢室，大澤同學聽見我們外出的聲音，想必會決定按捺片刻，避免遇見我們。廁所裡的陳同學問『怎麼不早點來呢』，意味著我們前往的時間差不多就是她們原訂見面的時間吧。我內心有了『事發當時，大澤仍然處於寢室』的假設，徹夜聆聽隔壁寢室的出入動靜——八個人一間的寢室，偶有一、兩人夜尿也不奇怪，但是離開寢室如廁，必然還要返回寢室——如果廁所裡面說話的是大澤同學，那麼在我們回到寢室以後，隔壁寢室應該也會出現大澤同學返回寢室的聲音吧，而我聽了一夜，隔壁寢室的出入動靜，確實都是有進有出。這也意味著，『事發當時，大澤仍然處於寢室』的假設是正確的。」

「可是也有一種可能，是大澤以不明手法離開廁所以後，比我們早一步回到寢室了。不是嗎？」

「在深夜的宿舍，即使躡手躡腳也會發出令人察覺的聲響。何況大澤同學的體格，要降低行走的聲音相當困難呢。如果要搶在我們之前回到寢室，大澤同學的腳步聲肯定會引人注意的。」

「啊啊，畢竟大澤的體格相當健美嘛！那那那，那麼廁所裡為什麼沒有人呢？」

「嗯，這是另一個線索。廁所一一隔間，門沒有關上，看起來就像廁所內沒有任何人，可是，這是盲點。不可能是神隱的，我跟青山小姐的看法相同，所以答案很簡單，人沒有消失，而是躲藏在廁所隔間裡面。因為啊，在公學校裡玩躲藏遊戲，有些聰明大膽的學生，就會選擇躲在廁所的隔間門後呢。大澤同學體格健碩，不可能順利躲藏，那麼要是小孩子體格的陳同學呢……？很幸運的，我猜對了。」

「嗚喔喔喔喔，小千——」

「是的？」

「小千不是華生，也不是福爾摩斯。」

我鎮重宣告：「小千本身就是大偵探！」

天色已然大亮，寢室裡遍布金光。

端坐在床鋪上的小千，露出了比那還要明亮的笑容。

簡直令人頭暈目眩。

青山小姐。

小千的聲音傳來，「請用。」

我回過神，身處北上的急行列車一等車廂。

小千放到我手上的，乃是從黑色的尖銳硬殼裡剝出的，悄悄堆成了小山的粉白色菱角果肉。

咦！什麼時候已經剝好了？

「您不擅長剝這種小東西不是嗎？」

小千微笑解釋，「菱角要用牙齒咬開，剝肉出來也需要一點技巧，初學者要花不少時間練習呢。」

「嗯——？好像以前有過這樣的對話。」

「啊，是呢，是剛見面的時候。那個時候吃的是瓜子。」

「瓜子啊，現在還是不擅長吃呢。」

「這就是為什麼青山小姐需要我啊。」

小千連眼睛也含著笑意。

我捏了一塊菱角肉給小千。

小千沒有躲避，笑著放進嘴裡吃了。

——臺南鐵道飯店的套房裡面，殘留在玻璃杯裡的冰塊。

不知道為什麼忽然想到了那個情景。冰塊發出小小的冰裂聲。

那個時候送來的果汁也是冬瓜茶。

甜蜜的滋味，直到此刻才湧現出來。

七——咖哩

緣廊那一側的庭院，開了不知道名字的花。

秋雨連下數天，南島總算吹來夾帶涼意的風。清晨敞開玻璃障子，有濃郁芬芳隨著涼風捲入屋內。那是桂花的甜香。三個月以前，每天沁人脾肺的還是含笑花甜瓜似的氣味，不料眨眼間便到了桂花綻放的季節——本島的桂花作乳白色，內地的丹桂則作橘黃色，也難怪因而得名[49]。內地花開九月，本島是十一月，令人深感此地果真是熱帶臺灣啊！

想要品味花香，便下了緣廊。

木屐放在勝手口那邊，索性赤腳。雨水滋潤草皮，腳底板踩著感到搔癢，我就是那時留意到庭院邊緣盛開一列不知名的花。

應該說是花嗎？

緣葉平貼地面，交錯放射狀地長成手掌大的葉叢，從正中央位置抽長筆直的一枝花莖，而花莖伸出小分枝，頂端吐放淡紫色的小花，也有花苞，有小小的球形蒴果。

上午時分小千來了的時候，跟她提起這件事。

「聽起來，是土人參吧。」

小千站立緣廊往庭院眺望，微笑說「是土人參沒錯」。

「哦，是漢藥用的人參嗎？」

「不，儘管也可以做為漢藥材，但不是您所說的那種珍稀藥材。土人參在城市裡被視為雜草，高田家的園丁先生以往也是剷除掉的吧，不過在鄉間，鄉人偶爾摘取嫩葉作

[49] 原文中，桂花寫作「銀木犀」，丹桂寫作「金木犀」。

野菜食用。藥用的部分是根部，味道也跟人參很接近哦，聽說過惡質商人挖掘野地裡長了多年的土人參，混在真人參當中販售。」

「原來如此——可以吃啊，那麼土人參好吃嗎？」

我這麼一說，小千就笑起來。

「小千啊，這不是單純的貪吃，而是為了記述本島的事物呀。」

「說的也是呢。只是，很久不見土人參了，總覺得就這樣吃掉很可惜呢。」

小千側著頭看我，微微一笑，「這是我童年時代第一種認得的植物哦。」

好像是在對我撒嬌似的。

我也嘴角上揚起來。

「那就暫時先不吃了吧。今天的午飯，是柳川鍋哦！」

「真是期待青山小姐的廚藝呢。」

「哈啊，還是不要太期待吧！」

今天由我主廚。

縱然平日我也會自己弄點貓飯來吃，或者揉碎烤海苔在高湯裡做海苔湯泡飯，但那可稱不上「料理」。

柳川鍋，說穿了就是泥鰍火鍋。

如果是夏天，產季的泥鰍還會抱卵，十一月就無法要求這麼多了。在新富町市場裡找到能夠提供鮮美泥鰍的魚販，一早買回剖好的泥鰍，到家立刻煮一鍋滾水迅速燙起。

真正要烹飪的時候，將削成小薄片、泡在加醋清水裡的牛蒡，仔細鋪在寬寬的陶鍋底部，其上再放置剖開的泥鰍。加入提前熬好的小魚乾高湯，調味料是醬油、味醂、清酒與砂糖——砂糖多放一些，至於味之素就算了吧，也不要鹽，接著開火煮滾。避免泥鰍在滾沸的湯汁裡破碎，可以加個落蓋[50]。本島似乎沒有用落蓋的習慣，我應變以昆布權充。寬大的北海道羅臼昆布剪成兩、三段，覆蓋在湯面，由於昆布滋味都會融入泥鰍與湯汁，雖說奢侈，卻並不浪費。

等到泥鰍變色、牛蒡軟化，取出昆布落蓋，拿幾個雞蛋打散，將蛋汁傾入陶鍋中央以後再向外繞圈，煮到蛋汁呈現半凝固的滑蛋狀即可起鍋。

等待柳川鍋煮沸的空檔，我們先將其餘菜色一一上桌。

煮兩合的白米飯。配菜是新富町買來的米糠醬菜，小黃瓜、茄子，黃色的蘿蔔醬菜，還有本島少見的紫蘇千枚漬。湯是撒上大量青蔥的冬瓜蛤蜊湯。

「其實呢，原本想煮的是『鱈魚棒燉冬瓜』。」

「鱈魚棒？似乎沒聽說過這種東西呢。」

想起故鄉的食物，我忍不住打從心底微笑。

「鱈魚棒就是鱈魚乾，在我的家鄉是常見的中元節禮物。一到中元節前夕，老家的佃農們就會送來許多，會一直吃到秋天結束呢。童年時代的我啊，每年都很期待呢。雖然處理起來很麻煩，可是很美味，也算是秋天的風物吧！」

「魚乾呀，是泡發很費時間嗎？」

[50] 落蓋是比鍋蓋要小一點的蓋子，通常是木頭材質，日本料理裡經常使用於燉煮、滷煮食材。

「是啊，費時間，也費力氣。因為鱈魚棒跟剖開來曬乾的鱈魚乾完全不同，不是說笑哦，鱈魚棒簡直跟石頭一樣堅硬，要出動木棒用力搥打，打完浸泡洗米水，泡夠了再曬太陽，反覆這些步驟好幾次，才能軟化鱈魚棒。不過，比起一般的鱈魚乾，真的太好吃了，無法抱怨哪。」

「是美食家才懂得品味的料理呢。」

「就是這樣沒錯！拆解鬆軟的鱈魚棒，跟切成小塊的冬瓜一起燉煮。有些人家會加入馬鈴薯，那樣也不錯。煮到冬瓜轉為透明，一面試著滋味鹹淡，一面加入生薑汁、鹽巴、醬油，不小心會在上桌前偷吃好幾口呢！每當那個時候，嬸嬸就會大聲喝斥我，說要吃的話，端上桌再大快朵頤不就好了嗎？」

「聽起來是美好的童年回憶。」

「啊……我直到成年了也是這樣……」

小千笑出來。

「確實是您的作風呢！」

「是嘛，啊哈哈哈！在臺南喝到冬瓜茶那時，就掛念著想做鱈魚棒燉冬瓜。因為更早之前小千做了豬皮肉臊給我吃嘛，我也想讓小千品嘗看看我的童年滋味。沒有辦法找到鱈魚棒，那只好換柳川鍋了。」

說到這裡，柳川鍋已經滾沸到可以投入蛋汁的狀態。

一口氣打散五個蛋。

筷子與碗公喀喀作響，那聲音裡小千含笑說話。

「秋天的鱈魚棒燉冬瓜，夏天的柳川鍋，是這樣吧？」

「就是這樣！」

我以懷念的心情感嘆，「撫育我長大的叔叔與嬸嬸，我們一起吃了好多鱈魚棒和泥鰍呢。是充滿愉快回憶的料理。這樣的料理，我也想跟小千一起吃。」

小千「嗯」地一聲。

我轉頭去看，她正以含笑的眼睛凝望我。

不知道為什麼我的臉頰熱燙起來。

肯定是瓦斯爐的火燒得太旺了。

※

以小鉢盛起第一碗，送到小千手邊。

我沒急著吃。

桌子對面的小千執起筷子，以口就鉢，將雞蛋泥鰍划入嘴裡。文雅咀嚼，剔出魚骨，再划入下一口。

吃泥鰍這麼好看的人，世間應該只有小千了吧。

「好吃嗎？本島人似乎是將泥鰍製成藥膳口味吧，柳川鍋是以甜鹹的醬汁來煮的，或許口味上來說不是那麼習慣，哎呀，如果不好吃，那是因為我煮的不好吃，不是柳川鍋不好吃——」

「青山小姐。」

「嗯唔。」

「我覺得很好吃。」小千微笑說。

那我也只能咧開大大的笑臉了。

立刻端起碗筷，我把泥鰍吸進嘴裡，以舌尖剔出泥鰍魚骨。連牛蒡也口感柔軟的柳川鍋，中間以醬菜添增用餐的嚼食樂趣，再大吞一口白米飯，實在美味。

要是有一點酒就好了，可惜是大白天。

於是一邊吃飯一邊聊起來。

「下次在晚餐吃柳川鍋吧，泥鰍很下酒嘛。熱兩壺清酒，很不錯吧！」

「青山小姐可不會只喝一、兩壺吧，沒有人照看的話，感覺很危險。」

「才沒有危險呢。」

「上次——青山小姐在晚飯後喝醉，不是先讓您去睡了嗎？結果我離開之後您跑去泡澡呢。」

「那是因為洗澡水早就燒好了嘛。」

「然後您在浴缸裡昏倒了。」

「啊哈哈哈哈——不是昏倒，只是爬不出來而已。」

「『只是』，是嗎？」

小千露出甜美笑容。

哎呀哎呀。

那一天小千路邊偶遇賣麵茶的，折返回來想幫我買一碗，結果沒買成，而是為了把高大笨重的北山杉從浴缸裡拖出來，折騰得她狼狽不堪。

「嘿嘿嘿，所以說，小千住下來就沒事了嘛。」

「唉，說這種話，還真是您的作風呢！」

「是嘛。」

「並不是在稱讚您。」

「小千啊，以前不是問過嗎？為什麼非得住下來不可的理由。」

「避免大作家在浴缸裡昏倒，不算是理由哦。」

「當然不是。最近我總算想到了，對王家來說，是期盼小千熟悉內地風俗的對吧？如果是為了——嗯，為了那個未婚夫，因為那個傢伙是在內地成長的吧，只要住在這裡，就可以更瞭解、更習慣內地的起居生活了嘛。」

「……。」

咦，我有哪裡說錯嗎？小千居然笑得酒窩更深邃了。

「我明白青山小姐的意思了。」

「什麼？」

「青山小姐為了我未婚夫的幸福著想，真是用心良苦呢。說的也是，因為直到今天王家都還是四合院，如果搬到內地居住，想必是截然不同的生活方式吧，恐怕也不曉得怎麼打理收拾榻榻米上的凌亂床褥——」

我啪地把筷子拍在桌面。

「啊，可惡！不行，我果然還是無法接受。那種根本不認識的男人，連小千喜歡吃飯還是吃麵包都不知道，怎麼可以跟那種人結婚呢！」

小千笑咪咪地看著我。

「所以說，這樣就沒有住下來的理由了吧。」

「嗚嗯——」

「再擲骰子也可以哦。」

「好！」

小千去取來骰子跟碗公。

在小千擲骰子前我先喊住，「之前都是點數大者為贏，這次比小的。」

小千說好，伸手往碗公裡一擲，三個骰子翻來滾去。

——三點。

我捉起來一擲。

——十八點。

「這骰子裡是有專門看顧小千的神明大人嗎！」

面對我的呼喊，小千忍俊不住似的發出一串笑聲。

那是微微下沉、再輕輕上揚的笑聲，像一小段音樂旋律。

唉啊，哎呀，這樣就生不出抱怨之心了啊。

無奈地重新執起筷子，埋頭大吃泥鰍、醬菜和白飯。

「不情願的表情也太明顯了吧，青山小姐。」

「唔嗯嗚咕——」

「……那麼，給青山小姐一張優待券吧。」

「優待券？是指什麼？」

「在可以做到的範圍內，我可以為您做一件小事。」

果然是令人立刻拋卻委屈之情的優待。

我細細咀嚼白飯，腦海裡浮想聯翩。

「要是我能做到的範圍哦，青山小姐。而且也不需要急著回應嘛。」

「沒問題！我想好了，提議很簡單——下一次旅行，請小千穿洋裝吧。」

「穿洋裝……為什麼是這個要求？」

「不不，這不是要求，接下來才是我想請求小千為我做的事情哦——請接受我的邀請，我們去臺北鐵道飯店住一夜吧！晚餐是正式的西餐嘛，我也會以洋裝出席。啊，不如我們去洋服店新做一套洋裝好了，不知道時間夠不夠……對了，當然費用是我出哦，這就是我的要求。」

小千靜靜地注視著我片刻。

「……這樣一來，反而是您給我優待了吧。」

「啊哈哈哈哈。」

「可是，為什麼是臺北鐵道飯店呢？」

「因為上次在臺南鐵道飯店吃的西餐，總覺得不是那麼道地呢。」

「真是美食家的發言呀。」

小千苦笑著搖頭，是拿我莫可奈何的老樣子。

※

——在可以做到的範圍內，我可以為您做一件小事。

實際上，如果小千願意做一件事，我希望小千可以為我解答這個疑惑。

——妳到底是何方神聖？

王千鶴，臺中州臺中市大字頂橋子頭人，王氏一族的妾室之女。父系是地主富農，母系則是佃農家族。升學歷程是村上公學校、臺中高等女學校，高女卒業後入補習科一年，十九歲起任村上公學校國語科教師，迄今年春天離職，現年二十二歲。

不僅手足間少有互動，也無能夠倚仗的長輩。

高等女學校確實可以選修外語，然而僅靠四年的修業，就能夠輕鬆地以英語對話嗎？而且說到底，儘管是「國語」，深入臺島以後才會發現，能夠流利、優雅使用日本語的人，並沒有想像中那麼多。在本島更罕用的法語，又是從何習得的呢？

語言能力需要時間積累，博學更是。

小千卻處處流露不符年齡與出身的博學。

熟稔本島各地的地理與風俗的掌故，至少縱貫鐵道所經的島嶼西部幹線車站所在地方，多有深入認識。

深諳支那系本島人不同族群的文化差異，明顯超越小學教師的學養，尤其以「原住種族」稱呼蕃人，已是學者的論調。

閱讀範圍廣泛，不偏廢日文書或漢文書，想必也有英文書吧，而從言談內容裡可知的讀物方向即有傳統漢詩文、資料性質的雜誌、雜談書籍、文學小說以及通俗小說，而通俗小說裡還有風格強烈的偵探小說。

以及不知道該說是博聞強記，還是天賦異稟的部分。

擅長技藝類型的工作，算數、記帳，速記、背誦，清潔、打掃，從蒐集資料到剝揀水果，完美勝任庶務性的祕書工作。

包括純熟的烹飪技術。小千烹飪的味噌湯與散壽司，跟街上店鋪相比毫不遜色。每當旅行返回柳川小屋，說好想再吃一次旅行時品嘗到的什麼美食，小千總能端出幾乎相同的料理。

也有奇怪的部分。

小千相當熟悉西洋料理的用餐方式。臺南鐵道餐廳的那頓晚餐，桌面陳列的刀叉餐具一個也沒弄錯。難道說本島的女學校有西餐禮儀的講習課程嗎？儘管可能有這樣的講習課程，也不致影響飲食喜好吧。

可是小千喜歡咖啡，也喜歡麵包。這並不是本島人常見的飲食習慣。

——現年二十二歲。

本島的傳統富農家庭，妾室的女兒，喝麻薏湯長大的孩子。

前任公學校國語科教師，志向是小說翻譯家，習於摩登時代的流行文化。

我總感覺這中間漏掉了什麼線索。

那個缺乏家族奧援、幼時生活於貧窮佃農母親娘家的孩子，最終成長為一名學識廣博、才藝兼備的優秀女性。小千為什麼如此神通廣大呢？

直接提問，想必會再次得到這個答案吧——「這是身為通譯的商業機密。」早前我詢問小千的本島見聞從何而來，她就是這樣回應我的。

如果要得到真正的答案，必須提出正確的問題。

就像是更早之前，我明確指出小千並不願意與我單獨用餐的事實。

——「如果您沒有詢問，我不會主動說明。從一開始我就是這麼想的。然而要是您問起了，我就會據實回應。」

小千那時是這麼說的。

那就好像是找到了正確對應的鑰匙，才能開啟門扉。

而如今我還沒有找到通往那扇門的鑰匙啊。

※

「我想問小千幾件事。」

「是的。」

「小千是從什麼時候開始決定要成為翻譯家的呢？」

「不是問這趟臺北旅行的事情嗎？」

「啊，這是不方便過問的事情嗎？」

「也不是——嗯，是在讀高等女學校的時候吧。」

「為什麼是小說翻譯家呢？」

「那麼青山小姐為什麼想當小說家呢？——哎呀，如果這樣問您，又會進入問題的漩渦了吧。不過，只有我回答的話，未免不太公平了。」

「一個問題換一個問題，這樣如何？」

「這樣啊……」

「竟然不感興趣！」

「怎麼會呢。那麼青山小姐請先回答吧。」

「好喔！想當小說家的念頭，是在庵堂顧佛燈那個時候出現的。一個人在山林裡住著，不是閒著也閒著嗎？老實說，既感到寂寞，也會對無人的山林產生恐懼嘛，於是想了很多故事來安慰自己，大概是這樣。」

「……。」

「換小千了，為什麼是小說翻譯家呢？」

「要說的話，是因為喜歡閱讀。」

「這樣不算是回答啦。」

「嗯——那麼，應該說是因為書裡的世界很廣大。透過文字，無論是內地的東京，還是英格蘭的倫敦，美利堅的洛磯山脈，都可以看見吧。小說家是以文字創造天地的人，我沒有創造天地的能力，可是翻譯的話，就可以讓其他人看見更多不同樣貌的天地了。」

「哎呀，懷抱著這樣的想法，可比小說家來得器量遠大了。說起來，女學生時代就知道翻譯家這樣職業，是有什麼機緣嗎？」

「您這樣沒有遵守遊戲規則呀。」

「啊，抱歉。那麼換小千提問吧！」

「那麼，請容我保留到下次再問。因為要到站了哦。」

「咦——」

翻手腕一看，確實即將十一時半了。

啊啊，儘管旁敲側擊卻未能收取預想中的斬獲，總之也是前進的一步吧。

抵達臺北的第一個行程是吃午飯。

有賴文明世界的便利，破曉時分搭上最早班次的列車，中午以前就可以抵達臺北。儘管如此，那也是長達五個鐘頭的車程，抵達之前就餓腸轆轆了。

帶上火車的點心是麥煎餅。

說到麥煎餅，怎麼形容才好呢，或許是變化版本的太鼓饅頭吧——說到太鼓饅頭，之前在彰化小西街曾經吃過的，本島也稱呼為今川燒，大概是受到東京的說法所影響吧[51]。

麥煎餅以圓形平底鐵鍋製作，就像是把太鼓饅頭那車輪狀的小圓洞放大了變成一個鍋子，熱鍋後傾入一層麵糊，以小火緩慢煎烤，麵糊也會在燒熟的同時些微地膨脹起來，而當麵糊收乾、轉為金黃色時，就可以往麵糊瀟灑地一把撒上粗糖、花生粉、芝麻粉，再以鏟子將煎餅從中對摺，迅速出鍋，將那半圓形的餅切成兩塊或四塊的三角形。除了以花生芝麻糖粉作餡，也有紅豆餡、奶油餡，可是最匹配麵粉麥香的，我認為以花生糖粉居冠。

小千說麥煎餅的臺灣話叫作「麥仔煎」或「板煎嗲」。據說是支那福建一帶流傳到本島的街頭點心。

一口咬下熱燙的煎餅，表面薄脆、內裡柔軟，夾餡是帶著甜味與香氣的花生芝麻糖粉——早晨的市場裡，我跟小千各吃了一片，再帶四片切塊的麥煎餅上車。放冷以後表皮脆度消失，整塊煎餅轉變為有點彈性的口感，按臺灣話的說法，是帶一點「糗」[52]的嚼勁，也令人不禁再三回味。

[51] 太鼓饅頭即車輪餅，在日本關東地區多稱為今川燒。

[52] 原文作「kiu」，即今日所稱「Q」，本處譯為臺語正字「糗」。

帶入車廂的麥煎餅，抵達新竹之前就吃完了。

抱著發出咕嚕巨響的肚腹，我們在臺北車站附近的洋食餐廳吃午餐。

我點的主菜是炸豬排咖哩飯，小千的是馬鈴薯可樂餅咖哩飯。

另外點來肉丸子、炸蝦、炸雞塊，海鮮濃湯和生菜沙拉。我的飲料是果汁，小千是咖啡。

「洋食」並不是西洋料理。所以儘管晚餐是訂好了的鐵道飯店西餐廳，午餐還是特地選擇洋食。

「哪，小千喜歡洋食吧。」

「這是肯定的語氣呢，難道我曾經說過嗎？」

「比起洋食的王者炸豬排，優先點了馬鈴薯可樂餅，一定是對洋食相當熟悉的緣故。」

「青山小姐敏銳的部分，總是很嚇人呢。」

我嘿嘿嘿地笑。

明治維新之後，西洋料理進入開國的日本，最終演變成餐桌上的和洋折衷產物——不是西洋料理也非日本料理的「洋食」，可以說是時代的結晶吧。

對小千闡述這番感想，我下了總結。

「只要認真思索源頭，就會感覺小小一方餐桌乃是海納百川的存在哪。比方說長崎的桌袱料理，也是從支那料理轉化而生的。或許是身為九州女兒，我才格外感受到日本的料理之寬廣吧！」

「這個嘛，侃侃而談的青山小姐，似乎有什麼言外之意呢。」
「小千敏銳的部分才真是嚇人呢。」
「請您不妨直言。」
「嗯——簡單說，我想請小千考慮，來年跟我一起回九州。」
小千聽著便微笑起來，酒窩淺淺的，眼睛彎彎的。
「小千沒把我的話當真呢。」
「是呀，因為您提出正式要求的口氣，並不是這樣的。」
小千注視著我，「不過這樣太狡猾了吧，青山小姐。首先提出這種我不可能答應的要求，在我拒絕之後，就不得不答應其次的要求了不是嗎？而那個要求，才是您真心想要我答應的吧。」
「哎呀哎呀，不可小覷不可小覷。」
「所以說，青山小姐真正的要求是什麼呢？」
我也微笑起來，眼睛彎彎。
桌面鋪著白色的餐巾，對座的小千也是一身白色洋裝。
硬挺布料表面綴有白線花紋刺繡，奶油色的蕾絲裝飾領襟，高領上是三個鍍金的金屬鈕扣，格外襯出小千成熟堅毅的眼神。
我說「因為洋裝很適合小千嘛」，小千就微笑說「很感謝青山小姐的破費」，雙眼卻仍然凝視著我等待解答。

「小千，下一次，我想給小千訂做一套和服。」

※

——是青山小姐預計出席什麼重要場合，必須連通譯也穿著和服嗎？

——不，沒有啊。

——那麼，訂做和服的用意是什麼呢？

——因為小千穿和服肯定也很好看的吧！肯定是的！

——請容我想一想。

——費用的事情不必擔心，交給我吧！

那一天，我們按著行程下榻臺北鐵道飯店。

明治時代落成之時，就是宏偉壯麗、占地遼闊的三層樓建築，臺北鐵道飯店乃名符其實的「廣廈」。為了貴賓而設置的客用電梯，也是氣派不凡。入住女用浴室所在的二樓，至廊下便可見歐洲風格的三線路景觀，人行道上有氣度悠閒的紳士、淑女各自成群。「東方的小巴黎」，這一帶似乎擁有這樣的美譽。

但我可不是為了什麼小巴黎才來臺灣的。

風光明媚的下午，去了永樂町本島人市街一帶悠閒地散步。傍晚回到飯店的餐廳享用法蘭西廚師烹製的西洋料理（是蔬菜濃湯、無花果沙拉、嫩蘆筍、鵝肝醬和燒雞，論口味道地，確實遠勝臺南鐵道飯店），飯後再赴西門町的新世界館，持著餅乾筒冰淇淋看電影。隔天，飯店裡簡單用過早餐，在建成町圓公園攤販一攤接著一攤吃著蚵仔煎、雞絲麵與肉粽當早點，午餐是在榮町菊元百貨的五樓食堂——不愧是島都臺北，侍者送上來的是味道相當道地的印度咖哩。最後帶上雞卵卷餅乾當作土產，午後返回臺中。

轟隆隆前進的火車車廂裡面，我好像才醒覺過來。

「來程的時候，不是在玩『一個問題換一個問題』的遊戲嗎？是輪到小千發問了吧。」

「是呢，可是也沒有想到什麼問題呀。」

「嗯唔——」

「又是一臉不情願的樣子了。」

「是嘛。」

唉——。

小千發出輕輕的嘆息聲。

「青山小姐，您到底是怎麼看待我的呢？」

「小千是我的朋友啊。咦，等等，這算是一個問題嗎？哎呀呀，先不管遊戲了，小千為什麼問這個？」

「在青山小姐那邊看來，我們是朋友嗎？」

「難道說，在小千那邊看來並不是嗎？」

「所謂的朋友，是平等的關係對吧？總是接受青山小姐餽贈的我，並沒有辦法給予相等的回應。當然了，如果是作家與祕書之間的關係，因為存在位階高低的分別，接受餽贈或許是在下位者的榮幸——」

等等啊。我趕緊舉手中止小千的話語。

「小千，古賢人子路不是說過嗎？『願車馬衣裘與朋友共，敝之而無憾。』我是跟子路懷抱著同樣的心情呀！並不能說是餽贈，應該稱作分享才是。」

「……。」

「很抱歉，讓小千困擾了是嗎？可是，小千也在通譯的工作之外，為我做了許多事情不是嗎？料理什麼的，我也才做過一次柳川鍋嘛，其他時候小千做了多少料理啊，這樣說來不也算不上對等了嗎？」

小千默默凝視著我，半晌垮下肩膀。

「唉——實在是，說不過青山小姐。」

「那是因為我站在比較有道理的那一邊呀，是吧？直到現在，我稱呼小千為『小千』，小千卻還是稱呼我『青山小姐』呢，這樣也沒有對等吧。」

「……那是因為，我與青山小姐同名。」

「可以叫我『千子』嘛。」

「總覺得很彆扭。」

「或者『好子』（よしこ）。」

「這又是為什麼？」

「就是『很好、很好』(よしよし)的感覺。」

「什麼——什麼『很好、很好』嘛！」

小千被我逗得一時失笑。

「這樣怎麼跟您討論嚴肅的事情呀，青山小姐！」

「怎麼不行呢！」

我立刻板起臉作肅穆狀。

結果小千又轉開臉去笑了一下，勉強咬住嘴唇對我投以嗔怪的眼神。

我豎起的眉毛放鬆下來。

「所以說，是朋友吧？」

「……如果您認為是，那麼我也會認為是的。」

「不愧是翻譯家，真是擅長玩弄文字遊戲呢。」

「小說家的您，才沒有資格說這種話呢。」

很好很好。

會直接反駁的小千，是令人安心的小千。

「那麼回去之後，小千還願意做料理給我吃嗎？」

小千安靜了片刻。

我的心被那沉默給高高提起來，直到小千點了點頭。

「嗯——回去之後，明天來煮咖哩吧。」

※

咖哩的氣味濃烈。

說起來，被認為是咖哩原始產地的印度，據說並沒有「咖哩」這種料理，而是殖民者英格蘭人對大量使用香料的印度料理所使用的通稱。

無心插柳柳成蔭——或許就是這樣的發展吧。殖民地印度的料理，由於殖民國英格蘭的誤會而流傳，黑船令日本開國以後，咖哩以洋食之姿從內地又走到了另一個殖民地臺灣。

返回臺中的隔天午餐時分，小千端上餐桌的是咖哩全餐。

不過，不是洋食的炸豬排咖哩飯、可樂餅咖哩飯，也不是印度風味的咖哩。

咖哩雞、咖哩蝦、咖哩魚。

全雞與馬鈴薯切塊，小火慢燉直到鬆軟，以咖哩粉、醬油與醋調味，再煮到水分略微收乾到雞肉與馬鈴薯露出湯面，呈現近似濃湯的狀態。

挑去腸泥的鮮蝦以磨缽研磨成泥，揉入片栗粉與雞蛋後捏成蝦丸蒸熟。另起油鍋煎炒切塊的荸薺、香菇，再注入蝦殼熬出的高湯與熟蝦丸煮至沸騰，最後以咖哩粉、薑黃粉與鹽調味，撒上蔥花點綴，看上去彷彿黃金海洋有群島浮動。

魠魠魚切成條狀，裹雞蛋麵糊油炸。竹筍、木耳、金針、紅蘿蔔、辣椒切絲，投入咖哩粉、胡椒粉、粗糖、醬油與少少的醋炒成醬汁，淋在油炸魠魠魚塊上方。

都是咖哩，可是截然不同。介於勾芡與濃湯之間、具有主菜氣勢的咖哩雞肉馬鈴薯。口感豐富的咖哩蝦丸湯。油炸咖哩魚塊搭配酸甜味炒菜。不是日本內地的洋食，當然也不是印度料理、支那料理——這是臺灣料理。

「青山小姐不是這麼說過嗎？餐桌乃是海納百川的存在。內地確實誕生了洋食這種料理，可是也有屬於本島的洋食呢。」

小千說這話的時候我正把咖哩雞肉與白飯送進嘴裡，連忙幾口咀嚼把飯菜吞嚥下肚。

「侃侃而談的小千，也有言外之意嗎？」

「青山小姐成長的九州，想必是美好的地方。可是對我來說，本島就足夠美好了，並不是非得要去到遠方不可呢。」

「這話的意思是，正式拒絕我對小千的邀請嗎？」

「……明年的此時，我跟未婚夫結婚以後就會到東京生活了。很感謝青山小姐的厚愛，可是前往九州旅行這樣的事情，實際上是辦不到的。」

「還真是，令人苦悶的結論啊。」

「請您諒解。」

「啊啊，諒解什麼的，別這麼說嘛。」

把油炸魚塊塞進嘴裡咀嚼，再吃一大口白飯。

滿腹想說的話跟飯菜一起咕咚吞到肚底。

小千默默執起筷子，也一口飯一塊馬鈴薯地吃起來。

「哎，聊點開心的事情吧。」

「嗯——青山小姐沒聽過歌仔冊吧，下次帶『十二碗菜歌』的歌仔冊，我唸給您聽吧。」

「十二碗菜歌，那是什麼？」

「是本島的民間歌謠，這個歌仔冊是講一位女主人辦了宴席，做了哪些菜請客人享用的故事。十二碗菜歌，就是十二道菜，其中一道就是咖哩雞。」

「哦，沒想到連民間歌謠都有咖哩雞呀，可見很受歡迎吧！」

「半席點心與完席點心，分別是芋棗與千重糕。」

「都是甜點啊！」

「是呢。芋頭磨泥之後捏成棗子狀油炸，就是芋棗。千重糕在本島叫作『九層粿』，因為歌仔冊是從廈門來的，用了支那那邊的說法——在來米磨漿，一種加入黑糖，一種加入黃糖調和，先蒸其中一種，蒸熟後在其上傾入另外一種，一層一層蒸起來，層層分明，是賞心悅目的點心。」

「聽起來實在美味啊！」

「是臺灣料理的宴席菜色，下次幫您留意吧。」

我努力笑起來說那真是叫人期待啊。

小千只是安靜微笑。

飯後我們把屋內的障子都敞開。

去將緣廊那邊的玻璃障子也拉開，讓涼風吹散濃厚的咖哩氣味，一起送入屋內的還有桂花芳香。

土人參沿著庭院的邊緣，一路長到桂花那邊，開滿了小小的紫色花朵。

小千彷彿是這個時候才發現。

「竟然都還留著呢。」

「小千不是喜歡嗎？於是請園丁先生不要剷除了。」

小千看向我，有點驚訝的樣子。

應該還有一點驚喜吧，於是小聲地對我說了謝謝。

「看著它會心生憐愛，彷彿看見自己啊。」

「是這樣呀，那麼給它開闢一個小花圃也不錯吧。」

「青山小姐啊，總是說出這種溫柔的話呢。」

「嗯——我就當作稱讚了哦。」

小千低笑了一聲。

「土人參有另外的別名，叫做假人參。在這個世間，有些人將我視為王家的千金小姐，不過在更多人的眼裡，妾室的女兒，本島籍的女學生……我只是魚目混珠的假人參罷了。」

我斂容正色。

「小千才不是什麼魚目混珠，是那些人錯看了蒙塵的明珠。」

「莎士比亞的名句，『玫瑰不叫玫瑰，還是一樣的芳香』——您肯定是這麼想的吧。」

「那是當然的了。名字只是表面，美好的本質才是關鍵。小千也是，無論外在做什麼模樣，小千就是小千。」

「果然是溫柔的青山小姐會說的話呢。究竟是魚目或者明珠，我不知道，我知道的只是，土人參也有土人參的尊嚴。」

「……這個意思是？」

「我接受了土人參的身分，也打算以土人參的姿態活下去。可是將我視為明珠的青山小姐，是希望我裝扮成真正的人參嗎？」

小千朝著我微笑，「青山小姐是這麼想的不是嗎？我穿上和服，會比穿上長衫更好。」

我因為困惑而一時失語。

那就像有風吹來，我卻捕捉不到。

「不，不是的。」我勉強找到聲音說話，「並不是我認為穿和服比較好，小千穿長衫、穿洋裝都好看呀。可是，對於那些眼睛只看華服的人們，和服是可以守衛小千的護身符吧？」

「……儘管對我來說，我並不需要那樣的護身符呢。」

「對於堅強的小千來說，那肯定是不需要的——不過，如果說那是我想要保護小千的心意，也不行嗎？」

「……。」

小千凝視我。

我回望小千。

秋風穿透小屋的障子發出咻咻聲。

屋內的咖哩，屋外的桂花，香氣混雜。

小千的臉頰浮現酒窩，微笑嘆氣說真是拿您沒辦法啊。

「那麼，就請容我接受青山小姐的禮物了哦。」

酒窩深邃，聲音甜蜜。

變化很細微，但確實是有所變化。

我眨了幾次眼睛才敢確認。

——小千，又戴上那張甜美的能面了。

八——壽喜燒

熱燙的烤番薯，小千三兩下剝好，以蠟紙盛著放到我手上。

這個吃熱呼呼的番薯會感到舒服的季節，也是適合泡溫泉的季節了。

隨著旅途轉向溫泉，我的「臺灣漫遊錄」接連寫了中部的彰化溫泉與東埔溫泉。而說到溫泉旅行，本島可是有個知名的「浴場線」呢。

那是位在島都臺北的郊區，鐵道支線淡水線的小支線，原名是新北投支線，僅僅只有一站，由於目的地「新北投站」就是溫泉鄉所在，因而誕生了浴場線的別稱。多麼可愛啊！儘管是觀光勝地，也不禁令人升起一探究竟的情懷。

初入南國冬季的清晨天際未亮，自臺中搭乘早班車。預定的行程是抵達臺北後轉乘支線到新北投車站下榻溫泉旅館。第二天在臺北第一高等女學校有一場演講，第三天返回臺中。

車窗外風景有如流光，我們正在再度前往臺北的鐵道幹線之上。

大咬一口番薯，我把視線從窗外調回。

小千剝好了第二個，慢條斯理地享用著她的那份番薯。發現我的注目時，便朝著我微微一笑。眼底沒有笑意，僅只是牽動嘴角讓兩頰產生酒窩的肌肉動作。

——果然戴上了吧，能面。

如今的小千仍然跟我同桌吃飯，列車上分享同樣的點心，不過言談與姿態跟先前並不相同……不，應該說，退回到更早的先前了。

小千性格謹慎，態度前後差異並不顯著，可是我知道那是有差異的。偶爾我看著小千的臉龐，心想小千知道她自己擁有一張能面般的笑臉嗎？

對座的小千一襲雪輪紋樣的樺色小紋和服，暗藍印花腰帶樸素雅致，唯有玄黑長羽織的千鳥織紋氣勢華貴，襯托奶油白雪一樣的肌膚。

日前從吳服店取回的和服，如我所料相當適合小千。

以一身正式裝束為我剝去番薯皮，同樣悠然自得地吃起番薯，吃完後以手巾將雙手擦拭乾淨，一派高雅。

有此能屈能伸的器量，小千異地而處必是菁英之流的人物啊。

即使如此我還是思索了好半天，慢吞吞吃掉番薯才開口。

「和服，小千穿得還習慣嗎？」

「嗯──太昂貴了，感覺背負著重擔呢。」

「咦──？」

「開玩笑的。」

小千發出輕笑聲，以促狹的眼神看我。

我緊盯著那張狀似輕鬆的笑臉。

「哎呀，青山小姐的眼神真可怕呢。」

「要是小千穿不習慣的話……」

「請不要介意，我在學生時代也很常穿的，只是以前不是這麼好的料子。」

「哦，果然是穿過的嘛。因為小千走路的樣子很好看呢。足袋和木屐，還有和服，跟臺灣衫與洋服穿起來的感覺差異很大吧，可是小千的姿態相當優雅。」
我說了一通好話，小千就笑了，笑容燦爛奪目。
「青山小姐剛才想說什麼呢？如果穿不習慣，就可以不穿了嗎？」
「嗯，如果穿不慣，以後就不穿了吧！」
「……。」
「我不想勉強小千。」
「直到現在才說這種話啊，青山小姐。」
小千語氣稍重，我不禁心頭一緊。
然而小千隨後放輕了聲音。
「我會穿的哦，也打算好好珍惜。不只是昂貴的緣故，因為這是青山小姐為我費心挑選的和服嘛。還想著生了女兒，在她成年以後轉贈給她吧。」
「女兒什麼的，不是想得太遠了嗎？」
「其實也不很遠，來年就要結婚了嘛。」
小千笑說，「未婚夫年長我好幾歲，吳家急於要誕下子嗣呢。按照本島人的習俗，必須生下男孩才行，只有一個男孩也是不足夠的，結婚以後的女人就只有一種工作嘛。以機率計算，肯定會生下女孩的吧。」
「小千。」
「在的哦。」

「小千是想要激怒我嗎？」
「這是怎麼說的？」
「因為我不希望小千跟那個傢伙結婚。小千是知道的吧。」
「那麼為什麼您不希望我結婚呢？」
「不對，這應該問小千吧——小千對於這樣的命運是樂於接受的嗎？比起跟男人結婚，小千有更想要做的事情吧。那種只是想要生孩子的混帳傢伙，讓他去跟有志婚育的女人結婚不就好了嗎？」
「您這是生氣了嗎？」
「不，我並沒有生氣。只是，小千不是想當翻譯家嗎？我也不打算結婚，是有志依靠寫作度過一生的。這樣的話，小千跟我回九州不是正好嗎？由我出面的話，王家會答應的吧？不，就算王家不答應也無所謂，小千儘管住進青山家，不需要依靠王家，有我就夠了。」
呵。
小千瞇著眼睛微笑，「青山小姐真敢說呢，莫非這是私奔的要求嗎？」
「我不是開玩笑的。」
「嗯，青山小姐曾經說過，您視我為朋友——現在這樣，也是因為視我為朋友的緣故嗎？」
「那是因為，我視小千為摯友。」

我自認表情嚴肅，小千卻小聲說著「摯友啊」，對著我微笑。是甜美到刺眼的笑容。

「小千才是，生氣了吧？」

「哦，這又是怎麼說的呢？」

「我也不知道怎麼說。」

「您說不知道呀。」

「是啊，我不知道為什麼小千要生氣，也不知道怎麼說明我的感受，可是確實感覺到了小千的不快。我是魯莽的女人，又笨拙，又粗心，我想要珍視這份友誼，可是為什麼好像哪裡出錯了，讓小千不開心了呢？小千不直言的話，像我這種蠢笨的人是無法知悉答案的啊。」

「……。」

「是因為，小千討厭和服嗎？」

「不，我並不討厭和服哦。在青山小姐來看，總是穿著長衫的我，或許以為那是我的堅持吧，沒這回事。儘管您自稱魯莽，還是記得平日我也穿洋裝的吧？本島炎熱潮溼，以正裝來說，長衫比和服舒適，只是這樣的考量罷了。青山小姐來到本島以後，一向也是穿洋裝的不是嗎？」

溫柔說話的小千，分明就是戴著能面的小千。

「小千應該沒有說謊吧。」

「沒有哦。」

「可是沒有說出全部的實話。」

小千就「嗯」地一聲笑了。

「並沒有要坦白全部的意思呢，小千。」

「是哦。」

並沒有回答是否生氣，也不打算說出全部的實話，小千只是微笑。

不，應該說——只是笑，又不只是笑。

那是宛如電影，有意讓鏡頭逐漸聚焦在主角笑容的節奏感。

小千抿著嘴唇微笑了一下，隨後屏氣凝神地凝視著我，使我不得不同樣停頓下來回以對望。

與我目光相對的時候，小千含笑的眼瞳裡彷彿有星辰放光。

纖細宛如羽毛般的眼睫毛上下輕觸，格外襯得眼底星光熠熠閃爍。

我掉進去了似的。

當小千微微頷首，我就不由自主地跟著上下點頭——我受到馴服，小千便加深了笑意，臉頰的酒窩深邃。原本就是甜美的笑容了，如今更像是勾人掉入蜂蜜罐子裡那樣的嬌豔之色。

這是第一次，我留意到小千的嘴唇是美麗的薔薇色。

「等等——小千這樣看著我的話，就沒有辦法討論正事了吧！」

「嗯，怎麼不行呢？這樣看著，又是什麼樣的看著呢？」

小千的嗓音又軟又甜，我簡直要掉進更深的地方了。

但那個地方是什麼？我也說不上來。

哎呀，不如說，前一刻的話題是什麼？到此我已經完全想不起來了。

只好把臉側向車窗。列車正經過廣袤的稻田地帶，遠近一片黃金色的稻浪起伏，越過稻田以後，近山深翠，遠山灰藍如鐵，山脈層疊連綿，有柔和靜謐的浮雲懸在山巒的曲線邊際。我悄悄鬆口氣，感到發燙的臉頰緩慢降溫。

小千就在這時輕聲地笑起來。

那種音樂旋律般的，令人心弦遭到一一撥動的笑聲。

我不由得以手掌壓住胸口。

「抵達北投溫泉以後，去吃壽司吧。新北投車站那裡有間食堂，雖說是大眾食堂，卻連生魚片與壽司也富有盛譽，而且距離旅館並不遙遠。既然如此，讓青山小姐在白天小酌一壺清酒也還是可以的哦。」

「唔嗯。」

「那間食堂還有賣萩餅呢。以前青山小姐說過喜歡牡丹餅嘛，春彼岸的牡丹餅，秋彼岸的萩餅，您還沒有在本島吃過萩餅不是嗎？一口吃一個，美味牡丹餅的不傳之祕——趁此機會，容我拜見您的英姿吧。」

我總算把視線再調回來。

說實在話，小千拋擲過來的，是沒有任何偽裝、有意討喜的言語攻勢。
「小千啊。」
「是的。」
「妳該不會是惡魔吧？」
「嗯——我要把這話當作稱讚哦！」

※

邂逅的春末，我與小千正式見面是在高田家的宴息室。
面對我想吃這個、想吃那個的諸多要求，小千全部微笑接受。
那個時候，我打從心底發出呼喊。
——嗚嗚！妳該不會是天使吧？
結果完全沒想到，豈止是擅長玩弄文字遊戲的翻譯家，根本就是擅長巧妙玩弄人心的小惡魔呢——當然我指的是，那位戴上美麗能面的小千。
若非長久相處，肯定不會發現的吧。
不是一味以笑容討好，小千其實圓融而世故。既謹慎認真，也會嗔怒責難，會調皮說笑，相處起來舒服自在，叫人打從心底喜歡。可是，那是假面。
是內心疏遠的小千。

正因為內心疏遠，才能進退有度，才能討人歡心，連抗議和責怪都是假象。

說到底，我與小千的關係，不就像是跳華爾滋雙人舞嗎？儘管也是我默許的結果，然而實際上我與小千之間的前進與後退，都是小千的牽引。

這樣的關係，可以說是朋友嗎？

先前那一趟臺北旅行的回程火車上，我們有過這樣的對話。

「所以說，是朋友吧？」我說。

「如果您認為是，那麼我也會認為是的。」小千說。

那麼——現在的我認為呢？

食堂裡，小千仍然坐在我的對座。

向店家點了生魚片刺身、握壽司、稻荷壽司，磯煮鮑魚、鹽烤鯖魚與小釜鍋干貝香菇拌飯。略有涼意的十二月天，叫來溫清酒。

小千為我斟酒。

我也為小千斟酒。

隨著清酒先送來的下酒菜，是味噌關東煮與醋漬丁香魚。

味噌關東煮整缽上桌，小千持長筷挾出雞蛋、蘿蔔、油豆腐分裝小盤，送到我的手邊。是我最偏愛的幾種。

小千自己的是蒟蒻、小芋頭與紅蘿蔔。是小千的愛好嗎？我想不起來。不過那是我少吃的幾種。

「我沒有記錯的話，小千結束學業以後，就直接到學校就職了吧。不過，期間曾經師從過什麼樣的人物嗎？」
「師從……您是指茶道或花道嗎？並沒有哦。」
「或者在料亭或者餐廳之類的地方見習？」
「也沒有呢。」
「那麼可能是本島獨有的技藝？內地有三味線嘛，類同那樣的。」
「您也知道我不擅長音律嘛。」
「可是上次的歌仔冊，《十二碗菜歌》那個，小千唱的水準可堪比專業人士了。」
「青山小姐可沒聽過專業人士唱歌仔冊呀。」
「嗚咕。」
「您想問的究竟是什麼呢？」
小千甜笑著問。
我搖頭，大口吃掉雞蛋和蘿蔔。
失禮，打擾了。旁邊傳來招呼的聲音。
食堂的女侍送上生魚片刺身。
我稍讓身軀，小千則直起身子順勢接手，將漆器大盤放置桌面。
器皿與桌面相觸，沒有一絲聲響。
小千呵地一聲笑了。

「妾室的女兒服侍他人，不是理所當然的嗎？」

我筷子上的油豆腐跌回小盤。

抬頭看向小千，小千臉上沒有絲毫異色，薔薇色的唇瓣微微揚起。

「青山小姐想問的，難道不是為什麼我擅長服侍的工夫嗎？您怎麼不問，我是不是在咖啡屋，在遊廓[53]見習過呢？」

我認真地看著小千的笑臉。

「小千是在自侮，還是侮辱我呢？」

「青山小姐認為是侮辱嗎？孔子說過，『吾少也賤，故多能鄙事』——」

我打斷小千，「妳在生氣。可是，為什麼？」

小千苦笑說，「您這樣是叫我怎麼辦才好嘛。」

「倘若小千心中有所不滿，難道不能直言嗎？」

「正因為並沒有那樣的事情呀，既然如此又該怎麼跟您說呢？」

這肯定是說謊。

可是我語塞，只能緊盯著小千的那張能面。

小千伸手過來我嘴邊碰了一下。

「沾到了哦。」

說著這樣的話，小千若無其事地舔去手指上的味噌醬。

——這、這是做什麼？

[53] 遊廓是日本官方認可的風化區，為日本傳統的性產業專區，日治臺灣於明治時代引入遊廓。相較遊廓，都市新興文化的咖啡屋屬於軟性的風俗場所。

意會過來的瞬間，有熱血唰地從脖子竄到頭頂，我滿臉脹紅。

「哎呀，您還好吧？」

當然不好啊！

我霍然跳起來。

然而儘管我幾番想說點什麼，到最後還是張口結舌地傻在那裡。

相對的，為我身影所籠罩的小千只是放鬆地側仰著臉，笑咪咪地看我。

胸口緊緊的。我像是第一次認識眼前的王千鶴。

※

——大家都在看了哦，您先請坐吧。

——嗚。

——您還拿著筷子呢。

——是誰造成的結果啊。

——似乎是我呢。

——唔呃。

——咦，有花枝刺身呢，您喜歡花枝吧。來，請用。酒就不要喝了吧，青山小姐的臉這麼紅，肯定是喝醉了。我請女侍送煎茶過來吧，嗯？

——唔嗯，嗚呃。

罕見地吃了一頓食不知味的午餐。

離開食堂，溫泉旅館就在鄰近不遠的山坡上。

空氣裡瀰漫硫磺的臭味，路邊野溝與水圳有白色的熱氣蒸騰，確確實實是溫泉鄉，我卻喪失旅行的情懷。

旅館附有女性使用的小池浴場——事到如今，連抱怨大池男湯與小池女湯的規模都提不起力氣了。辦妥下榻旅館的手續，第一件事就是想去浸一浸溫泉，再來痛飲冰涼的啤酒。

小千卻阻止我。

「剛才喝酒了不是嗎？要是在溫泉池裡昏倒，未免太丟臉了。而且我恐怕沒有力氣將青山小姐扛回房間哦。」

「不，剛才連一壺都沒喝完啊。」

「可是您的臉都紅到像是要滴血了。」

「不不不，根本不是因為酒的緣故啊。」

「哦，那是什麼緣故呢？」

以純真的表情對我提出疑問，小千明明就是那個罪魁禍首。

但這要從何說起呢？

我「啊啊啊」地吐出氣息，在榻榻米上頹坐下來。

與喪氣的我相反，小千面帶笑容。
黑色羽織確實極為匹配小千，顯得臉蛋像是敷粉一樣溫潤白皙。
就是宛如能面那樣的白臉紅唇啊。
「喝點冷飲再去泡溫泉吧，您想喝可爾必思，或者要檸檬汽水？」
「……。」
我沒有回應。
那是因為我從來沒想過面對小千，心底竟然也會產生一股難受的氣悶。
左右怎麼看，小千都沒有打算卸下面具的意思。理解這樣的事情以後，說實話，胸口宛如有火苗在燒。
小千留意到我的異樣，笑容似乎和緩了一些。
「青山小姐的臉色很差呢，該不會感冒了吧？」
小千伸手過來。
我擋住她。
「您生氣了吧。」
「對。」
「會令人發怒的通譯，乾脆辭退好了。您覺得怎麼樣？」
我氣極反笑，從鼻子裡發出哼哼笑聲。
「這就是為什麼企圖激怒我的理由嗎？」

「讓青山小姐誤認為我有意如此，我很抱歉。」
平靜的小千，讓我更加火大。
「想辭職的話直言就可以了，不是嗎？」
「青山小姐會同意嗎？」
「確實，我絕對不會同意的。正因為如此，就只有讓我出言辭退了對嗎？可是這樣對王千鶴小姐來說，並不是聰明的做法吧！」
話一說出口，就像堤防出現了裂縫，一口氣潰堤。
我連聲音都忍不住向上提高。
「或許對王家來說，在內地女人的身邊待上大半年，女兒已經充分掌握內地人的生活習慣了，即使這個時候辭退工作，也沒有什麼損失。不過，對王千鶴這個人來說呢？無論未來的夫家或者娘家，在意妳的幸福的人，想必一個也沒有吧，不是嗎？即使如此，也寧願從我身邊離開的理由，到底是什麼！」
「哎呀，是呢——這個世間裡，或許只有青山小姐是珍惜我的吧。」
「說謊。」
「不是說謊，否則就讓我吞千根針。」
小千的笑容仍然沒有減少半分。
我深深幾次呼吸。
「小千是知道的嗎？戴著面具的事情。」

「……您說面具？」

「現在的小千，難道不是戴著面具的嗎？從結識之初，小千就對我隱藏真實的感受。那樣也無所謂，因為我是從遠方來的陌生人嘛。可是，更早一些的時候，小千終於願意對我表露情感了──我心想，拿下面具的小千，是對我敞開心房的小千了吧。所以我不明白為什麼，為什麼現在又戴上面具了呢？」

「……。」

「是因為在我要求之下，讓小千做了不喜歡的事情吧。果然是因為和服，不是嗎？要是知道小千討厭到這種地步，我一開始就不會勉強小千的。」

小千默默凝望著我片刻。

「青山小姐說我戴著面具──或許真的是這樣呢，您的觀察力實在敏銳。可是稍早說過了嘛，我並不討厭和服。」

「那麼……」

「問題的癥結並不是喜歡或討厭和服啊，青山小姐。然而我無法解釋清楚，因為儘管您是溫柔又敏銳的好人，也存在著您自身無法覺察的盲點，只是這樣罷了。」

「那、那到底是什麼盲點？」

「請容許我直言，正因為是盲點，即使說明了也很難讓您理解的。基於這樣的判斷，很抱歉──」

「所以小千擅自下了判斷，決定疏遠我嗎？未免太蠻橫了吧！」

我不禁發出怨言。

小千調整坐姿為端正的正座。

「是的，如您所說，我認為與青山小姐保持工作關係是最理想的。」

我屏住呼吸。

工作關係。

「那是說，作家與通譯之間的關係嗎？」

「是的，實在相當抱歉。」

「這是割袍斷義的宣言嗎！」

「青山小姐視我為摯友，正因為如此，我也想要明白地回應這份感情，所以才這樣跟您表白心意，懇請您理解。」

壓住心頭火，我與小千雙目對望。

顫抖著嘴唇的我也好，挺直背脊跪在那裡的小千也好，沒有誰想要退讓。

我們就隔著桌子僵持了好久。

很久。

久到我不得不因為高張的情緒感到疲憊。

小千卻毫無動搖。

——可惡。

我落敗般地大嘆一聲。

得勝的小千則是微微一笑。

「小千完全沒有懼色啊！」

「因為您是人格高尚的青山小姐。」

「才沒有這回事呢，要不是旅館的桌子太重，我就要像九州男兒翻掉桌袱臺那樣掀翻桌子了。」

我以拳頭指節叩叩叩地敲著桌面。

小千卻笑出來，跪姿變得輕鬆些許。也是軟化了吧。我看見小千眼睛裡有薄薄的水光。

「真的，沒有說謊哦。這個世間，只有青山小姐是全心珍惜我的。」

「那就跟我做朋友啊！」

「可是，就真是辦不到呢。」

根本不知所云，我也只能從喉嚨深處發出哀戚的啊啊聲了。

「哪！叫啤酒來喝吧！今天晚上吃壽喜燒吧！要大口吃肉啊，可惡！」

「壽喜燒什麼的，是牛肉吧。本島人不吃牛，我也不吃哦。」

「咦——等等哦，這是朋友才會說的話吧！」

「哎呀哎呀，因為您是人格高尚的青山小姐嘛，請您多多包涵。」

「怎麼這樣——」

我大呼一聲，頹然倒在桌面。

頭髮從耳後散到臉上。

小千靠過來將我的頭髮撥弄整齊，含笑發出柔軟的嘆息。

「青山小姐真的是個好人呢。」

「是嘛。小千太狡猾了。」

「是呀，實在不知道怎麼說我對您的感謝呢。」

小千凝望著我，眼底柔情如水。

我只看一眼。

「這是美人計吧，跟味噌那個時候一樣。」

「怎麼這麼說嘛。味噌也是，是真的沾到了呀。而且美人計什麼的，您不也是女人嗎？」

「小千要這麼說就說吧——不過，至少要繼續跟我同桌吃飯哦。」

小千就拉長了又甜又軟的聲音說「好——的——」。

在這種地方做出退讓的小千，又是帶領我跳華爾滋的小千了吧。

我的胸口仍有火燒。

可是除了跟著小千跳舞，我不是別無他法了嗎？

※

在溫泉旅館吃的是鯛魚火鍋。

畢竟是應該吃鍋物的冷天了。

返回臺中以後，我與小千還像是早前那樣相處。

不談「面具」，不談「朋友」。宛如時鐘倒轉千百圈，回到了我剛抵本島那個時候的樣子，小千還是天使模樣的小千。

在我伏案寫作的日子，小千為我準備營養美味的午餐與晚餐。

我說想吃雞管[54]與鹹糜，想吃奶油麵包，花生糖和客家餅，想吃米糕與菜頭粿[55]，小千就像閃閃發亮的神明大人在桌面變出美食。

也像初來乍到那時，臺中下起雨來。

南國臺灣的平地並不下雪，連日陰雨的某些日子卻也寒冷刺骨。

我跟小千說來吃壽喜燒吧。

小千面露疑惑之色。

「不是牛肉，用豬肉來做吧。」

我說，因為我還是想跟小千分享美味的食物。

說到壽喜燒，誕生在明治時代的那時叫作「牛鍋」。上方與江戶[56]的做法起初並不相同，大正時代以後匯流了，不僅統稱為壽喜燒，料理手法即使在本州最南的九州也都趨近一致。

最早的時候，牛鍋是一人一鍋的。隨著年代更迭，如今的壽喜燒是眾人圍著一個鍋

[54] 雞管即今日所稱「雞卷」。

[55] 原注：本島人稱「蘿蔔」為「菜頭」，菜頭粿乃是白蘿蔔絲與在來米漿混合蒸成的點心。

[56] 明治時代以前，上方為京都、大阪的舊稱，江戶為東京的舊稱。即使是明治年代之後，日本文人仍然偶在書寫時使用舊稱。

子，各自以直筷取用的熱鬧料理。口味上捐棄了味噌，醬汁以醬油、味醂、砂糖與清酒調製。在燒熱的扁平鍋子裡面略炒過牛肉、蔥段、洋蔥，傾注調好的醬汁，再一一將豆腐青菜什麼的投入鍋內一同煮熟。

將新鮮雞蛋打散在小碗裡備用。醬汁沸騰以後，夾出牛肉沾生蛋汁食用。甜甜鹹鹹，口感腴嫩，美味到令人忍不住多吃幾碗飯。

——如果說酒盜是太下酒了的料理，那麼壽喜燒或許可以稱為飯盜吧！

聽我這麼說，小千噗哧而笑。

「這就是為什麼您煮了三合的米飯嗎？」[57]

「要不是為了多留點肚子吃肉，應該多煮一合。」

「您的喜悅都寫在臉上了。」

「畢竟，這也是我想跟小千一起吃的料理之一嘛。夏天的柳川鍋，秋天的鱈魚棒燉冬瓜，冬天的話，就是壽喜燒。」

「……。」

時鐘畢竟沒有倒轉。

要是那位跟我一起歡暢飽嘗柳川鍋的小千，應該不會在這種時候安靜吧。

「不問我春天吃什麼嗎？」

「內地的春天，是銀魚或者初鰹嗎？」

「哦，不愧是偵探小姐。」

[57] 一合米為一八〇毫升，今日臺灣的米杯一杯即一合。一般而言，一杯米是兩碗飯，足供兩名女性食用。

「因為您說過生魚片是冬天和春天最美味。」

「令人驚訝的是小千的博學啊。本島似乎不吃銀魚和初鰹吧！想破腦袋也想不透，小千到底去哪裡知道這麼多事情的呢？」

「您要猜猜看嗎？確實是有著可以問到許多事情的這種人。」

「圖書館館員？」

「可惜。」

我想了想。

然而一連問了書店店員、車站站員、郵務士，小千都是搖頭。

「該不會是來自內地的辯士吧？巡迴放映電影的人，正所謂『讀萬卷書，行萬里路』嘛。」

「可——惜——。」

可惡啊可惡。

我宣布要煮壽喜燒了。

把豬的肥肉放到熱燙的扁平鍋子，以燒出來的豬油炒一炒醃漬的豬肉薄片，也可以炒洋蔥，一時間買不到內地的大蔥就省略吧，重要的是大量的豬肉，壽喜燒就是吃肉嘛！豬肉炒到半熟就暫時取出，以熱鍋煎豆腐。豆腐兩面煎好，重新放回炒豬肉，再是高麗菜、香菇、切片牛蒡、蒟蒻與紅蘿蔔。加入醬汁。醬汁沸騰前夕投入茼蒿，滾熟就熄火。

那邊小千盛好熱飯，備妥生蛋汁，這邊我端壽喜燒的鍋子上桌。

「感覺很好吃吧！」

「的確香氣迷人呢。」

「壽喜燒不使用菜筷[58]，小千盡情挾喜歡的吃吧，啊不過，要先吃肉哦！不要客氣，一次吃三、四片吧！」

小千說好。

一筷子夾起豬肉片，沾裹了蛋汁以後，吹著熱氣咬進嘴裡。

吃泥鰍好看，鼓著臉頰吃肉也好看的人，肯定只有小千了吧。

「好吃嗎？」

「非常美味。」

「是吧！」

我也動起筷子，夾了三片豬肉沾上蛋汁，塞進嘴裡大口咀嚼。

啊，好吃！

「柳川鍋暫且不論，壽喜燒不可能有人討厭的吧。」

「是這樣嗎？」

「因為是壽喜燒（すきやき），當然人人都喜歡（すき）啦。」

小千失笑，紅蘿蔔沒挾穩就掉回鍋裡。

「抱歉，是我失態了。」

[58] 菜筷即公筷。

「沒這回事。哪，小千喜歡紅蘿蔔嗎？」

「喜歡。為什麼問這個？」

「上次在北投吃關東煮的時候，心想小千是喜歡吃紅蘿蔔嗎？還是因為我並不偏愛，所以小千才吃的呢？」

「……。」

小千沒有立即回應，吃了那塊紅蘿蔔以後，又吃了煎豆腐。

「青山小姐沒有必要為我費心的。」

「既然都一起吃壽喜燒了，怎麼可能不費心嘛。」

「……我不明白您的意思？」

「因為壽喜燒啊，是跟喜歡的人一起吃的料理嘛。」

「嗯——您的諧音笑話是從落語學來的嗎？」

「不好笑嗎？」

小千抿著嘴小聲說「我不想說謊」。

我反而笑起來，呼著熱氣一連吃了許多豬肉、牛蒡和高麗菜。

「其他地方的壽喜燒放的是白菜，不過高麗菜也好吃嘛。」

「九州的鍋物似乎是偏愛高麗菜勝過白菜呢。」

「這種事情小千也知道啊。」

「因為來本島的內地人，出身九州的比較多。」

是這樣啊。

我附和地點點頭，挾了一筷子豬肉放到小千面前的小盤裡。

「青山小姐，是把我當小孩子嗎？」

「嗯——如果是工作關係的話，這個時候道謝就好了吧。」

小千愣了一下。

「開玩笑的。」我說，「早前不是說過嗎？在庵堂顧佛燈那時營養失調，生病了回到長崎的家裡。稍微康復起來之後，嬸嬸就經常帶我上壽喜燒店吃飯。對我來說，壽喜燒是重要的人共同享用的料理。」

「……。」

「沉默了呢。不必掛心，在我這邊來看，小千是重要的人，只要這樣就可以了。」

「這樣的您，不也是相當蠻橫嗎？」

「蠻橫的小千與蠻橫的我，那麼就彼此彼此了嘛。」

「真是拿您沒辦法。」

「什麼嘛，束手無策的人是我吧。」

嘴巴上互相抱怨，我與小千仍然沒有停下筷子。

第一輪的壽喜燒迅速見底。

端鍋子回廚房煮第二輪。

一般壽喜燒並不放荸薺與竹筍，但本島冬季的這兩樣食材極為美味，所以也投入壽喜燒的鍋子。第二輪就不炒肉了，撈去豬肉的浮沫，新添醬汁後把各色材料全部丟進去，等著滾沸就能上桌。

我顧著爐火。

「青山小姐。」

「嗯。」

「在這個世間，您是第一個只為了我而下廚的人。」

我看向小千。

表情柔軟的、溫煦的小千。

不是能面。

唉——。

我把迷惘與疑問都吞進肚子裡。

「是我的榮幸。」

「真抱歉。」

「這不是應該道歉的事情。」

「說的也是，您說的沒錯。」

小千想了一下，「下次的午餐，我做『蛤仔煮麵』吧。」

「哦，那是什麼？」

「是以蛤蜊為湯底的煮大麵。要說的話，並不是正式的料理，是介於路邊麵攤與家常料理之間的湯麵吧。豬肉切丁與青蔥碎末下熱鍋爆炒，加入蛤蜊與扁魚酥煮湯，湯沸以後再放進大麵煮熟。起鍋盛在碗公裡面，才澆上肉臊，灑一點白胡椒粉。蛤蜊和豬肉煮成鮮美的湯，熱騰騰的，光是這樣就想要喝兩碗湯了。煮軟了的大麵，吃進肚子裡會感到又溫熱又舒服。」

「真是令人吞口水的描述啊！說起來，之前小千也煮過大麵嘛，那個時候沒有用到蛤蜊。所以『蛤仔煮麵』是特別的料理嗎？」

「嗯，是哦──儘管不是青山小姐那樣的美好回憶，可是『蛤仔煮麵』是我童年時代記憶深刻的美味。那是一位傳奇的女廚師所做的伙食料理。就算是做給許多人一起吃的大鍋菜色，也沒有任何馬虎。童年的我，當時心裡感到那是天下最美味的料理了。」

唔，總覺得有很多想提問的地方。

但第一個果然還是──

「為我煮『蛤仔煮麵』，是道謝的意思嗎？」

「是的，可以這麼說。」

「或許我的詢問毫無道理，不過小千應該沒有為別人特地做過『蛤仔煮麵』吧。」

「不愧是敏銳的青山小姐，確實沒有。」

「這意味著對小千來說，我是特別的人嗎？」

「……是的，您是特別的人。」

小千微笑著說。

依舊是甜美又可愛的笑臉，真的哦，就彷彿我們不曾發生過在北投溫泉的那場爭執。

可是——算了，我心想，何必事事追問到底呢？

滾沸後的第二輪壽喜燒端上餐桌。

小千重新換過打好的蛋汁，盛上大碗的白米飯。

我挾了一筷子的豬肉到小千的小盤裡。

小千也回敬我一筷子的豬肉。

我們大口吃肉大口吃飯，也大口吃荸薺與竹筍，咀嚼時咯嚓咯嚓作響。

那聲音聽起來有點好笑。

「啊，感覺化身成牛似的。」

「那也沒什麼不好嘛。青山小姐家的佃農有養牛嗎？牛反芻的時候，看起來很幸福。」

「是嘛。」

「有機會的話，再帶您去鄉間或牧場看一看吧。」

「……。」

「青山小姐？」

「特別的人，跟重要的人，是不一樣的嗎？」

我的口舌違背心意，擅自拋擲出了疑問。

小千持筷的手停頓下來。

「要是討厭我的話，直接說就可以了。」

「我並不討厭青山小姐。」

「所以說，正是因為如此，我不明白為什麼小千不能跟我做朋友。」

「並不是有意故弄玄虛，只是現在的我，還沒有辦法用言語讓您明白。倘若未來，未來找到了可以讓您理解的解釋，我會據實回答。」

「是嗎？未來——真想轉動時鐘，看一看那個未來啊。除了小千所說的那個未來，難道沒有成為朋友的未來嗎？」

小千沉默了半晌，才說「我不想對您說謊」。

「……。」

「……。」

「好吧好吧，吃飯吧。」

「謝謝您的見諒。」

「也不能怎麼樣嘛。」

「可以開除我呀。」

「只有這一點辦不到哦。哪，下次要帶我去看牛哦。」

「好的。」

「還要去阿里山看櫻花。」

「必須要看森林鐵道的狀況呢。」
「那我想吃傳奇女廚師所做的料理。」
「這個可能有點困難，容我盡力吧。」
對話一來一往。
圍著同一個鍋子。
咀嚼美味食物的時候，我也像牛一樣感到幸福。
到底所謂的朋友是什麼呢？事到如今我已經完全搞不懂了啊。

九——菜尾湯

「這附近有什麼好吃的嗎?」

「咦?怎麼突然……」

「青山小姐的這個口頭禪,最近很少聽您說起了。」

「這麼說起來,確實是吧!因為總是在我提出之前,小千就已經解決這個問題了嘛。」

不過,還真是意外呢。

我將視線從速記中的筆記本紙頁移到小千臉上。

小千也跟我一樣,會回首過往的互動嗎?

儘管我的內心浮現這樣的疑問,眼前面帶笑容的小千,卻一如既往地教人看不出端倪。

我不由得感到眼前這個人,既是天使,也是惡魔。

——不久之前,我在本島度過了新曆的新年。

年末時節,菊子嬸嬸連續拍來電報,有意責難我離家不歸久矣,不過內容盡是年菜的菜單。

甘露煮香魚、筑前煮、蔬菜味噌漬、醃海參腸、烏魚子、明太子、鮭魚子、鯡魚子、魚板、甘煮栗子與黑豆,昆布卷、伊達卷與紅豆年糕湯。嬸嬸不愧是嬸嬸,一舉擊中了貪吃鬼的要害。

有些料理在本島也可以一飽口福,有些卻無處可尋,尤其青山家獨門風味的伊達卷玉子燒，連我都不曉得配方。元旦的雜煮年糕湯，回想起來就忍不住嘴裡生津。要說我不懷念故鄉，那是不可能的。

可是我並沒有回長崎。

高田家特地邀請我共度大晦日吃蕎麥麵[59]，我同樣婉謝了。

市役所的美島擔任官方代表，在年末送來歲暮節禮，制式詢問我是否需要年菜或溫泉旅行。我說要是能安排我去本島人家度過新年就最好了，美島當場皺緊濃眉，以公事公辦的口吻說：「此事恕難安排。您何不請教王通譯？」

我也沒問小千。

因為早在美島、高田夫人來訪之前，小千已經有所行動。

本島的新曆新年是國定假日，多數本島人過的仍然是臺灣年。昭和十四年的臺灣曆新年，是在二月中旬。那個時候，王家將會陷入相當忙碌的一段日子，可是新曆新年影響不大——小千這般說明以後，以詢問作結。

「新曆元旦，青山小姐想要吃什麼樣的內地年菜嗎？」

特意為我烹製年菜，是基於什麼心態呢？我無意探究。

甘露煮小魚、味噌漬蔬菜、燒煮香魚、酒粕烏魚子、紅白魚板，黑豆、蝦子與鮑魚，伊達卷玉子燒與年糕湯。小千做出豐盛年菜，我也一口氣煮了兩種年糕湯。

柴魚與飛魚乾煮的高湯，放入應景的紅白蘿蔔絲，喜歡的牛蒡、香菇、新鮮的紅肉魚，最後才是烤得鼓脹的年糕。而以大量砂糖熬煮紅豆，像是要埋藏珍寶那樣將烤年糕

[59] 大晦日即除夕，一年的最後一日。日本傳統習俗在大晦日吃跨年蕎麥麵，年菜料理則於元旦至初三的新年假期間享用。

埋進紅豆湯裡面，就是甜味的紅豆年糕湯。

無論是冷食的年菜食盒，還是熱食的年糕湯，全部都美味到令人想哭。

餐桌上一同品味美食的夥伴，乃是同為大食量妖怪的小千。

愉快地下箸，歡暢地仰杯，沒有任何阻礙地聊起各種話題，足足吃了好幾個鐘頭，元旦早餐一路吃成午餐。

我在本島度過了美好而愉快的新年。

然而，小千是難以捉摸的啊。

元旦的前一天，大晦日的晚餐我與小千也吃了許多蕎麥麵，配菜是山藥泥、蝦子天婦羅、生雞蛋與魚板。寒氣沁入屋裡的時候，架起爐火烤年糕，以膨起的年糕沾黃豆粉與花生糖粉小心咀嚼；也烤了海苔，烤年糕擦上醬油以海苔包裹，左手換右手地邊吃邊喊燙。

深夜的爐火前小千的臉龐紅通通的，眼睛裡有溫暖的光芒，淺淺的酒窩安靜而甜蜜。

儘管如此，當我在那之後再次提問「像這樣，不就是所謂的朋友了嗎？」小千只是笑說「您喝醉了，請好好休息吧」，給了我一記軟釘子。

哎，這不正是所謂的「瞻之在前，忽焉在後」嗎？

新年假期過後，我與小千重拾溫泉旅行的行程。

第一天早晨驅車直往基隆，在鄰近基隆車站的新聲館劇場放映《青春記》，映後同基隆高等女學校師生進行半個鐘頭的演講，工作就在下午結束了。傍晚轉車去住金山溫泉，浸一浸溫泉，飽食螃蟹、章魚與海瓜子。

第二天回基隆搭乘宜蘭線到八堵。午間十二時十三分基隆發車，二十五分抵達八堵；稍事遊憩，搭乘午後一時二十五分八堵發車的列車折返基隆。觀覽慶安宮媽祖廟與仙洞窟以後，下榻基隆港邊的旅舍。第三天回臺中。

行程裡面，基隆八堵往返的那一趟車程顯得突兀。

這是小千的安排。討論行程的柳川小屋裡，我問為什麼是八堵呢？那是個連《臺灣鐵道旅行案內》都沒有遊覽建議的支線車站嘛。

「先前去高雄的時候，青山小姐喜歡下淡水溪鐵橋吧，所以想著，基隆的鐵道名景或許您也會感興趣的。」

「哦，高雄是本島之南，基隆則是本島之北嘛！」

「……抱歉，坦白跟您說吧，是我想看那個名景，才做了這樣的安排。」

「這樣啊，不過這樣也沒什麼不好吧。」

「您還真是個好人呢。」

「是嘛。所以我們要看的是什麼鐵道名景呢？也是鐵橋嗎？」

「不是鐵橋哦，應該說是歷史吧。」

嗯？

距離那次的行程討論已經好幾天了。

在基隆車站的候車室，我們等待著宜蘭支線的列車。

這是我們身在基隆的第二天。

我收起速記用的鉛筆與筆記本。

小千說最近罕得聽見我的口頭禪「這附近有什麼好吃的嗎？」

確實是如此。比如今早從金山溫泉折回基隆市區，我們提早在公會堂食堂吃過午餐以後，我尚且沒有想到要買什麼治療嘴饞的食藥，小千已經帶領我去買了本島點心。

點心當中，麻粩、米粩、綠豆沙餅是未曾一嘗的美味，口感與滋味相當獨特。令人興味昂然的是，本島的寸棗跟內地的花林糖，吃起來幾乎並無二致[60]。這是為什麼我當即速記起來的緣故。

收起紙筆，支線列車也正往月臺駛來了。

十分鐘左右的車程，基隆的下一站就是八堵。小千說的名景是隧道與瀑布。由北而南進入隧道以前，可見側邊有兩道飛瀑漫天而下，宛如兩條白龍騰飛，列車恰似穿越翻騰的雙龍突入隧道——相反的，若是由八堵折返基隆，列車從黝黑深邃的隧道裡貫出，就近的兩瀑聲響轟轟，恍然有如破浪前行。

明治年間，鐵道部在隧道口題詞「雙龍」，雙龍瀑布因而得名。[61]

「遠遠早於清國時代，雙龍瀑布存在此地許久了，直到鐵道開通，人們才得以輕鬆地觀覽。開通之後有漢詩人留下詩句，『此瀑當時人識少，埋沒空山幾千年』——埋沒空山幾千年——多麼令人嚮往的景色呀！」

[60] 臺灣的寸棗與日本的花林糖相當形似。寸棗以糯米粉、麥芽糖揉糰切割為短條狀，炸起後裹糖漿灑糖粉；花林糖步驟相同，但成分是麵粉、蛋與水飴，炸起後同樣裹糖漿灑糖粉。

[61] 雙龍瀑布又稱「鮐頂瀑布」，為清末到日治初期的基隆八景之一。戰後建設連接臺北與基隆的臺五線公路，因此段路橋橫擋景觀，橋樑亦令水流改道，故雙龍瀑布勝景今已不存。

充滿感情地說出這樣的話，小千是何等期待啊。

我也不再抓著寸棗大嚼了。

支線列車彷彿咬著鐵軌那樣慢速前行，有瀑布聲響由遠而近地明晰起來。

小千凝望著窗外。

我凝望小千。

飛瀑聲響最大的瞬間，下一個眨眼就是長入隧道的無邊幽暗。

眨眼以前，映入我眼底的是小千孩子一般的童稚笑臉。

那是我從未見過的小千的笑臉。

所以說嘛，到底該拿這個人怎麼辦才好呢？

我在隧道的幽暗裡嘆息。

※

雙龍瀑布旁的隧道自也有它的名字。

不，不是「雙龍隧道」。別稱「瀧之本隧道」[62]，正式名稱是「竹仔嶺隧道」。

竹仔嶺隧道是又深又長的大隧道，但若只是這樣也算不上名景。小千言道此處的鐵道名景是歷史，起先我不明所以，聽完小千的說明就理解了。

這得先從距離一公里外的獅球嶺隧道說起。

[62] 瀧之本隧道原文作「瀧の本隧」，瀧即瀑布之意。

清國時代的臺灣，在光緒皇帝治下正式興建鐵道。清國人同樣以基隆為臺灣頭，第一條鐵道預計從基隆港口南下，越經臺北，直達竹塹[63]。

此時首要的難關乃是獅球嶺。

獅球嶺相當特殊，包括清國時代傳言此地有風水之說的「龍脈」，更在於獅球嶺山丘是個屏障，倘不鑿穿則無法輕便通行。

清國官員首次在臺島開闢鐵道，資源、技術均有不足之處，同時必須對抗本島人的迷信，或許也因為清國官員的顢頇吧！清國官員與外國工程師之間溝通不良，導致設計出了差錯——隧道按照規畫分別從山丘的兩端開鑿，卻在中央會合之際發現兩端存在嚴峻的高度落差，不得不再次投注時間精力修正路線。

最終開鑿而出的隧道，即獅球嶺隧道。北口與南口都由低處逐漸攀升，如果一刀切開獅球嶺，或許會看見隧道大致長成一個彎弓形狀吧。

這就是臺灣鐵道的第一條隧道。

由於獅球嶺隧道行駛諸多不便，帝國領臺以後，就近擇竹仔嶺再鑿出一條新隧道做為替代之用。竹仔嶺隧道，因而誕生。

明治二十九年[64]開鑿，兩年後完工。這是帝國領臺第二年即開啟的工程，由此可見臺灣總督府的看重。選址鄰近雙龍瀑布，也兼顧了觀覽用途。

日後我另行調查，大正元年[65]鐵道部發行的《臺灣鐵道案內》提及八堵車站，即介紹有景點之一「雙龍瀑」，想必當時觀光地位之卓越。不過即使身在列車裡的那個當下尚未

[63] 竹塹為新竹的古地名。

[64] 明治二十九年即西元一八九六年。

[65] 大正元年即西元一九一二年。

知曉，我已然愈想愈感到本島之上，縱橫疊加著時光的痕跡，盡是令人不由得生出感佩的歷史故事。

——獅球嶺隧道與竹仔嶺隧道，不正是清國與帝國的鐵道大夢的起點嗎？

弓狀而彎曲的獅球嶺隧道，出入有飛流的竹仔嶺隧道。刻苦的清國，浪漫的帝國。不是相當令人玩味嗎？

「可以寫個小說吧！就叫作《臺灣縱貫鐵道》。描寫本島的鐵道興建過程，從清國時代開始寫——嗯，以獅球嶺隧道的開鑿起始，結束在竹仔嶺隧道的落成，怎麼樣？能夠以此推動故事說到整個縱貫鐵道嘛，這是鐵道的歷史，不，不對，這應該說是本島的開拓史吧！」

抵達八堵站以後，我們姑且在車站附近散步，但此地除了基隆河別無景觀，而且天際有陰雲，索性折返車站。

木造的站房裡我一面將點心吃進肚底，一面傾囊倒出新篇小說的發想。

小千面露思索之色。

「聽起來似乎要調查許多資料呢。」

「是吧！」

「這樣的小說，可跟《青春記》相去甚遠呀。您打算要花幾年寫完呢？」

「說的也是，我想想啊，獅球嶺隧道和竹仔嶺隧道都花費了兩、三年時間鑿穿隧道吧，不如就預估兩年好了。在那之前可以先寫個短篇小說。獅球嶺有龍脈之說，短篇小說就叫〈龍脈記〉吧！」

「呵，那麼容我等候拜讀了。」

「哎呀，若是真的寫成，小千可不是讀一讀小說這麼輕鬆了。」

「這話的意思是？」

「小千要負責將小說翻譯為漢文嘛。」

「咦？什麼時候有這個安排了？」

「就是這個時候啊！」

「……。」

「啊哈哈哈。」

「……恕我提醒青山小姐，現在的世局，連報紙的漢文欄都取消了。」

「什麼？竟然有這樣的事？」

「從前想著，可以將內地的小說翻譯為漢文，也能將支那與本島的漢文小說譯為日文，無論哪個都好，從事翻譯或許是本島人的優勢吧。可是帝國與支那的戰爭演變到現在——哎呀，未來的臺島，或許不需要翻譯家吧。」

「啊啊……。」

「說了沉重的話，實在抱歉。」

「不，小千沒有道歉的必要。確實，在內地與支那之間，本島的處境相當特殊……是我欠缺思慮了，要道歉的人是我。」

小千很快地回應說「您不需要道歉」。

氣氛變得沉悶了。

如此一來，我也只能抓起一把寸棗喀哩喀哩地大聲咀嚼。

咀嚼罷，把滿手的糖粉拍散。

「哪，回程的時候，再仔細看一次雙龍瀑布吧！未來把這個景象做成小說的插圖好了，版畫印刷，還要上彩！」

我發出豪語。

小千微微露出驚訝之色，隨後彎起嘴角。

「嗯。回程的時候，再仔細看一次瀑布吧。」

※

在那之後怎麼了呢？

讓我想一想。

直到回到基隆，小千都沒有異樣。

不，不只是回到基隆。抵達基隆以後，我們在細雨裡前往參觀慶安宮媽祖廟與仙洞窟，在港灣邊吃竹輪，小千一切如常——這說的是，小千固然不再放鬆如往昔，至少不是戴著那具明顯的、硬梆梆的能面。

不，甚至有短暫片刻是稍微鬆懈的吧。

那是在慶安宮，從清國乾隆皇帝時代開始流傳香火的老媽祖廟。

小千解說慶安宮如何展現基隆支那系漢人的族裔共榮與文化發展，說到基隆做為南國玄關的獨特地位。

「基隆是名符其實的『臺灣頭』哦！不只是縱貫鐵道的起點，也是航運的出入口。九州的門司港、臺灣的基隆港，客運與貨運都是這個航線。年幼的我，曾經對這個港口懷抱著夢想呢——臺中車站每天都有許多列車載運香蕉嘛，我問親人說那是要送到哪裡去呢？親人回應說香蕉會先送到基隆，再搭船抵達九州的門司港。我想著那樣多的香蕉，港口豈不是香氣瀰漫了嗎？堆滿青色的、黃色的香蕉的港口，是夢幻的景象呢。」

「那個時候的小千，還真想拜見一下呢。」

「遺憾的是，年長以後到了港口，才發現港邊充斥著鹹風與海味，沒有一絲香蕉的氣息。哎，年幼的我，也成長為一名不可愛的大人了。」

「並沒有這回事，現在依然很可愛哦。」

「雖然乍看是天使，其實卻是惡魔呢。您不是這麼想的嗎？」

「啊哈哈哈——如果是以前的小千，不會說出這種話吧！這樣一想，就算是惡魔般的小千，也是可愛的小千了。」

「……。」

那個時候，佯裝生氣對我橫眉的小千，並不是真正的發怒。

轉乘計程車前往仙洞窟，那時又怎麼樣呢？

仙洞窟是個充滿奇趣的海蝕洞窟。潮溼的巨大自然洞窟，經過人類的後天加工，如今供奉觀世音菩薩與弁財天女神，石像雕飾與洞窟崎嶇都有可觀之處。

最趣味者，乃仙洞窟內部另一個小石窟，通道極為窄仄黑暗，只容單人持燭行進。終點的小石窟也供奉神佛，必須擠身進去才得以參拜。

我說我走在前面吧，小千說她的體格走前面比較方便。比對雙方的體格，確實如此。

於是讓小千先行，我握緊她的手跟在身後。

「不必緊張，前方沒有危險的。」

「說是仙洞窟，絲毫不像有仙人啊，就是前面出現幽靈也不奇怪。」

「要是真的有幽靈，青山小姐握著我的手又能怎麼樣呢？」

「就叫我肚子裡的妖怪出來，跟幽靈打一架呀！」

噗——

小千笑起來。

笑聲回響在那又悶又窄又暗、連旋身都不容易的洞窟小徑裡，聽來彷彿冰晶一樣清澈透明。

然後呢？離開仙洞窟，我們到港邊去吃了竹輪、魚板與魚丸湯。

再來，下榻港邊的船越旅館。

在這途中，我莫非有說錯什麼話嗎？或者，做錯了什麼事情？
我想不起來是哪個時刻開始，小千出現了變化。是吃完竹輪，兩人勉強撐著一把傘冒雨走回旅館的路上嗎？
進入旅館房間以後，小千取出布巾說請用。我沒有立刻意會過來，布巾便輕輕放到了我的肩頭。這才發現，顧著走路沒留意，我右半邊身子大半在雨裡溼透了。
趕緊再看看小千。
風衣的衣袖有些許雨點滲透，尚有幾顆水珠浮在毛料上面。
我捉起布巾撣去水珠。
就是這個時候——
「請不要再這麼做了。」
小千正色說，「青山小姐對我的溫柔善待，我承受不起。」
我一頭霧水。
「是說撐傘嗎？還是拍掉雨水這件事？但都說不上是什麼善待吧。」
小千沉默了一下。
「倘若今天的通譯是市役所美島先生，您也是同等的對待嗎？」
「呃？」
我抱著布巾想像那個情景。那位緊蹙眉頭宛如酸梅的美島嗎？光是設想，就連我也不禁皺起整張臉了。

「想必您不會的。」

「是不會。」

「或許這麼說會令您感到莫名其妙——可是，這不就是差別對待了嗎？」

這還真是，到底是怎麼說的嘛！

我的腦袋一片混亂，只能直挺挺地傻站在那裡。

小千也站立著。

不知不覺又演變成這種對峙的場面，實在無奈。

然而在我嘆氣投降之前，小千去取了新的布巾過來。

柔軟潔淨的布巾，在下一刻碰觸到我的臉頰。

然後是耳鬢。

原來我的頭臉也都淋溼了。

所以，這是小千先投降的意思嗎？

「如果是美島先生，應該也不會這樣幫我擦頭髮吧。」

「……。」

我想了想補上一句，「如果小千不喜歡，下次我不會再這麼做了。」

小千輕微地「嗯」了一聲。

「我也不會。」

說的想必是擦頭髮這件事吧。

※

基隆旅行結束了，我仍然無法忘懷小千的異樣。

——說到底，幫忙撐傘並不是真正引發小千不悅的原因吧。

話雖如此，我回想抵達船越旅館以前的每個細節，也想不透是哪裡讓小千感到不愉快了。又是我的「盲點」使然嗎？完全不明白啊。

我也沒來得及想明白。

回到臺中不久，發生了更加令我絞盡腦汁——真的，就像是試圖扭絞大腦，把所有可能的線索擠了出來那樣努力地尋找——卻怎麼也是無法想透的事情。

那個時候，日光穿透玻璃窗，滿室發光。

小千嚴肅地直視著我。

「倘若您真的無法改變這樣的態度，那麼我必須請辭這份工作。」

※

原諒我把話說的顛三倒四了。

我且調整時鐘的指針，將時間往前一些。

正月即將結束的前夕，小千說要領我前往拜訪那位傳說中的女廚師。

本島人將廚師稱為「總舖」或「刀子」[66]，能夠主持宴席的大廚師則敬稱為「總舖師」。這位傳奇女廚師「阿盆師」，就是必須以敬稱相待的總舖師。

出身清國時代的漳州仕紳之家，少女時代因世局更迭而淪落民間，阿盆師一生未作人婦，而是島嶼行腳一般流轉於各地望族世家的廚房，習得本島漳泉、客家與支那福建、廣東菜系的料理手藝。家常菜色、攤販點心、酒樓宴席，以及富貴人家的精緻料理，無一不精。

阿盆師以廚藝事人，仍然不改富豪千金的作風，一生飲食精細，酷嗜博弈、聽曲與看戲。小有財富即辭去工作四處遊樂，直到錢財散盡，再擇良木而棲。年過半百以後，阿盆師才宛如接受榮養，從此棲身臺中大里庄本島人林氏家族，只為林家老夫人一人烹製料理，迄今約莫十年左右了。

在天氣晴朗的冬天早晨，我們搭乘巴士前往大里。

「沒想到真的能找著那位總舖師呢。」

「因為答應您了。」

「小千也是溫柔的好人嘛。」

小千笑說「不敢當」。

「如果阿盆師不願意為您做菜，您肚子裡的妖怪，沒問題嗎？」

「啊哈哈哈，那就只好沿路哭著回家了。」

「雖然想問說您是開玩笑的吧，不過似乎不是呢。」

[66] 「刀子」(to-tsi)，異字為「刀指」、「桌指」、「屠子」、「屠解」，語意偏向視廚師為屠宰者而非專業廚師，屬於蔑稱。

「唔——十年來，阿盆師只為林老夫人下廚吧？如果是這種程度的堅持，實在無法勉強對方。」

我這麼說了。

小千默默地看了我片刻。

「我會盡力的。」

所謂盡力，指的是什麼呢？

抵達大里林家支那式真紅色的宏偉大屋，有少年僕役領路，在一道矮牆前將我們交給顧著小門的老婆婆，再由牆內的少女僕役接手，引領我們往內裡進去。門牆重重，廊道光影斑駁，幾經路線轉折。一個馬約利卡磁磚閃閃發亮的美麗門樓忽然現身，牆頭爬滿炮仗花，我們從那門樓踏入了由建築環繞的小庭院。少女僕役以生嫩的日本語說「請自便」，隨後退去。

這空間裡可以通往的建築——正前方、左方、右方都是精緻的支那式小屋，跟我們的入口合成一個口字形。正前方小屋的門口敞開，幽暗的屋內傳來音樂旋律。

是留聲機。

安靜下來聆聽，發現曲子是歐洲的古典音樂。

彷彿時間停滯在清國時代的傳統支那紅屋的天井，迴盪著來自遙遠國度的西洋音樂。

此等處境過於神祕，我無法動彈，便與身邊的小千站著聽完了那首曲子。

曲子停歇以後有人出來。

是個穿著玄黑色臺灣衫，卻仍然遮掩不住五官明媚的美婦人。

上下看著我與小千，美婦人最後把目光定在我的臉上。

「就是妳吧，我只說一次，聽好了。」

美婦人說出流利的日本語，「我不幫日本人做菜。」

什麼？我大為吃驚。這位美婦人竟然是年屆六十的阿盆師？

下一秒，由於領會到這位大廚不願為我下廚，我的內心不禁再次發出一聲大喊「什麼——」。

「請您等等。」

小千聲音鏗鏘地說，「久聞阿盆師從來不拒絕賭博。如果我賭贏您，可否請您為這位青山小姐做一道料理呢？」

什——什麼——？

賭博？小千這是何來的自信？

我因驚詫而張口結舌，兩位本島人已經改以臺灣話對談。

「×××，×××××××，××××××××，×××××××××，××××××××××××××？」

「××，××××。」

小千態度溫和而懇切，阿盆師的回應卻是決斷的短句。

接下來雙方往返的數句話語裡面，狀況依舊，那像是小千努力說服，阿盆師「不為日本人做菜」的決定卻無法動搖。在旁的我全神貫注，依然聽不懂隻字片語。直到阿盆師的回應話語逐漸拉長，我總算補捉到一個日語發音的詞彙：「琥珀」——即使如此，我也不解其意。

然而不知何時，阿盆師沉默下來，朝我投來如電的目光。

「妳啊，運氣真好！」

沒頭沒尾地丟下一句日語，阿盆師回身折回屋內。

這是怎麼回事？我困惑地看向小千。

小千朝我微微一笑，臉頰慣常地堆擠出酒窩。是在安撫我吧。

我與小千沒時間多說，阿盆師再次走了出來。

手裡拿著一個碗公。

……碗公？

阿盆師向前一指，方向是門樓進來的屋簷底下。小千朝那裡的一張茶几走去，我隨後跟上。轉過身子才驀然看見，盛開的炮仗花宛如瀑布，向內側垂降而下，映襯紅磚黑瓦與斑斕磁磚，瑰麗非凡。

真是個華麗之島啊，臺灣。

雖說是不合時宜的感慨，我卻油然而生這番心聲。這座屋宇，不就是島嶼的縮影嗎？

我一舉將那張支那紫檀茶几放置在庭院中央。

小千與阿盆師一人站到一邊。

碗公裡有清脆的喀啦聲，探頭一看果然是骰子。

四角六面的骰子，總計四顆。

我與小千玩的只有三顆。此時的，是本島人稱為「十八仔」的遊戲。擲骰子後，兩顆同點數者不計，以另外兩顆點數的總合比較雙方孰大或孰小。最小點數為三點；最大點數的十二點，就稱作「十八仔」；再有一種情形，即四顆骰子都是同一個點數，稱為「一色」，可以勝過「十八仔」——小千跟我玩的骰子比大小，遠比正規「十八仔」簡單多了。[67]

回歸正題吧。

小千試擲了三、四把，阿盆師輕咳一聲，小千以臺灣話說「請」。

阿盆師東家做莊，先手擲骰。

喀啦喀啦喀啦。四個骰子逐一停止，都是六個黑點。

一色。

我忙看向小千。

小千已經捏起四個骰子輕鬆往碗裡一放。

骰子沿著碗壁滾動。

四個骰子停下來的時候，全是一個紅點朝上。

也是一色。

[67] 「十八仔」即今人所稱「十八啦」、「十八骰仔」，按規則，一對六點加上不計點數的對子，呼為「sip-pat」，音近臺灣話「十八」，因而得名「十八仔」。今人多以為三顆骰子的最大總合點數為十八點，故稱「十八啦」，實則訛誤。

——神明大人！

我在內心大聲痛喊。

果然以前的那幾次，根本也不是神明大人的看顧！

但這不是計較的時機。這樣算是誰贏了呢？

阿盆師「呵」地一聲笑，以臺灣話說了很長的一段話。我聽不懂，小千卻點點頭，側過臉來朝我露出笑容。

那比冬季的晴朗日光還要明亮奪目，是甜蜜而驕傲的笑臉。

「我幫您贏得一道料理了哦，青山小姐！」

就算我一頭霧水，此刻也忍不住大大地笑起來。

「剛才，嗯，現在？究竟是發生什麼事了呀？是聊了什麼嗎？」

哼哼哼。阿盆師從鼻子裡發出笑聲。

「我說這孩子，不愧是琥珀養出來的，果然很伶俐。可惜，卻跟日本人做朋友！願賭服輸，我做一道菜，妳們吃完就趕緊走吧！」

什麼啊——

我正要一陣牢騷，小千先開口了。

「好的，那麼我要點的菜色是——『菜尾湯』。」

※

「菜尾湯」是什麼？

小千的要求一出，阿盆師先是皺緊雙眉，旋即哈哈大笑。

——而後我們就被趕出那棟小屋了。

門樓外面有原先的那位少女僕役正在等候，於是我們原路出來。簡直像是誤入陶淵明筆下的桃花源。緣牆行，忘路之遠近，忽逢炮仗花之林，彷彿若有光。只是我誤入的是華麗島吧。

肚子裡面堆滿疑問，我亟欲在回程的巴士上撬開小千的心扉，探問「琥珀」是誰？小千擲骰子的賭技為什麼這樣精湛？阿盆師跟小千之間到底又是什麼關係？

可是我知道，小千肯定不會說的。

巴士一路到了新富町市場，我們就近在大眾食堂吃了午餐。牛肉燴飯與蛋包飯，炸蝦、炸肉丸與蔬菜沙拉。

「『菜尾湯』到底是什麼呀？」

到最後，我第一個丟出來的問題也只能是這個。然而一旦丟出問題，就無法只停留在第一個了。

「所以剛才是贏了嗎？阿盆師那樣又是什麼意思？」

小千微微一笑。

「按照規則，那樣是打成平手，只是阿盆師事前應允，平手也算是我贏——青山小姐請放心，半個月後，阿盆師的拿手料理『菜尾湯』就會完成了。」

「哎呀，原來是一道這麼繁複的料理嗎？難怪今天吃不到了。那個時候，還以為是被趕出來的呢！」

「說起來，阿盆師是想趕走我們的吧。」

小千抿著嘴笑，眼睛彎成線。

「臺灣宴席料理一輪十二道，扣除半席點心與完席點心，總計十道菜。宴席裡的每道菜總有殘餚，從前惜物的本島總舖師便會將各道殘餚混合烹製，所以叫作『菜尾湯』，只在宴席之後分送鄰居親朋——雖然說是殘餚，實際上卻是融會各種美味於一道料理的美食。支那料理有著名的菜色『佛跳牆』，是匯集山珍海味而成的料理，而菜尾湯，正是臺灣料理當中的佛跳牆。」

「唔咕！」

剛塞進嘴裡的炸肉丸差點把我噎住。

小千把水杯推到我手邊，繼續說明：

「年幼時我曾經見過一種富貴老爺，為了一嘗菜尾湯，不惜特地聘請總舖師整治一桌宴席料理。青山小姐，要做出菜尾湯，意味著阿盆師必須先烹製一桌子十人份的宴席菜哦。」

我拚命眨眼消化這段話語。

這、這，這同時也意味著——

「如同青山小姐所想的，沒錯。半個月後，您就可以享用由阿盆師所料理的十二道宴席菜了。哎呀，不對，加上菜尾湯，這樣是十三道。」

唔唔唔哦哦哦。

我把呼喊聲連同炸肉丸含在嘴裡，只能瞪大了眼睛。

想必表情可笑，小千露出了柔軟而甜美的笑容。

「這樣一來，那位妖怪小姐應該就不會哭著回家了吧。」

什麼什麼？

我用力把炸肉丸吞進肚裡。

「小千！」

「請您小聲一點。」

我全然顧不得身在食堂。

「無論小千怎麼說，我視小千為摯友這件事情，是絕對不會改變的——認真看待我所說的肚裡妖怪，這個世間，天上天下，始終只有小千一人！」

食堂的玻璃窗有冬天的日光穿透，滿室生輝，照映小千渾身一圈金邊。

那就像是這個世間，天上天下，走來我面前的人們，唯有小千閃閃發光。

「所以說我才會無法忍受，身在本島的小千，不就是屈就嗎？跟那種男人結婚到底可以做什麼呢？翻譯家的工作，如果在本島無法進行，我們就到內地去，這樣不就好了嗎？」

「請您等一等。」

小千打斷我。

但我沒有停止。

「困在鳥籠裡的鳥雀，理應去到更開闊的地方飛翔。何況小千不是燕雀，而是鴻鵠，不是嗎？如果欠缺東風，那麼我想成為小千的東風！」

「我說了，請您等一等。」

「唔嗯。」

「可是——如果說，我並不想乘上那陣東風呢？」

小千語氣堅決，我反而錯愕。

「為什麼不想呢？我說過了吧，小千不必依靠王家也可以去內地生活的，因為我雖然是個賺不了多少錢的小說家，但未來會是長崎青山家的下一任主人哦。這明明就是我所能想到的，對小千最好的安排了——」

「夠了，青山小姐！」

小千斷然喊住我，以極為嚴肅的表情對我投以直視。

我不禁一窒。

「倘若您真的無法改變這樣的態度，那麼我必須請辭這份工作。」

什、什麼？

——這一天，我到底喊過了多少次「什麼」？

我記不清了，可是這一次的「什麼」卻是最為刻骨的。

「您並不曉得王家在哪裡吧？也就是說，即使您不同意請辭，只要我不再前往柳川的小屋，您是找不到我的。相當抱歉，今後的短時間內，我會請美島先生代理通譯，請您原諒。」

小千起身，隆重地行了鞠躬禮。

「今天就到這裡，容我失陪。」

小千說完就走，我還愣著而無法反應過來。

這是小千與我同行的活動當中，第一次中途離席。

——我觸怒了小千。

可是，為什麼？

在那滿室光亮的食堂裡，我直挺挺地呆坐著。

到底我在什麼地方觸怒了小千？小千的內心發生了什麼變化，我完全無法理解。

我所知道的，只有餘下的一顆炸肉丸，到最後我都無法下嚥的這件事。

十——兜麵

昭和十三年的大晦日，那個夜晚我與小千一起吃了跨年蕎麥麵。火爐邊我們烤年糕，吃了甜的黃豆粉年糕，再吃鹹的海苔醬油年糕，又再吃甜的花生糖粉年糕。間或啜飲溫熱的清酒，還有熱燙的烏龍茶。爐裡的煤炭球裂開，發出細微的聲響。

冬夜寒冷，夜色濃重，柳川岸邊起了薄薄的霧氣。

霧氣沁入小屋，我說擲骰子吧，小千說好。

點數大者勝出。只有那一天，我投了十八點，小千十七點。昭和十三年的最後一天，就是小千首次在柳川小屋過夜的那一天。

推開障子，分別在座敷與次間鋪上床褥。

在酒意裡睡去的我，半夜醒來看見次間的小千還就著小燈讀書。

讀書的小千摘下了能面。暖融融的燈光底下，我彷佛置身遙遠時光以前，我們從彰化返回臺中的那輛列車。或許下一刻，小千會以甜美的嗓音，為我讀出手上那本書裡的故事。

我心想現在到底是什麼時刻了呀？不由得放輕了聲音。

「小千，可以回答我嗎？」

「嗯。」

「之前，為什麼不願意住下來呢？」

「嗯——」

「我想聽全部的實話。」

小千將目光從書頁裡移向我。

「因為這裡有女傭房。」

「是這樣呀。」

「就是這樣呀。」

我爬出被窩，去把小千的床褥拖拉到座敷這邊，跟我的並列。

「您這是做什麼？」

「這樣就是對等的了。」

我像是想要掏出心肺那樣由衷地說，「無論如何，我絕不會將小千視作僕役的。所以，請對我再多一點信心吧！」

小千默然地注視著我，片刻後才坐到她的床褥上。

床褥接著床褥，沒有任何橫阻。

我滿意地鑽進被窩裡。

「小千想讀書的話，開這邊的燈也沒關係。」

「這種事情，我才辦不到呢。」

「是這樣呀。」

「就是這樣呀。」

「……。」

「……。」

「怎麼也沒想到，小千竟然以為我會讓妳去睡女傭房啊。難道我在小千眼裡是這樣的人嗎？」

「正因為是溫柔的青山小姐啊。」

「什麼？」

「如果連青山小姐也這樣看待我，我該怎麼自處才好呢？想到這裡，就不願意冒險──」

「小千，果然也是重視我的吧！」

「……。」

我伸手握住小千的手。

小千的手冰涼而柔軟。似乎躊躇了半晌，最後小千還是回以反握。

我忍不住小聲嘆息。

「像這樣，不就是所謂的朋友了嗎？」

小千也嘆息似的發出小小的笑聲，將我的手放入被窩，隨後掖緊了我的棉被被角。

「您喝醉了，請好好休息吧。」

對著我微笑的小千，眼睛彷彿有月光潤澤。

天使也行，惡魔也罷，我又有什麼好再多說的呢？

──那個晚上，大晦日的夜半時分，沒有一絲月光。我牢牢記住小千的那雙眼睛，那雙眼睛裡面倒映了我的身影。

可是難道說，那只是我的一場夢境嗎？

※

這要是一場夢境，真希望可以早點醒過來。

我是說，早晨來到柳川小屋的人，居然還是市役所的美島。

小千在食堂道別以後，隔兩天美島就來我的柳川小屋拜訪。

「承蒙王通譯與高田家的請託，今後由敝人再次擔任您的地陪與通譯。」

美島說著「請您指教」，當場出示謄寫好的公文紙。

那是不久之後的預定行程。仔細一瞧，第一天參拜桃園神社，第二天上午桃園公會堂演講，下午新竹公會堂演講，當夜歸返臺中。未免太緊湊了！

我大為抗拒。

「兩天之內旅行桃園和新竹，這種事情辦不到吧？何況加入了兩場演講，根本毫無旅行的時間。參拜桃園神社的必要又是什麼？比起神社，參訪本島人的景福宮要有趣多了。再說新竹活動結束就回臺中，這樣一來，不就無法在新竹用餐了嗎？如此匆忙，連觀光團都不如。非得這樣安排不可的理由，勞煩美島先生詳細說明。」

美島面無表情。

「青山老師，我不是王小姐。」

「當然。」

「恕我直言，青山老師抵達本島已經第十個月了，儘管高田家與市役所並無要求，然而邀請青山老師演講、撰稿與參訪的信件電報堆積如山……」

「美島先生，莫非是要侮慢我嗎？」

「是我失禮了，可是容許我這樣說吧——青山老師可知道，這段時間以來，是誰在代替您領受外界的謗議？」

我愣住。

美島兀自接下去說，「我不是王小姐，而是背負臺中市役所名譽的總督府職員，即使同時承接祕書工作，但沒有理由代替您承擔罵名，望請諒解。」

咦？所以說，之前是由小千……

我的腦袋陷入混亂。

「青山老師允許我繼續說明了嗎？」

「……請說。」

「自青山老師造訪本島以來，不只是女學校與婦女團體，各地聞人也有意一睹內地文學家風采，尤其『臺灣漫遊錄』連載後受到好評，邀約不減反增。我不確定王小姐如何周旋，卻相當肯定自身不具備同樣的能耐，因此只能商請青山老師協助了。根據資料顯示，桃園與新竹未經走訪，若兼顧青山老師的負擔，最有效率的做法，就是在公會堂發表大型演說。而桃園神社在去年落成，做為帝國子民的良好表率，理當參拜神社，有助於減少無謂的耳語。以上，即是行程安排的考量所在。」

我勉強在混沌的腦袋裡理出頭緒。

「美島先生所說的，是真的嗎？王小姐代替我——這種毫無道理的遭遇，為什麼不對我直言坦白呢？要是知道有這種事情，我怎麼可能讓小千獨自承受！」

我脫口說出「小千」，連美島都微微瞪大了眼睛。

然而美島迅速端正臉色。

「王小姐為什麼這麼做，我並不明白箇中緣由。」

「……。」

「不如說，青山老師與王小姐共處多時，理應才是明白緣由的人。」

「美島先生是在譏刺我嗎？」

「敝人不敢。」

「唔嗯。」

「那麼容許我回歸正題。倘若青山老師認可這個行程表，下個星期六早晨十點，我將前來接您出行。」

「先前王小姐說的，只是短時間的代理吧！為什麼下個星期也是由美島先生代理？」

「青山老師，理應才是知道答案的人吧。」

可惡。

我不禁咬牙切齒。

眼前這位耿直狷介的美島，可謂毫不客氣地踩到我的痛腳——常理來說，這種失禮的態度是不行的吧！可是由於美島意外帶來的訊息令人震驚，使我錯失了發怒的時機。

說到底，失去小千的我，早就如墜噩夢。結果到了星期六早晨，現身柳川小屋院子裡面的人，竟還是板著臉孔的美島。

啊啊，如果這是一場夢境，我希望早點醒來！

※

「我想吃客家料理。」

「好的，我盡力而為。」

「美島先生從前這麼說的時候，青草茶、鳳梨汁，我都沒有喝到。」

「……。」

「如果是王小姐，做不到就會說做不到。」

「承蒙青山老師指教，我明白了。」

「那我想吃客家料理。」

「相當遺憾，做不到。」

「至少也說個理由吧？」

「好的，因為桃園並沒有客家料理。」

「可是桃園有客家人吧，我調查過的哦！不需要宴席料理，只要是客家人的日常飲食就行了。」

「客家人的聚落並不在桃園，而是在中壢。」

「中壢距離桃園只有一站！」

「按照行程，沒有多餘時間可以先行前往中壢。」

「……如果是王小姐，就會答應我的。」

「真遺憾，希望王小姐之後還會願意擔任您的通譯。」

「……。」

這是在桃園發生的事情。

而後，在新竹也是一樣。

「新竹有客家聚落吧，我記得也有蕃人的聚落。即使只是點心也可以，難道完全不知道嗎？」

「敝人不才，對本島人的聚落分布並不熟悉，也不瞭解本島的飲食文化，無法回應青山老師的提問，深感抱歉。」

「恕我直言，美島先生這樣也可以說是地陪與通譯嗎？」

「也恕我直言，市役所職員並不是專業通譯。面對前來參訪本島的內地女性貴賓，一般會推薦購買新竹香粉做為土產，僅此而已。」

「那是觀光客才會買的東西吧？這就罷了，就算是觀光程度的理解，難道說完全不曉得客家人與蕃人在飲食上的獨特之處嗎？」

「……。」

「啊啊，要是王小姐……」

「實在為您感到遺憾，目前是由敝人濫竽充數了。」

「美島先生，對其他的貴賓也是這樣直言不諱嗎？」

「不，通常我會說『好的，我盡力而為』。」

「……。」

——我到底做錯了什麼事啊！

我痛心疾首。

到底我是在哪裡觸怒了小千，又到底要做什麼，小千才有可能回來呢？我打從心底對神明大人痛呼，讓美島這傢伙回去市役所繼續當他的職員吧，拜託！

青山老師。

美島忽然開口。

「想必在青山老師眼中，王小姐才是稱職的地陪與通譯吧。恕我多言，王小姐為青山老師所做的，實際上超出一名通譯所應該負擔的工作，倘若您懷抱相同的標準，即使換掉我，也是尋不到下一位王小姐的。」

美島的論調令我憤懣。

「美島先生多慮了！我與王小姐是朋友，當然明白王小姐的諸多關照並非通譯職責，我從未對美島先生懷抱相同的標準！」

「哦？原來青山老師與王小姐是朋友關係。恕我駑鈍，從兩位的互動往來，完全無法察覺這種事情。」

「美島先生，這絕對是譏刺吧！」

「敝人不敢。」

「唔嗚——王小姐什麼時候才會回任呢？先前約定要去大里吃『菜尾湯』，日期就在兩天後的星期二。」

「『菜尾湯』……？如果是工作，王小姐會交付相關訊息，屆時由我帶領青山老師前往。」

「不行！」

我低喝一聲，怒氣像是翻倒澡桶一樣狂洩而出。

「烹製『菜尾湯』的廚師並不樂意為日本人下廚，如果不是王小姐，絕對不可能成行的。請務必轉知王小姐，當天需要由王小姐引領前行。美島先生，此事不容等閒視之！」

美島沉默看著我。

那雙濃眉攏聚而低垂，或許他正在心想「這個女人有必要為了一頓飯發怒嗎？」

可是，我才管不了這麼多。

「為了鬆動廚師的心防，王小姐費盡許多力氣，怎麼能在此刻前功盡棄呢？這頓飯，也合該是王小姐同桌共享的。美島先生明白我的意思嗎？」

美島點點頭。

「如果這不是工作，而是兩位的私交，青山老師何不直接聯繫王小姐？」

美島一句話就問住我了。

對呀，為什麼呢？

因為我既沒有小千的地址，甚至連電報都不知道該拍到哪裡去。

——我是在做噩夢嗎？

※

倘若小千從此不復歸來，那麼這段日子的臺島生活，無異是南柯一夢吧。

即使當即詢問市役所職員如何聯繫小千，美島也只是冷淡表示以他的身分並不適合提供市民私人的聯繫方式，何況通譯是由高田家所聘僱。

「還請青山老師直接請教高田夫人。」

「那我豈不像是妻子離家出走、尋到雇主門上的丈夫了嗎？」

「……。」

美島沒有回應，但那沉沉的眼神宛如訴說著：「現在不就是了嗎？」

我不由得心生感嘆，抵達臺島以來，幾次令人心情鬱結的旅程，總是與美島同行。

急行軍般的桃園、新竹演講旅程結束，計程車送我抵達柳川邊的小屋，已經是夜色朦朧的晚間。自新竹南向的列車裡毫無食慾，只吃了四個鹽煮鴨蛋。

剝去蛋殼的當下，腦海裡有電光飛馳。首次經過新竹南端的時候，我也買了鴨蛋，因剝殼而錯過十六份和大安車站之間的魚藤坪斷橋。在那之後，我與小千搭乘列車南北往返，不只一次與小千並肩凝望窗外的斷橋。

儘管如此，曾經小千跟我說過這樣的話啊。

——臺中線上的竹南到苗栗這一帶，是本島客家族群的聚落。特別是飲食與語言，跟臺中市街這裡並不相同。現在談這個或許太早了，未來前往拜訪的時候，我再跟您說明有什麼好吃的吧？

明明小千當初是這樣允諾的，如今——我內心翻騰，啊啊，正所謂人間五十年，如夢似幻！

奔波的行程，疲倦的心靈，隔天我睡到日上三竿。

遠近有婉轉如歌的鳥鳴，穿透屋瓦與障子，穿透夢境。

眠夢深邃，令人繾綣，我終究睜開眼睛，看見日光穿透障子照映一室和煦溫暖。充作臥房的次間裡，前夜燒著煤球的火爐已經徹底冷卻了，殘留一絲寂寞的氣味。

大晦日的深夜，小千就在這個次間裡讀書。

那個夜裡，小千的眼睛比月光皎潔。

有什麼馳過胸口反覆來去，我努力辨明而未果，起身的時候已經是十點鐘。這時間能吃什麼呢？全身軟綿綿，只能取出櫥櫃裡的白吐司，切得厚厚的，以牛奶佐餐。

餐桌前，我大口咀嚼。

前一天晚上我又吃了什麼呢？想不起來。

要是小千同行，我們會在桃園與新竹吃一、兩樣本島客家人的料理，飽腹而歸，也許在夜裡叫來加了雞蛋的杏仁茶當作點心，然後這樣的早晨，小千會推開玻璃障子，將令人腦袋清醒的冷冽空氣送入小屋，以堆擠出酒窩的笑臉探進我的書房。

「早安，青山小姐。」

「小千早安，今天再烤年糕來吃吧！」

想必會有這樣的對話吧。

可是如今餐廳的西式餐桌前面，我形單影隻。

肚子餓扁了，腸胃咕嚕作響。咬在嘴裡的吐司，卻跟紙團沒有兩樣。

我委屈得想哭。

※

九州女兒可以這樣意志消沉嗎？

為了擺脫愁緒而踏出小屋，我心想也許能去臺中製糖所搭糖鐵的五分車。起點站臺中，終點站南投。入冬以來的溫泉行旅曾去過東埔溫泉，然則未曾深入南投街。我也實在久未孤身行動了。臺中到南投要多久呢？搖搖晃晃往返，也許大半天便消磨了吧。

南國的二月天，日頭升起的上午並不寒冷。

捨棄巴士，我繞著臺中市街散步。中午了，肚腹正在高歌，紙團般白吐司早就消化殆盡。沿路有小攤，有店鋪，料亭、食堂與咖啡廳。炒過的洋蔥與咖哩混合為濃烈的芳香，再不多遠，湧現肉臊、韭菜、油蔥酥與豬骨湯的氣味。然後，是咖啡與牛奶，蜂蜜與雞蛋糕。再往前，是炒米粉、糯米腸與蚵仔煎。再前，海苔壽司卷。香蕉與南無果。雞絲麵與熱湯麵。醬燒鰻魚。烤地瓜。水煮花生。紅豆湯。生雞蛋烏龍麵。滷肉飯。炸可樂餅與炸肉丸……。

怎麼回事？怎麼一路都沒有任何引人垂涎的美食呢！

如此一口氣走到糖鐵的臺中站房，額頭都浮出細細汗珠了，沒吃任何點心，而後發現這條糖鐵並沒有客運服務。

我在臺中這個小城已經居住第十個月了。

這種令人羞愧的錯誤，也只有小千不在的時候才會出現吧。

頽敗折返柳川邊的小屋，格外感覺雙腳軟弱無力。

相對的，身邊的人們看起來精神抖擻。

有兩名中學生從後方越過我，青春少年的說笑聲跟天空一樣晴朗。

「喂，這樣就約好了哦！」

「沒有約好啦，我說了不行的吧！」

體格相仿的少年，其中一名將手臂掛在另外一名的肩膀上。

少年們在街口停下腳步，等待不遠處的汽車與巴士魚貫通過。

我站立在他們身後。

「不是說上午不行嗎？所以改在午餐過後會合啊。」

「弄錯了啦，是從上午開始就會相當忙碌。本島人的舊曆大年初一必須到處去拜年，跟內地人是一樣的。」

「哦哦，原來如此。那麼，讓我家的司機開車接送你，拜年行程就可以提前結束了嘛！」

「唉，你村上大爺倒是饒了我吧！」

「可惡，才不饒你這個無信的傢伙——」

被叫作村上的內地少年，勒緊了本島少年的肩膀。

本島少年抬起雙臂便輕鬆掙脫。

趁著街口無車，本島少年箭步向前，內地少年則追在後面。街道上金黃燦爛的炮仗花掛在牆頭，鮮花一樣的少年，挾著春風行過花牆，遠去的笑聲朗朗。

啊，什麼嘛。

一樣是本島人與內地人的友伴，人家相處多麼開心呀。

我的腳步更沉重了。

慢吞吞的拖著腳步經過炮仗花簾幕，胸口裡面彷彿又馳過了什麼。

不很久的不久之前，我看過比這更要奪人目光的炮仗花。

真紅色支那小屋的牆頭，橘紅橙黃的繁花盛開如瀑，花間盡是瑰麗的磚瓦與磁磚。那個顏色飽滿的小屋天井正中央，紫檀茶几的前方，小千身後有一片金燦燦的炮仗花瀑簇擁。

擲骰子獲勝後的小千朝著我露出笑容。

——那個時候，小千的笑容比日光明亮。

眼底的那份桀傲不遜，遠遠勝過鮮豔喧囂的炮仗花。

※

內地少年說著「才不饒你這個無信的傢伙」，用力勒住本島少年的肩膀。那個當下，我腦海裡也浮現緊勒小千肩膀的景象。我想要搖晃小千的肩膀，大聲呼喊說「可惡的傢伙，不准失信啊！」乃至於那夜裡眠夢，我環抱小千的肩膀——可是用力搖晃的瞬間，夢就醒了。

我還躺在次間的床褥裡。

依然是大晦日深夜，小千讀書的這個次間。

火爐還有餘燼，我卻眼睛溼潤。

「可惡的小千，無信的傢伙……。」

叩叩。

緣廊方向的障子發出聲響，隨後緩慢向旁側拉開。

緣廊外側的玻璃障子也開啟著寸寬的縫隙，流入清新冷冽的早晨氣息。

融融日光照映嬌小的身影，小千站在那裡，彷彿幻影。

「青山小姐，早安。」

我立刻掀翻棉被。

「小千！」

正想直起身子，小千卻坐到我床褥邊，伸出手臂整理我的襟口。

「門戶全都沒有上栓，太危險了吧。」

「唔，之前忘記也沒有怎麼樣嘛……」

「唉——真是拿您沒辦法啊。」

啊啊，我是在做夢嗎？

總覺得好久沒有看見小千這樣無奈的笑臉了。

「青山小姐今天睡得比平時晚呢，要吃早餐嗎？」

「小千，這是要回來了的意思嗎？」

「至少今天，我不能成為無信的傢伙呀。」

「啊哈哈哈，原來聽見了啊！」

小千對我投以注視，從苦笑轉為慎重的神情。

我也回以凝望。

次間頓時安靜下來。

這種時候，我希望聽見小千說什麼呢？

是「謝謝」嗎？還是「對不起」？或者「您有所反省了嗎？」——儘管我並不明白，到底是什麼地方做錯了。

我希望小千說什麼？坦白說，連我自己都不知道答案。

小千卻只是微微一笑。

「從前跟青山小姐說過九層粿嘛，客家人也有類似的點心，叫作『九層粄』。同樣都是在來米磨漿，九層粄分別以白糖、黃糖進行調色，層層交錯疊成——以這個當早晨的點心，您覺得如何呢？」

那張笑臉上，還是兩汪可愛的酒窩。

可是，不是能面。

我想說點什麼，肚子卻比喉嚨更快發出鳴響。

在那之後。

一口氣吃下兩塊手掌大小的九層粄，腹鳴總算稍減。第三塊九層粄，我以牙齒一層一層咬開來慢慢咀嚼，邊吃邊數，確實是九層。

同一時刻的小千煮起兌水的牛奶，趁著沸騰前的空檔，將切片白吐司分別抹上奶油砂糖，抹上果醬，夾入厚厚的火腿，迅速做出許多口味相異的三明治。牛奶沸騰了，小千熄滅爐火，投入砂糖與茶葉。

三明治上桌，伴隨著熱呼呼的奶茶。

我與小千，面對面坐在食堂餐桌的兩端。

塞進嘴裡的奶油三明治、果醬三明治、火腿三明治，美味得不可思議。難以想像前一天吃的紙團般的白吐司，竟然與此刻所吃的是同一種。現在的三明治，麵包柔軟而盈滿麥香，帶有澱粉的甜味，伴隨餡料一同咀嚼，令人心情舒暢。熱奶茶尚未到可以入口的溫度，我已經掃光盤子上的三明治。

小千沒吃，只喝了奶茶。

「您的胃口還是那麼好呢。」

「是嘛。」

在餐桌前姿態輕鬆地看著我，小千臉頰邊堆擠著渦洞，彷彿我們不曾起過衝突，不曾在這半個月內毫無音訊。

不愧是擅長將時鐘倒轉的小千。

我青山千鶴子呢？

要同樣將時鐘倒轉千百回，或者追問到底呢？

坦白說，我仍然不知道答案。

奶茶溫度總算適口，慢慢喝了半杯下肚。

「小千。」

「是的。」

「大晦日那天晚上擲骰子，是小千唯一輸給我的一次。」
「是呢。」
「其實可以贏的吧。」
「可以哦。」
「那麼為什麼，那天要輸給我？」
「是呀，為什麼呢？」
小千放下茶杯，維持輕鬆的笑臉。
「青山小姐，您覺得是為什麼？」
「是因為，小千想要相信我吧。可是去基隆，或者說去大里的時候，我做了令小千失去信任的事情了，是不是？雖然我完全不明白發生了什麼事。」
「嗯——想必讓青山小姐困擾了，實在抱歉呀。」
小千說完，再次舉杯到唇邊。
「似乎沒有要繼續說明的意願呢。」
「並不是不願意，而是正在思考怎麼跟您說明。」
「是這樣啊。」
「就是這樣呀。」
小千對我微笑，所以我也回以微笑。
手指可以逆向轉動時鐘，終究無法阻止時光前行。

我啊，再過兩個月就要回九州了。

這句話我忍住沒說出口。

飛光飛光，勸爾一杯酒。

時間怎麼就不願停留腳步呢？

※

我與小千的腳步，也不得不持續向前了。

正午時分，我們再次抵達大里林家的那座桃花源。一樣是少年、老婆婆、少女接力引路，阿盆師在終點。

跟阿盆師同樣在終點的，還有天井正中央的一張檀木螺鈿八仙桌。

八仙桌上方支起大大的帆布架子，用以遮蔽南國的正午陽光，以及冬日尾聲的冷風。濃郁的鹹香瀰漫桃花源，源頭正是那座小屋。開席以後，料理將會一道一道自那座小屋裡送上餐桌。

一桌十人份，只有我與小千兩人共同享用。前提是——

「雖然賭輸的是『菜尾湯』，但要是妳們吃不下，不可怨我中途送客！」

阿盆師笑著以日本語吐露警告。

小千也同樣笑起來。

那樣的笑臉，跟她身後那瀑布似的炮仗花一樣耀眼。

「要是中途吃不下，我們就留下來給阿盆師洗碗。」

阿盆師哈哈大笑，旋身大步踏進屋子。

隨後便有少女僕役端出酸梅湯與開胃蜜餞。

宴席開始了。

酸梅湯溫熱正好入口，水果蜜餞各有甜蜜滋味。而後的第一道是前菜。五個小菜的冷盤，香腸、烏魚子、蛋黃雞肉卷、寒天雞絲、藥膳口味的切片豬心。

我與小千交錯下箸，冷盤飛快見底。

少女僕役有優秀的眼色，以掌握恰好的節奏端上第二道料理。

第二道是全雞，少女以菜筷與湯勺剝解柔軟的雞肉，原來骨架早已去除，內裡是切絲的木耳、竹筍、金針、火腿與豬肉。拌勻餡料與湯汁，便化為濃稠醇厚的雞肉羹湯。

第三道清蒸全魚。鮮魚外層包裹一層豬的網狀脂肪，腹內填塞餡料而令魚身飽滿鼓起，作工繁複而精緻。

第四道是擺滿大盤的十隻大蝦，蝦背以瓠瓜乾綁著竹筍、香菇、紅蘿蔔，展現巧趣。醬汁也有趣，是本島少見的番茄所熬煮調味而成，令嘴裡滋味一新。

才感覺連著三道都是湯水，第五道送上來的即是油炸料理。五個小碟子有炸物堆成小山，細數是排骨酥、八寶丸、蝦棗、豬肝卷、雞皮卷。口感樣樣迥異，我與小千從第一樣吃到第五樣，重頭再吃第二輪、第三輪⋯⋯。啊，許久以前，小千首次跟我共餐，同是這樣輪著吃五種丸子。

我看向小千，正好遇上小千的目光。

或許我們腦海裡浮現同樣的回憶吧。那個時候我們去了鹿港，在古城街道上小千訴說了她的家世。多麼叫人懷念的往事啊！儘管如此，我與小千只是在交換目光以後，繼續沉默地伸出筷子，直到盤子淨空。

少女僕役端上半席點心，第六道是蝦餃。表皮晶瑩，口味清爽，正好一清油炸料理帶來的滿嘴油膩。

半席點心象徵的是中場休息，若身在酒樓，本島藝旦通常是在此刻表演傳統樂曲。當然，這裡沒有。不過少女僕役彷彿嫻熟菜尾湯的配方，部分料理未待我們吃盡就撤下，舉止從容流暢，倒也堪稱一門技藝。

中場送上來的溫熱面巾，讓我們得以擦拭手臉。

我趁隙偷覷小千。是油炸丸子的緣故嗎？小千的表情變得柔和了。

似乎有什麼東西也在我胸口裡融化。

就在那短暫的片刻，少女僕役靜悄悄地收走面巾，送上了下半席的開場菜餚。

第七道是湯品，名為鹹蛋[68]四寶湯。湯料是豬肚、豬軟骨、乾魷魚與蚌肉，鹹蛋黃為主要調味。湯品的色澤就是鹹蛋黃的鵝黃色，原以為嘗起來必定濃鹹，不料入口卻是馥郁而甘醇。

直到這道湯品，我才恍然領會，阿盆師的手藝是何等節制而優雅啊。

[68] 原注：鹹蛋為本島人的醃漬雞蛋，呈固狀，味鹹，故名之鹹蛋。

料理的滋味一概淡雅，卻悠長縈繞，調味與口感無一重複。食客的唇舌肚腹沒有多餘的負擔，也絲毫不生煩膩之感。

——昭和十三年春天抵達南島臺灣，我接受宴飲招待無數，不乏專門提供給內地人享用的臺灣料理。那些臺灣菜滋味濃厚，姿態迎合，初來乍到之時，我內心嫌棄這是招睞內地人的觀光手段。然而，阿盆師卻一舉掀翻了我記憶中的每一張酒樓餐桌。

我不由得生出一絲奇妙的感慨。

小千曾經做過咖哩全餐，彼時我已經感知到所謂「臺灣料理」的存在，可是那樣的感受仍然膚淺，直到此刻我才深切體悟——日本料理，西洋料理，支那料理，都是匯聚百年技藝、帝國頂端的飲食之道，而殖民地臺灣，確確實實同樣擁有細膩成熟且獨具一格，優雅工致的臺灣料理。

不及深想，上桌的第八道是香酥鴨。

香酥鴨是完整的全鴨。少女僕役持厚重的菜刀橫置鴨背，向下一壓，全鴨應聲而碎，堪稱奇觀。連骨帶肉酥透，得名香酥鴨。以嚼食趣味而論，這道大菜反倒肖似點心，緊接湯品之後，或許可以比擬為下半席的開胃前菜。

才這麼想，第九道什錦鹹米糕卷，果真展現精細主食的氣勢。有如壽司卷那樣，以豆皮捲起米糕與各色餡料，裹麵糊粉漿入油鍋，以恰到好處的溫度炸起後斜切成塊。所謂什錦，分別是捲入鹹鴨蛋黃、香菇肉臊與香菜末的米糕卷，芋頭丁、冬瓜丁與紅蔥頭酥的米糕卷，以及使用大量花生粉、砂糖與香菜的甜味米糕卷。

鹹的三分之二，甜的三分之一。鹹的，鹹的，甜的，像是掉入神祕的迴圈，令人腦海偶爾閃現大晦日的夜晚，同樣是甜的鹹的，一口接一口，我和小千吹著熱氣把美食吞嚥下肚。

米糕卷正滿腹，第十道送了上來。

——是筍干大封。

長崎的豬肉角煮、支那的東坡肉，若是在本島，福佬人名之滷肉，客家人呼為封肉[69]。

我與小千的目光在餐桌上方再次相觸。

「上次吃封肉，是在高雄啊。」

「這次，需要請阿盆師給您另做一份滷肉飯嗎？」

「不不，畢竟是不一樣的啊。」

「嗯——是呀，是不一樣的。」

醬汁燉煮後的豬肉柔軟極了。

鼓著臉頰咀嚼豬肉，我內心有浪翻騰，海水泡沫旋起旋滅，起滅的全是舊日時光。

同桌共餐豬皮肉臊，對著壽喜燒大快朵頤的景象，彷彿就在眼前。

我終於挾了一筷子豬肉到小千的盤子裡。

小千停頓幾秒鐘，也到底回敬了我一筷子的豬肉。

不知道為什麼感覺胸口緊縮而酸澀，卻又馳過甜美的電流。

與此同時，我感到肚裡的妖怪獲得前所未有的饜足。

[69] 事實上，福佬人的宴席菜亦有「大封」、「封肉」等料理。

飽足是理所當然的事情，因為我與小千已經吃了十人份的宴席菜，十二道當中的十道菜色。

可是我所說的並非分量，而是滋味與情感交織的感動。是躲藏肚子深處的小小妖怪受到珍視善待，終於解開執念束縛的自由與酣暢之感。

原來我肚裡的妖怪，就是曾經遭到放逐荒山野庵的小小千鶴子，所有饑餓都是渴求愛重。

我放下筷子，如釋重負。

「青山小姐沒問題嗎？」

是看出我的異樣嗎？小千發出詢問。

「嗯——飽腹到這種程度實在少見，接下來要是甜點應該沒問題吧。」

「甜點就可以嗎？」

小千噗哧一笑。

我也隨之微笑。

「是呀，肚子裡的妖怪也想換換口味嘛。」

「還真像是青山小姐會說的話。」

「那麼小千呢？肚子，沒問題嗎？」

「嗯——如果是甜點，我也沒問題。」

「果然是這樣嘛。」

「是嘛。」

沒有喝酒，飽腹同樣令人微醺。

小千與我放鬆地坐著，把手撐在臉頰上。

飛光停歇，時間彷彿緩慢下來。

我們輕聲細語。

「下一道不知道是什麼。」

「無論是什麼，想必都很美味吧。」

「肯定是這樣的嘛。」

「是嘛。」

得償所願，餘下的兩道都是甜品。

第十一道是棗泥與龍眼乾混合為餡，裹上白玉粉[70]炸成的糰子。第十二道是土豆仁、銀耳、龍眼乾的甜湯。甜湯入喉，暖流緩緩淌過胸腹，是深邃的甜美之味。宴席以此收尾，是再不可能更圓滿的結局。

我與小千似乎是同時發出了小小的嘆息聲。

甜湯不是以蔗糖為底，而是冬瓜糖。

近似幾個月前的南國之南，冬瓜茶的滋味。

是因為飽腹的微醺，還是因為甜湯裡冬瓜糖的香氣呢？

我看著小千，小千看著我。小千的表情溫柔如南國府城那個時刻，眼底的光芒，有

[70] 白玉粉是精製後的糯米粉。

如鐵橋桁架之間的河川銀光。
「青山小姐。」
「在的哦。」
「本島人的除夕就在這個星期六，我曾經想要為您烹製一道新年料理，叫作『兜麵』[71]。那是把各種年菜的部分材料，或者直接使用年菜的菜尾，加入濃濃的番薯粉芡汁，在熱鍋裡不斷攪拌、最後兜成一團半透明的糕糰——這是泉州人的年菜，象徵著要將眾人凝聚成團的吉祥菜色。兜麵可以簡樸，也可以奢侈使用海鮮、豬肉、蔬菜與高湯，但無論是簡樸或奢侈，跟青山小姐共享兜麵的新年，肯定都是盡興又快樂的新年吧。」
「……小千說是『曾經』，所以不打算做了是嗎？」
「是的。」
我像是在甜糕裡咬到細砂，不禁吃痛而斂眉。
小千卻一臉平靜。
「您曾經疑惑過吧，臺南第一高等女學校那個時候的事情，大澤同學做為陳同學的保護者，為什麼陳同學卻表現出反抗之舉呢？」
雖不明白此時提起大澤與陳的用意，我沒有追問，只是輕輕搖頭。
小千朝著我揚起嘴角，是一彎甜美的苦笑。
「這只是我個人的推測——或許因為，大澤同學從來沒有問過陳同學，她本人想要受到這樣的保護嗎？花樹下掩護九重葛的落花，走路時遮擋刺眼的陽光，一副護花使者

[71] 「兜麵」在現今的常見名稱為「兜錢菜」、「黏錢菜」。

的模樣，可是這是陳同學期望的優待嗎？在內地人為多數的女學校裡面，陳同學的處境多半會因此更加艱難吧，然而，大澤同學恐怕毫無所悉。我認為陳同學的反抗之舉，是針對大澤同學的錯待表達抗議。」

「……。」

「其實，是一樣的事情。」

「小千是說……」

「是的，您是品格高尚、善良體貼的青山小姐，是願意為我傾盡心力的青山小姐——正因為您是絕不可能讓我睡女傭房、會為了他人對看低我的身分而憤怒的青山小姐，所以我該如何讓您理解呢？我要如何說明，才不會看起來既貪戀您的平等對待，又抗議您的溫柔善待，好像無理取鬧的孩子？其實，我跟陳同學是一樣的，只是如此而已——因為溫柔的青山小姐，從來沒有問過我，我真的想要這樣的保護嗎？」

我如遭雷擊，只能張口結舌。

小千再次苦笑起來。

「這個世間，再也沒有像青山小姐這樣珍惜我的人了吧。對我而言，您是獨一無二的特別的人。這些是千真萬確、不會改變的事情了。隨著時光，與青山小姐愈發親近，這樣下去我們會敞開心扉、成為彼此重要的人吧——可是我為此感到恐懼，因為青山小姐想要疼惜的人，是一名需要您保護的、乖巧的本島通譯，那並不是真正的王千鶴，並不是我本人哦！所以說，青山千鶴子與王千鶴，真的能夠說是朋友嗎……？如您所知，最後我做出了蠻橫的判斷，認為我與青山小姐保持工作關係，是最為理想的狀態。」

內心情感的前後跌宕，以及小千傳達而來的訊息洶湧，以致於我的腦袋頓時如同壞掉的打字機器，完全無法運轉。我張嘴幾次亟欲講話，卻一句話都說不出來。

就在這個時候，少女僕役端上了兩小碗的菜尾湯。

——不愧是掌握整場宴席節奏、善於察言觀色的少女僕役，找到時機送上了最後一道料理。

可是我彷彿掉入卓別林的喜劇電影，孤身處在與眾人截然不同、無法溝通的悲慘世界，錯愕淹沒所有的情緒，只能深感這樣的景象未免太荒謬了。

小千還對我微笑。

「能夠跟您一起享用今天的料理，我很滿足。」

我完全不知道我以什麼表情看著小千。小千伸手握了我的手一下，我反手用力回握住，就像大晦日的深夜那樣。可是也如同那個深夜，小千挪動我的手，鬆開了交握的雙手。

「青山小姐，這是我與您最後一次共餐了。高田夫人那裡，我已經正式辭職，請您務必不要掛念。」

十一——鹹蛋糕

南方島嶼燒起爐火的季節實在短暫啊。

堆置於廚房土間的煤炭，減少的速度自二月底趨緩。進入三月天，唯有深夜與清晨吹起的料峭冷風，太陽升起以後便徹底消散了。柳川的岸樹染上新綠，春風吹拂而枝條搖擺，金色的陽光在枝條間穿梭閃耀。

我在本島迎來了春天。

九州的春天是吃初鰹的季節，此際我卻絲毫不生追尋初鰹的熱誠。不，豈止是初鰹，久住腹底的妖怪好像涅槃了，我的食慾連帶得道升天，任憑肚子咕嚕作響，我也想不到什麼非吃不可的餐飯。

早晨在床褥上翻來覆去，每天我都遲至十點左右才甘願起床，吃的不是貓飯，就是生雞蛋拌飯，更多時候是白吐司抹砂糖奶油。

肚腹是火爐，食物是煤炭，饑餓的時候不論滋味，喀嚓喀嚓地將飯啊吐司的以牙齒磨碎吞到肚底，令人體如同蒸汽火車運轉——我生平首次領會「進食」這件事情，真的只是字面上的行為罷了。

午後開始伏案寫作。

沒有食慾，只好抽菸。幾年前為了應酬習得的，平時毫無菸癮，如今一天能抽掉半包菸。不過，一根菸往往只吸了第一口，餘下的都在指間燒盡，灰燼觸得稿紙四處破洞。

我在破洞裡寫字。

繼桃園、新竹之後，美島秉持一貫作風，為我安排了本島中部地帶的幾個市街如竹南、苗栗、清水、員林、斗六的行程，參訪無數館舍、公園、神社，遊走無數演講、茶話會、放映會。明明是美好的春天，我連散步與讀書的時間都遭到擠壓。

抗議以後，美島說那麼暫時不再安排外出行程了，相對的——

「本島神社的參拜之旅，以此為題，可以請青山老師寫一、兩篇文章嗎？」

那種無趣的文章，我不想寫。

這是我真實的心聲。

可是柳川小屋的書案前，鎮日吸菸神遊，左右閒著無事，到底給鄰近桃園車站的桃園神社、斗六車站的行啟紀念館寫了兩篇短文。記憶不深，手邊的《臺灣鐵道旅行案內》與筆記本翻了又翻，才足夠各寫兩頁稿紙的分量。

桌案上的《臺灣鐵道旅行案內》還攤開在第一頁「臺灣鐵道路線圖」。我以手指循著圖面上的虛線游走，發現鐵道雖不可至，卻有航道得以抵達的澎湖廳小島呢。內心有火苗轉瞬點燃，我想著可以去走走吧，然而思緒多前進幾秒鐘，旅行的慾望便同食慾相仿，急速地降到了谷底。

我不由得心生感慨。

為期一年的臺灣漫遊，還有走到第十二個月的必要嗎？

——日後回到九州，文稿改寫成書，可以叫作《臺灣漫遊錄》吧，是不是？既然要寫的話，一年四季，春夏秋冬，這樣比較圓滿吧！

我曾經得意洋洋發出這樣的大話。

——旅行啊，是在外生活。就是在外地試著度過四季的生活，日常的生活。拋卻由於習慣而生出陳舊之氣的生活環境，走到另外一地去過日子，重新找回生活在世間的新鮮感受。這樣說來，旅行是令人洗刷身心的法門。

彼時還說著「洗刷身心」呢，現在的我，每天早晨在床褥上，下午在榻榻米上滾動身軀，躺得筋骨痠痛了就坐去緣廊，吸菸凝望庭院裡土人蔘綻放的細碎小花，什麼正事都沒做，不時懷疑如今旅行臺島的意義安在哉。

寫罷半是杜撰的文章，內心煩悶不減，我隨手捉起桌案上成疊的名片，站立於書齋，面向一路貫通餐廳、次間到緣廊的廣大空間，仿照手裡劍，將名片朝著四周胡亂飛射。唰唰唰唰，唰唰唰唰——

我想去的，並不是澎湖島。

剛才為著檢索而在鐵道案內裡讀到的豐原，初抵臺島曾經走訪，今時發現可以轉搭支線石岡線去明治溫泉，我的內心也一時有感冬天的溫泉旅行，沒有前往探幽實在可惜。

可是，我想去的，也不是明治溫泉。

唰唰唰唰——

驀然有個字眼從心底跳出來。

阿里山的櫻花。

名片手裡劍嘩地散落一地。

啊！真是令人沮喪！

我頹然坐入椅子裡面。

手腳無力，肚腹乾扁，胸口沉悶。

臺灣漫遊將近一年的時光，走路吃飯，穿衣睡覺，遊歷街道與市場、戲院與溫泉，搭乘巴士與火車，我如常地生活著。但所謂「如常」，或許只是一場美夢。未來回想這段南柯一夢般的臺灣一年，最為深刻的記憶會是什麼呢？

我的心底，並非沒有答案。

勝手口那邊的拉門發出喀啦喀啦的聲響。

聽開門聲就知道，是高田家的女傭佐惠大嬸。

我一動不動。

佐惠大嬸進來看了看屋內四散的名片。

「青山老師，今天也很驚人呀。」

「抱歉啊，就放著吧，不必收拾。」

「都聽您的。」

佐惠大嬸說完，退回廚房土間去了。

不久之前，佐惠大嬸每自勝手口進來，我都以武士殺敵般的氣勢衝到廚房，令她數度飽受驚嚇。儘管如此，拍著胸口的佐惠大嬸也沒有多說什麼。

我想從那裡看見誰走進來呢？
在床褥上，在榻榻米上翻滾身子，每天我又等待著誰從那一邊拉開障子？
緣廊長坐吸菸，是期盼誰走來並肩同坐，剝起荔枝、土豆與菱角？
答案早就在我心底了。

※

堂堂九州女兒、名士之後，應當如何面對摯友的割袍斷義？
品格高貴之人，理應寄予祝福。
我恪守原則。
儘管說，記憶如同映畫播映，那個華麗小屋的天井中央，日光斜映頂上的白色帆布，螺鈿檀木八仙桌前雙人對坐——我的大腦是最先進的有聲映畫播映機，每天突發上映好幾回，而我只能咬牙按捺，以免衝動行事。
我何嘗不想追問，何嘗不想追趕上去說一句什麼，可是那並非青山千鶴子的作風。
——青山千鶴子必須，必須如常地生活。
所以美島安排我去哪裡，我就去哪裡。
下一個行程在豐原。
距離我上一次拜訪豐原，已經過了大半年。豐原並無公會堂，也不是初訪，這趟又是為什麼？若是要去明治溫泉，我可不想與總督府職員大人同行。

我對美島口無遮攔，美島對我則自有一套冷淡應付之道。

「豐原郊南一帶有今上天皇的御田。本島並非只有臺東廳，臺中州的豐原同樣生產御用的天皇貢米，以此為題，希望青山老師可以寫篇文章。」

「配合南進政策，是吧？這種事情，請找別人吧，不是我的專長。」

我毫不客氣地拒絕了。

美島也不生氣。

「聽聞青山老師偏愛本島點心，那麼以鹹蛋糕為題可以嗎？」

「鹹蛋糕？那是什麼？」

「以水蒸法製作西洋式蛋糕，另外調製本島風味的肉臊餡料，在兩片蛋糕中間夾入肉臊餡，就是外型宛若三明治的鹹蛋糕。」

或許已經掌握應付我的訣竅，美島一板一眼地解說起來。

明治四十四年臺灣縱貫鐵道全貫通，由閑院宮載仁親王抵達本島主持開通式典禮，彼時各地官員有意逢迎，鹹蛋糕即是當時獻上的點心。發明者來自豐原的糕餅老店鋪雪花齋，由於豐原一帶原是臺中州糕餅產業歷史悠久之地，才有鎔鑄傳統風味與西洋風味於一爐的糕餅師傅及其創新之舉。

有此一說，載仁親王大為讚賞，鹹蛋糕便成為現今豐原的名產。不需要刻意配合南進政策，鹹蛋糕是不分內地人本島人都喜愛的土產。

「嗯——簡直就是紅豆麵包的逸事嘛，明治初年木村屋貢奉天皇，意外成名以後，席捲日本各地，聲勢遠播到臺島都有紅豆麵包的蹤影。原來如此，紅豆麵包之於木村屋，如同鹹蛋糕之於雪花齋啊。」

「聽起來，青山老師是應允了。」

我的食慾仍然毫無起色。可是，鹹蛋糕的內餡是本島的肉臊啊。

於是依言成行。

沒有演講，沒有去明治溫泉。參訪御田與豐原神社，跟官員們吃了一頓交際的午餐，隨後散步到當地的媽祖廟。路途上美島指給我看，言稱那片店面就是發明鹹蛋糕的漢餅鋪，果真接近時嗅聞到鴨蛋、砂糖與蛋糕出爐的馥郁香氣。然而，肚裡饞蟲僅僅是翻了一個側身，發出小小的聲響，我跟隨美島的腳步參觀了媽祖廟。

南國的媽祖廟是鮮豔的赤紅色。

觸目所及，是廟埕上方成列的紅燈籠，繁複華麗的屋簷與瓦當。

盤旋龍身的大柱，精雕細琢的石刻與木刻。

璀璨奪目的鎏金與描金。

細膩生動的壁畫，花樣相異的剪瓷雕。

還有，神龕上的無數尊神明偶像。佛祖，觀音菩薩，媽祖，每一張神明大人的臉龐都是平靜微笑。其中一尊偶像的面容令我停駐目光。

我問美島那尊微笑如孩童的偶像，是哪位神明大人？

美島看了一眼。

「是三太子哪吒。」

「哪吒，是《封神榜》那位嗎？」

美島說對。

我注視著那張孩童般的臉龐。

是吧，那部故事舞臺位在府城臺南的漢文小說，神明大人打打鬧鬧，當中有這樣一段吧？哪吒踏著風火輪下凡，赫然遇上腳踏車比賽的群眾，心下駭然於眾人竟然都有神器風火輪——我回想而忍不住嘴角上揚。[72]

桌案上的哪吒也朝著我微笑，雙頰堆擠出深刻的酒窩。

哎呀，哎呀。

「青山老師對本島的事物似乎相當感興趣。」

「是嘛。說起來，這座媽祖廟不是古廟嗎？沒有實際走訪還真不曉得，竟然如此富麗堂皇，而且相當潔淨嶄新呀。」

「因為在大正年間有過一次重修。」

美島以平板的聲音說明，「慈濟宮媽祖廟在清國雍正時代興建，起先供奉觀音菩薩，不知何時轉為供奉媽祖，此後長年以媽祖廟知名。大正年間的重修工程歷時悠久，竣工距今不過二十年。」

「雍正皇帝呀，這樣算起來，是兩百年的香火了。百年來人事更迭，神明大人依舊

[72] 作者在第三章記述這部漢文小說時並未提及三太子哪吒，但根據前後文推測小說乃許丙丁所著《小封神》，其第五章即〈自轉車驚走三太子〉，符合此處所述。

看顧著本島的信眾——如此一想，也不禁感到動容啊。說來意外，神社不是正在各地設立起來嗎？能夠繼續保留本島的廟宇，或許臺灣總督府並沒有想像中的獨斷專行吧！」

美島沒有附和我對本島信仰的感慨。

跟美島出行總是無趣，我已然習慣。

「美島先生自謙不瞭解本島人的文化，其實是搪塞之詞吧。」

「……。」

美島毫無圓謊的意思，實在是耿直的傢伙。

離開媽祖廟，美島買了鹹蛋糕，就近在喫茶店休憩。

裝潢簡樸的喫茶店，論氣派遠遠不如臺中市街，恬靜悠閒卻令人舒適，別具一格的是賣有鳳梨汁。

女給報上菜單時，我漫不經心地說要鳳梨汁與熱咖啡。

美島立刻說請稍等。

「青山老師，不必幫我決定餐點。」

我也立刻回敬說沒這回事。

「並沒有幫美島先生決定，兩杯都是我要喝的。」

美島看了我一眼不予反駁，去低聲跟女給要了一杯牛奶咖啡。

點完餐就沉寂，我燃起香菸，長長吸了一口，嘆氣一樣地吐出來。

非到必要，我與美島通常不交談。片刻以後，咖啡、鳳梨汁、咖啡牛奶，以及外帶的鹹蛋糕盛盤一同送上來。我與美島安靜候餐，也同樣安靜進餐。

鹹蛋糕確實形似三明治。

摁熄香菸，我將鹹蛋糕放進嘴裡大咬一口。

好軟。

牙齒全然陷入柔軟溼潤的蛋糕裡面，鴨蛋、麵粉與砂糖混合後的香氣湧上來，隨即是肉臊的香氣。並不只是豬肉碎末，連同一點脆脆的口感，以沙拉醬拌勻後做為滑順的肉臊夾餡。仔細咀嚼，似乎是根莖類的什麼。

這種肉臊，我沒有吃過。

旅居本島期間，我飽嘗分布在不同料理之中的各種肉臊。米篩目、煮大麵、炒米粉、湯冬粉、肉丸子、滷肉米糕、雞絲麵、綠豆沙餅——還有肉臊飯。

肉臊啊，以前是有過這樣的對話。

——肉臊使用在許多料理上，不只是米篩目，米粉、冬粉、大麵也有，對了，在鹿港吃過的肉丸子，內餡也是肉臊。儘管都叫作肉臊，可是做法並不相同哦。因應經濟能力與飲食習慣，每戶人家也都有各自製作肉臊的配方。

——這樣啊，總覺得滿意外的，可見本島人還真是喜歡肉臊呢！

——青山小姐，我小的時候，還以為豬皮肉臊是非常昂貴珍稀的料理呢。那個時候心底有個夢想，是長大了以後，要盡情地享用肉臊飯。

——那麼，看來就是今天了呢。

鹹蛋糕相當柔軟，像是融在嘴裡那樣全部化掉了，我卻感到吞嚥困難，彷彿蛋糕裡夾著的是石頭砂礫，必須拚命才能下咽。

「那個、青山老師？」

「沒事。」

我將剩餘的鹹蛋糕幾口吞入肚底。

「肉臊餡料裡面的，是竹筍嗎？」

「是的。」

美島回應後便沉默。

剛才的出聲詢問，或許只是確認一個笨女人吃蛋糕也會噎著。

我牛飲鳳梨汁，呼出長氣。

勉強想了個不那麼令人尷尬的話題。

「鹹蛋糕，還真是不簡單啊。跟鳳梨汁也很匹配，不是嗎？本島的滋味，實在令人讚嘆呀。」

「青山老師說的是。」

儘管是機械式的回答，我也無所謂，因為久未開啟的話匣子，受到鹹蛋糕的觸發而鬆動了。

「跟紅豆麵包相比也毫不遜色，要是有人將鹹蛋糕帶到東京去，應該會大受歡迎吧？啊，不不，先到長崎就足夠了吧，說起來麵包的風潮，一開始也是從長崎發祥的嘛。美味的食物，到哪裡都能夠征服世人的舌頭。」

「您說的是。」

「美島先生，那種客套的附和就不必了。」

「……。」

「南進政策什麼的，我寫不來，可是有時也不得不承認，帝國在這塊南方島嶼確實催生了美好的事物。該怎麼說呢，或許像是打磨原石吧，令寶玉發出了光輝。就此說來，這是能寫一、兩篇文章的主題沒有錯，鹹蛋糕如此，竹輪也是如此。」

「……竹輪？」

「嗯——不是豐原，是在基隆的事情。那裡不是出產竹輪嗎？從蒲鉾轉化而生的竹輪，是從內地流傳至本島的魚漿料理，本島原本的魚漿料理是魚丸嘛。仰賴本島基隆海港的漁獲，以及內地輸入的現代化工場，才有竹輪這樣享譽本島的水產加工食品。冬季時節去了一趟基隆，我是在那個時候聽說的。而且在本島的竹輪當中，尤其以基隆一帶的竹輪工場品質最為優良。」[73]

「想必是王小姐的說明。」

「……是呀。」

我的內心無限悵惘。

「在九州，我的故鄉長崎，有一種將豆腐加入魚漿內烤製的竹輪，熊本那裡的日奈久竹輪還是歷史悠久的傳統土產呢。我抒發這樣一番故鄉情懷，王小姐溫柔回應我說，

[73] 此處所稱蒲鉾，即日本魚板。今日基隆仍屬常見的特色小吃「吉古拉」，即竹輪的日語音譯。

『那麼請嘗嘗基隆的竹輪吧』，帶領我去吃了當地手工烤製的竹輪，是完全不遜於九州竹輪的美味。於是那個時候我說了，臺灣竹輪的誕生可說是帝國的功勞吧——」

我驀然停下來。

美島正默默地看著我。

並不是因為美島壓低眉毛的嚴肅神情，我才就此中斷說話，而是腦海有什麼東西閃過，我卻沒有抓住。

「原來如此。鹹蛋糕如此，竹輪也是如此。打磨原石成為寶玉，是帝國的功勞啊。」

美島反而說話了。

機械式地重複著我所說的話語，美島的眉宇間凝結著無法掩飾的不快。

啊，是了，是這樣。

我總算捕捉到腦海裡閃逝的一抹光影。

那是小千的臉龐。

冬季正月，我與小千在基隆的港灣邊吃完竹輪，我抒發胸臆內的相同感慨。因著我所說的話語，那個下著雨的基隆港邊，小千的臉龐上，在很短暫的瞬間流露一絲不快——就像是美島的不快神情——然而小千收斂迅速，我在彼時並沒有來得及意會。

彷彿有石火迸發。

置身豐原的喫茶店，我的大腦裡卻有電影膠卷飛快播映。

那個基隆港邊，我們吃了竹輪、魚板與魚丸湯，隨後共同撐傘，冒雨前往船越旅館下榻，在那短短的路程上小千的態度出現了變化。彼時我百思不得其解，苦尋小千異樣的來源，努力卻無果。難道說——

我停止播映腦海裡的電影。

「美島先生，並不贊同我所說的話對吧？」

「不，青山老師說的是。」

平時美島的聲音就很呆板，此時更顯僵硬。

啊啊。這個不擅長說謊的美島。

果然是我說錯話了吧。

基隆港邊的那個時候，小千也採取了相同的迴避應對。

那個時候，那個時候啊。

我是這樣對小千說的。

「帝國的強硬手段令人心生憎惡，可是如今不得不承認，本島這塊璞玉確實是在總督府的琢磨之下，展露了寶玉的光芒呢。竹仔嶺隧道的雙龍瀑布，基隆港邊的竹輪，是同樣的一回事嘛。我啊，太陽旗也好，日之丸帝國也好，最討厭這份自詡泱泱大國的傲慢之心了，可是在本島得以誕生美味的臺灣竹輪啊，就這份功勞而言，或許可以鬆口為帝國說一句好話吧。」

小千的臉龐，比眨眼更為短暫的瞬間閃過一絲異樣。

那當下，小千是怎麼回應我的呢？

「您吃飽了嗎？那麼這就回旅館吧。」

說了這樣的話以後，小千與我並肩撐傘走回旅館。旅館裡小千對我的態度有所改變，現時想來，根源肯定就是我對竹輪的那番闊論。

眼前的美島，與基隆的小千，彷彿身影重疊。

所以說，是我說錯話了吧。

可是，我不明白。

蠻橫的帝國與無理的官僚都令人討厭，然而對於本島的建設之功，倘若持平看待，則確實是一股強而有力的援助。不是嗎？

我感受到似曾相識的強烈茫然，不得不一口吞下整杯咖啡稍作鎮靜。

那股強烈的茫然感，就像是小千對我發出斷義宣言以後，隨著時間在我心底日漸加深的迷惘困惑。

事到如今，我仍然懷抱著完全相同的疑問。

——我觸怒小千與美島的關鍵，到底是什麼？

※

美島站起了身子。

「這就送青山老師返回臺中——」

「請等一等。」

我打斷美島的遁逃之詞，「有事請教美島先生，可以回答我嗎？」

美島的兩道眉毛又靠攏了。

由於我沒有移動身軀的動作，美島只能坐下來。

「青山老師請說。」

「首先，請美島先生務必誠實回答我的提問。」

「……。」

「儘管美島先生否認，然而實際上並不贊同我剛才的發言，對吧？不，我不是要求美島先生附和，而是希望聆聽美島先生的真實心聲，因為王小姐辭退通譯工作，或許是雷同的事情，想必是我的言行觸怒王小姐與美島先生了。此時此刻，唯有剛正不阿的美島先生可以回答我這個疑問——請告訴我吧，剛才我究竟說錯了什麼？」

「唯恐冒犯，恕敝人無法回答。」

「以青山千鶴子的名譽起誓，美島先生此刻所言一切，我絕不視為冒犯。」

「……。」

「接下來我若有任何令美島先生不快的言行，美島先生盡可以立刻離席，也可以辭退通譯工作，我絕無二話。」

「……您確定？」

「願以青山家族的名譽起誓。」

由於我的再三保證，這位剛直的總督府職員總算有所鬆動。

「青山老師說我不贊同您的論點，確實是如此。」

「那是為什麼？」

「將殖民地臺灣打造成為優秀的南進基地，是帝國之功——青山老師認為，贊同南進政策的總督府職員，肯定是這樣想的。不是嗎？」

我還沒回答，美島兀自往下說，「是的，身為對天皇懷抱忠誠的總督府職員，我遵從帝國與總督府所欲推行的所有政策。因此，我也從不批評國家政策。」

「咦？那麼我對帝國的讚揚之言，美島先生又為何不贊同？」

「我不贊同的，並非讚揚帝國與否，而是青山老師隨心所欲的發言。即使平時不宣之於口，青山老師無意配合南進政策，這樣的舉措已然展現您對帝國的不以為然。然而在個人偏好的事物上，您卻立場一變，轉而對帝國政策予以讚揚。歸納而言，政策遭受批評或者讚揚，其實並非帝國之失或者帝國之功，只是服膺您個人的喜好罷了。」

這是我從未聽過的言論，不由得受到震懾而瞪大眼睛。

美島於是不再言語。

「……請美島先生繼續。」

「我已經說完了。」

「美島先生肯定還有後話吧，請毋須掛慮，我保證不會追究。」

「……青山老師隨心所欲的個人偏好，在敝人看來，不只展現在看待帝國政策，也展現在看待本島各種事物之上。」

「我不明白，可以請美島先生說更詳細些嗎？」

「青山老師是長崎人，即使是短暫的相處，也能感受到您對故鄉的愛情。與此同時，我在本島出生，也對本地懷有故鄉之情——」

美島語氣一頓，眉宇間掠過壓抑之色，隨後卻露出決意一吐為快的剛毅表情。

「鹹蛋糕與鳳梨汁，本島的滋味令人讚嘆。青山老師是這麼說的。然而，您口中所說的本島的滋味，在我聽來並不是真正的美味，更像是視為珍奇異獸般的滋味。青山老師關注自身感興趣的事物，這是理所當然的，可是為這些事物強作解釋，用以迎合您個人的愛好，恕我直言，這是知識階層的傲慢。」

「……。」

「比如說竹輪——本島的漁獲，確實因為帝國引入技術而增加，卻也因此改變了本島人的飲食風貌，這是本島人會為之喜悅的事情嗎？又比如說，豐原媽祖廟得以保留，實際上並非帝國的寬容，正是由於帝國軍隊在明治時代的破壞，豐原在地的本島人費心奔波，媽祖廟才得以在大正時代耗資重修。儘管如此，豐原神社幾年前設立，同樣為媽祖廟安置了新造的石燈籠與鳥居，看在本島人的眼底，又該做何感想？帝國在本島催生了美好事物——青山老師這番言論，不啻是侮辱本島與本島人。您所謂的美好事物，不只是僅僅對內地人而言的，更是僅僅對青山老師本人而言的美好事物罷了。」

美島的確說了堪稱冒犯的重話，卻始終直視著我。

不愧是剛毅的年輕男性，與其說是初生之犢，不如說是初生之虎崽。

我深陷沉默。

美島或許已經徹底掏出了肺腑之言，同樣沉默下來。

長長的沉默裡，有個模糊的假設正在我心底成形。

「美島先生。」

「是。」

「我以為今生活變得便利與豐富的建設，會受到人們的歡迎。」

「……比豐原媽祖廟更加歷史悠久的臺中媽祖廟，在大正初年的臺中市區改正期間，百年古廟一夕之間遭到根除，換得秩序井然、交通便利的臺中街道。如今，臺中媽祖廟不存任何遺跡。」[74]

「……。」

「……。」

我再次點起香菸，長吸一口到胸腔裡面，再長長吐出。

美島很安靜。

第二口菸，我吸氣，再吐氣。然後第三口。第四口。

香菸燃盡了。

「在美島先生看來——儘管是出於善意的援助，根本上也只是一種傲慢罷了，是嗎？」

[74] 臺中媽祖廟戰後重建，即今日臺中市中區的萬春宮。

美島在煙霧裡沉默了片刻。

「這個世間，再也沒有比自以為是的善意更難拒絕的燙手山芋了。」

※

我啞口無言。

早在桃花源的華麗小屋裡，小千的面前，我就無言以對了。可是豐原的喫茶店桌案，美島的面前，我再次失語。

駛往柳川小屋的回程車上，我與美島全程默然。

美島或許是對自己的大放厥詞感到失言吧，我偶從後照鏡看見美島狀似心緒混亂的鬱悶表情。

我同樣混亂，同樣鬱悶。

有個什麼輪廓模糊的東西逐漸一塊一塊即將拼湊起來，卻堵在我紊亂的大腦思路裡面。美島的每一句話，都讓我前進；回憶起小千，卻又令我倒退。

當夜仍然食慾不振，叫來外賣的生魚片，佐著冷酒吞到肚子裡面去。後半夜在緣廊踱步來去，昏暗夜色看不見土人蔘的細小花朵，我還是不時感到胸口裂開來一樣的疼痛，最終抽掉了僅剩的半包菸。

到了不得不入睡的時間，也只能在床褥裡翻來覆去。腹鳴不已，心情煩躁，我踢開了棉被，從床褥翻滾倒榻榻米上去，幾乎將次間都滾遍。

我啊，是頭腦簡單的北山杉哪。

※

我做了夢。

夢裡有一樹燦爛的九重葛。

濃豔的花樹底下大澤與小雀站在那裡，長風吹拂，大澤以身軀為小雀遮掩了所有的落花。

夢裡也有瀑布一樣的炮仗花。

街道上的本島少年與內地少年，先後從那花瀑下穿梭而過。內地少年追上了，從後將本島少年擁抱在懷裡。

一陣春風吹起炮仗花，絢麗而耀眼。

閃閃發亮的還有馬約利卡磁磚。

鑲崁磁磚的紅磚黑瓦小屋那裡，有遼闊瀑布般飛落一整面的炮仗花牆。

小千，站立在那花牆之前。

而我站在小千的對面。

小千微笑，臉頰堆擠兩個可愛的笑渦。

當我伸長手臂去握住小千的手，小千便回握住我的手。
我不由自主地去把臉埋在我們交握的雙手之間。
「青山小姐。」
小千說，「其實，我跟陳同學是一樣的，只是如此而已——因為溫柔的青山小姐，從來沒有問過我，我真的想要這樣的保護嗎？」
我幾乎要哭出來了，小千只是溫柔為我理順耳鬢的頭髮。
「因為青山小姐想要疼惜的人，是一名需要您保護的、乖巧的本島通譯，那並不是真正的王千鶴，並不是我本人哦！所以說，青山千鶴子與王千鶴，真的能夠說是朋友嗎……？」
不，不對。
我從肚子深處喊出來，「小千，並不是這樣的！」
——就是那個瞬間，夢境破滅了。
我在明亮的晨光裡甦醒。
是夢。只是夢。
饑餓令我肚腹疼痛，不得不起身去廚房覓食。
平常儲放白吐司的櫥櫃，放置著前一天購回的豐原土產。
在早晨光亮的廚房裡，我站著吃了六個鹹蛋糕。
柔軟的蛋糕，鹹香的肉臊，像是暖流沁入脾胃。

第六個，也是最後一個。

明明是軟綿綿的水蒸鹹蛋糕，吃到半途卻像是什麼硬物忽然哽住了咽喉，我回過神來才發現已經淚溼衣襟。

春季三月，阿里山的櫻花。

是的，去歲在嘉義，我與小千互相斟酒，吃了許多生魚片與各種膎。那個時候我們大吃大喝，有過這樣的對話啊。

我對小千說，「阿里山上的櫻花，來年春天，我們一起去看吧。」

然而，小千並不情願。

「移植內地的櫻花，強加在本島的土地上，不是太蠻橫了嗎？小千是不是這樣想的呢？」

「我並沒有這麼說過。」

「因為我一直看著小千的表情，自認不會看錯呢。」

「……。」

「帝國的強硬手段確實叫人不愉快，可是美麗的櫻花是沒有罪過的。如果可以跟小千一同去賞櫻，應該像是在作夢吧。其實啊，我從來沒有可以共同喝酒賞花的朋友呢……」

「……。」

「小千？」

「青山小姐啊。」
「唔?」
「坦白說我，實在對妳束手無策呢!啊，忘了用敬語，我也醉了吧。」
「不要緊啦，哎咿呀哎咿呀。」
「哎咿呀哎咿呀。」
——遠遠在那個時候，小千就已經對我表態了。
我啊，我是何等驕傲愚蠢的混帳傢伙啊!

十二——蜜豆冰

臺中市街位處最西北的川端町，步行到最東南的曙町之南，就會抵達頂橋子頭。直線距離，約莫是二十町。

所謂直線，是將臺中市街切成兩半的直線幹道。因著路線上貫穿綠川的那座大正橋，名為大正橋通[75]。鐵道部的國營巴士與臺中市營的巴士雙線同行於此，這是名符其實的臺中市街幹道。

柳川邊的小屋鄰近便利的幹道，使我不曾真正步行走完長長的大正橋通。儘管二月以步行抵達糖廠鐵道站房，已是我首次捨棄搭乘巴士與計程車走過大半個臺中市街，那時卻繞道商店林立的新盛橋通，腳步與思緒一樣散漫凌亂。啊啊，我漫不經心地生活在此城，倏忽即將屆滿一年了。

柳川河水奔流嘩嘩。

逝者如斯夫，不捨晝夜。說的不正是這樣的事情嗎？

柳川小屋出來，越過兩岸新綠的柳川，我行走在大正橋通之上。

右手邊是臺中醫院，左手邊是青果同業組合，以及掛著商號的店鋪。

再往前，要是左向折入便是新富町，紅白相間的新富町市場建築矗立於此，經常叫來外賣壽司、蕎麥麵的店家，便棲身在市場周邊。

但並不轉入，直行再略行數十步，右手邊則是丸子串一樣的三個富麗官舍接連現身，知事官邸、臺中州廳、臺中市役所……臺中市街之氣派體面以此路段為尊，與占地遼闊的官舍共同夾道，位在相應左手邊的，是高級旅館潮田館、臺中郵便局、臺灣銀行

[75] 大正橋通即今臺中市民權路。大正橋現址即今民權綠橋。

臺中支局。

再前，擺脫菁英官僚作派，左邊是臺中州立圖書館，右邊是臺灣新聞社，我踏入了人間百態的匯聚之地，向前有法律事務所林立，亦有高級旅館與大商店錯落，而救世軍小隊、法華宗布教所、天理教教會比鄰而居。不分富貴、貧困、知識、商業階層，各色人群同樣熙攘於街道，對照一看，不正說著浮生若夢嗎？這個地段令人莞爾，我此前卻毫無所悉。

有眼而不見，有耳而不聞，就是我的寫照。

越過大正橋與綠川，河風習習。

挾風持續邁出腳步，便穿越了鐵道路空橋樑——橋樑遮擋陽光，直直穿破陰影，大正町通與鐵軌就此拋卻在我的身後。

眼前的景色陡然轉變。

彷彿先前的繁華一夕落盡，臺中市街換下金裝。此處建築的規模、顏色相形小巧樸素，延綿到看不見的遠方，愈遠愈顯遼闊。

這是全然陌生的街景。沒有大商店，繼之而生的是販售起居吃穿的小店鋪夾道。和菓子鋪在此已屬亮麗者。販售本島瓜果的果物店，總是令串串香蕉懸掛如簾幕，在支那式亭仔腳建築底下更顯幽深。

人群往來，口音多是本島話。彷彿鋼鐵的軌道是一條人世的虛線，切開了內地與本島的界線。

蒸汽火車的鳴笛聲響徹雲霄，回頭去看是一輛上行列車。

再回身過來，前行數十步有人潮匯流處，是第三市場敷島町市場。

不比第二市場新富町市場，敷島町市場的建築方正樸素，占地看似僅有前者的一半。越過第三市場以後的街景愈發僻靜，眺望四方可見耕地，以及幾層樓高的南洋綠樹。兩旁逐漸出現用途不明的房舍，一望即知的唯有曙公學校[76]。

再向前，就是臺中市街之外的大字頂橋子頭。

那就是屢次搭乘鐵道列車旅行本島的我，一步也不曾踏入的，臺中市街地圖範圍之外的頂橋子頭。

所謂「市界」，曙町與頂橋子頭並非只在地圖有所區隔。

一眼就能看出來，視野廣袤無垠，前方盡是肖似郊野的空曠道路。看不見官舍，也無懸掛廣告招牌的大型商店，到處盡是本島人的房舍，稻田與阡陌，遠山與薄雲。

臺中第二中學校[77]的方正建築群，突兀地掉在那片郊野中央。

僅僅是半個鐘頭的腳程，從西北方斜切東南角的這趟路程，看見的原來是這樣的景色變幻。這是宛如映畫那樣急遽變化的路線，是宛如小說安排故事起伏般的路線。

這是從內地人世界到本島人世界的路線啊。

我不由得停下腳步。

小千擔任通譯期間的八個月，每個星期兩次到三次，就是依循這條路線從頂橋子頭，從敷島町市場到新富町市場，一步一步走到川端町柳川岸邊的小屋。

[76] 位在曙町的曙公學校，即今日臺中市東區的臺中國小。

[77] 一九三九年臺中州立臺中第二中學校，約莫位在今日臺中市東區之國立中興大學附屬臺中高級農業職業學校以南，至仁和路為止。

而我——我一次也不曾涉足頂橋子頭。

這肯定是旅居本島期間，距離我最為遙遠的一個旅行之地了吧。

川端町到頂橋子頭，腳程半個鐘頭，直線二十町。

遙遠得卻像是宇宙的彼端，月球的背面。

這就是我與小千的距離。

※

「很有趣嗎？那本小說。」

「嗯。」

「燈光這麼暗也看得很開心呢。」

「嗯。」

「這樣啊，那是什麼樣的故事呢？」

「是以府城臺南許多廟宇的諸位神明大人做為主角，運用傳說故事寫成的神怪小說。對內地人來說，想必會因為陌生而覺得無趣吧。」

「不會的，請說說看吧。」

「既然您這麼說了。故事一開始是這樣的，府城的赤崁樓鄰近有一座小上帝廟，小上帝廟香火零落，主祀的神明大人上帝爺與祂的輔佐神就像是遭難了一樣的窮困，一陣七月的颱風把廟宇吹垮了，上帝爺只好請輔佐神明典當祂的通天冠換錢來修補……」

去歲夏天的彰化鹿港旅行，駛回臺中車站的列車裡，小千為我翻譯誦讀她手上的那本漢文小說。

漢文小說的故事舞臺在府城臺南。

距離彰化鹿港旅行不久以後的秋天，我與小千便踏上府城的街道。然而，散步臺南市街的那個時候，即使時間充裕，我也不曾興起任何一次尋訪的念頭，去看一看小說裡眾神交鋒的赤崁樓、小上帝廟、媽祖宮、文昌祠與武廟……

時至今日，我依然不知道那本漢文小說的書名。

這就是小千所說的，我的「盲點」吧。

小千與美島，早早便看透我的盲點。

不，不對，是看透了我。嘴巴上抱怨帝國對待殖民地、男性對待女性、內地人對待本島人的偏見，我嘲弄、抗議這個可笑的世間，卻原來我同樣只是塵世一介庸俗之人，渾然未覺潛伏心底的我的傲慢，以及我的偏見。

說到底，寫了無數篇「臺灣漫遊錄」，侃侃而談在臺島旅行見聞的我，從來不曾真正認識、也不曾真正對臺島懷抱關愛之情。非但如此，甚至夸稱「我想記下這座島嶼尚未遭到改變的那副面貌」——以內地旅人的姿態，不經思索隨興寫下的「臺灣漫遊錄」，正是我高高在上俯瞰本島的鐵證。

美島曾經發言譏諷。

「哦？原來青山老師與王小姐是朋友關係。恕我駑鈍，從兩位的互動往來，完全無法察覺這種事情。」

美島那時想說的，想必是相同的事情吧。任性妄為的青山千鶴子，以及屈從前者的王千鶴，怎麼也看不出是平等的關係。啊，我青山千鶴子一直是站在什麼樣的位置，與王千鶴往來的呢？強迫王千鶴接受「東風」之助，難道不是青山千鶴子自居在上位者的心態作祟嗎？

想通頭尾，就澈悟了小千的種種言行。

吃掉六個鹹蛋糕的早晨，我站在廚房裡許久。是投射在銀色水龍頭上的日光，悄然移動了小半吋那樣的許久。

——堂堂九州女兒、名士之後，應當如何面對摯友的割袍斷義？

——品格高貴之人，理應寄予祝福。

小千道別以後，我強力按捺前去請求相見的衝動。

那簡直像是懷抱燒得赤紅的火爐，也像是坐在冰冷瀑布底下沖刷肉體的苦行修煉，咬牙熬過了四十四天。

然後我凝望著水龍頭上的金色流光，心想著那麼現在呢？

那個當下，夢裡小千的言語仍在我的耳邊迴響。

——青山小姐想要疼惜的人，是一名需要您保護的、乖巧的本島通譯，那並不是真正的王千鶴，並不是我本人哦！所以說，青山千鶴子與王千鶴，真的能夠說是朋友嗎？

我心想，是時候回答這個問題了。

※

王家是四合院。位在臺中第二中學校附近。

數個月以來，我對王家所知僅此兩點。

實際走到第二中學校，周圍人車熱絡遠不及臺中市街，可是因著這個內地人中學[78]，倒還有國營巴士站與手壓臺車的輕便鐵軌，以及一間販售日用雜貨兼榨油行的簳仔店。

我沿著中學校繞行。這一帶匯聚本島人的古舊聚落，偶見箣竹叢生，其間突出的四合院並不多見。細數下來，僅有外觀宏偉的四合院大宅兩座，規模再稍遜的兩座。尋訪本地的富農之家王氏家族，料想並不困難。

可是——去逐一敲門，而後在四合院寬廣的天井廣場見面？

我無法想像那樣的景象。

繞行中學校完畢，腳步回到原點。

南國的春天，一旦日頭高起就很炎熱，只能鑽入陰涼的亭仔腳，以手巾擦去額頭汗珠。簳仔店外頭的那一條長凳，宛如發出招徠的呼喚。

肯定是榨油行附屬的簳仔店吧，空氣裡瀰漫芝麻油與花生油的濃烈香氣。

我臣服於豔陽，決定入內叫一瓶汽水。

[78] 原注：一般而言，本島稱「第一」多為內地人學校，「第二」多為本島人學校，然而有別於本島常態，臺中州立臺中第一中學校由本島人籌資開辦，學生出身以本島籍為主。總督府辦學在後，臺中州立臺中第二中學校學生出身即以內地籍為主。

籤仔店內部窄仄，一面靠牆的貨架塞滿馬口鐵罐頭與玻璃瓶，一面牆前擺放數個零售果子點心的玻璃大甕。零售的還有穀物與雞蛋。展示作用的木櫃裡放著藥品與肥皂。

看店的是本島人，而且是個老婆婆。幸好彈珠汽水在本島人口中也叫彈珠汽水[79]。喝掉一瓶尚且口渴，我坐在店外一連喝了三瓶。

長凳上排著玻璃瓶，瓶頸裡各自啣著一顆玻璃彈珠。

說起來，內地人的駄菓子店我經常造訪，卻不曾涉足本島人的籤仔店。

我想著這樣的事情，毫無意義地把玩空瓶，彈珠在瓶子裡左右喀啦滾動。

×××。

身後傳來老婆婆的聲音。

是本島話。我側身過去，看見老婆婆端著小碗過來。

好像是要放到我手上的樣子，我伸手捧住。

「吃。」

這句是日本語。想必是不諳日語，老婆婆見我呆愣，重複了兩次「吃」，口吻有如命令。

我忍不住微笑，回應以臺灣話的「多謝」。

老婆婆也笑，以手指比向那個小碗。

是瓜子。

黑白條紋的瓜子。

[79] 彈珠汽水的臺語發音la-mú-neh，即源自日語發音ラムネ。

我點點頭，拿起來以門牙一咬。

不意沒有咬開瓜子殼，而是將瓜子咬成兩半。

咦？怎麼回事？

這瓜子咬起來並不堅硬，迥異於此前咬過的口感。

「××，××。××××××。」

老婆婆兀自說著本島話，動作緩慢地以手指捏住瓜子，指甲掐開瓜子一剝，白色的瓜子肉便落在碗裡。

「吃。」

從善如流，我放進嘴裡咀嚼。瓜子肉細小，可是一入口就知道不曾吃過。柔軟鮮嫩，掠過一絲花蕊般的苦味，餘味回甘。

「這不是瓜子嗎？黑白條紋的瓜子，是食用向日葵的種子不是嗎？」

「××，××××，××××。」

「咦？您說什麼？」

「××，××。」

「哦，這句很耳熟呢，是叫我不必問嗎？」

「××××××，××××，×××。」

「是不同的瓜子？是吧？」

我和老婆婆各自說著各自的話。

噗哧。
旁邊傳來了小小的笑聲。
「您還真是一點都沒變呢。」
標準的日本語。
我朝著聲音來源投去目光。
亭仔腳的陰影底下，有個嬌小的少女身影。
少女與老婆婆彼此頷首打了招呼，老婆婆便逕直折返店內。
「……我還沒問到答案呢。」
「您想問什麼？」
「這個，看起來是瓜子，吃起來卻不一樣。」
「嗯——這個是生的葵花子。從乾燥後的向日葵花托表面剝下來，種子沒有經過炒製手續，吃起來口感鮮嫩。生葵花子一般只在鄉間農田得以品嘗，是這家人的佃農特意送來新鮮葵花子，給老婆婆解饞。」
「原來如此。生吃起來含油量並不高，沒想到也可以榨油。」
「向日葵分為食用品種與油用品種，所以說，這是刻意種少量食用品種送過來的。能夠因此品嘗到新鮮葵花子，您的運氣很不錯呢。」
「——還沒想到會在此刻吃到這個呢，生的葵花子。」
「是呀，很久以前曾經提過，有機會想讓您品嘗看看的。」

「……。」

「……。」

有風吹起了。

長風鑽入亭仔腳，轉瞬揚長而去。

像是列車破風前行，像是吹落九重葛的秋風。那也像是，我坐在緣廊吸菸，凝望庭院的土人蔘小花顫顫搖擺，那時吹拂而過的陣風。

我心底有清晰透徹的聲音。

是府城臺南鐵道飯店的套房裡，玻璃杯底殘留冰塊，那冰塊發出了好細小好細小的冰裂聲。

終於我從長凳上站起身子，與那嬌小的身影正面對著正面。

「我想見妳，小千。」

「我也是，青山小姐。」

※

——前來的路上，我有預感會與妳相見。

我這麼說，小千就微笑說「我也是」。

可是那是「預感」嗎？或者，單純只是強烈的想望吧。

這話我並沒有說出口。

我與小千坐在長凳的兩端以指甲剝瓜子。

間或有人車通行，有人進出簸仔店與榨油廠，都彷彿與我們無關那樣地過去了。風起的時候，街道這邊與那邊的碩大路樹有細花飛落。

花樹葳蕤，色如紫霞。

「那是苦楝花哦。」

想必是注意到我的目光，小千如同往常那樣為我說明。

「內地的畢業花是櫻花，可是本島的畢業花是苦楝花。母校的校歌，第一句是『綻放的苦楝／紫色的／高尚沉靜的花』，苦楝花也是母校的校花。」

「我起先以為，小千就讀女學校的回憶並不愉快，可是如今聽語氣，似乎不是我所想像的那樣。」

「多數的日子，並非愉快或不愉快可以二分的。青山小姐的女學校時期，想必也是這樣吧。」

「我呀，讀女學校的日子並沒有任何愉快的回憶。因為鎮日埋首寫作，不但沒有交到任何朋友，還獲得『筆直的北山杉』這種綽號，說我遲鈍又無法融入同儕。」

「呵，也是很像青山小姐的作風呢。可是，您難道在意這種事情嗎？」

「確實，我毫不在意。讀著自己想讀的書，寫自己想寫的文章，一回過神來四年就過去了。」

「您是說過，從來不曾有過一同喝酒賞花的朋友。」

「是呀。女學校時代沒有愉快的回憶，可是也沒有所謂不愉快的回憶，說到最後，癥結是我根本沒有將別人看在眼裡吧。小千這一年來，肯定深有體會。」

「……。」

「小千。」

「嗯。」

「以下，是我的推理。」

「嗯？什麼？」

「本島傳統富農家庭的妾室之女，喝麻薏湯長大的孩子，褪變為精通語言的飽學之士，志向是少見的小說翻譯家，並且習於摩登時代的流行文化——我想了許久，這當中小千經歷過什麼呢？是什麼讓小千鶴變成現在的王千鶴小姐呢？這是我心底長久以來的謎團。可是即使直接詢問，小千也不會回答我吧。」

「是呢。」

「所以接下來，我想解開這個謎團。」

「洗耳恭聽。」

「第一件事是，王家是漳州人，然而去吃阿盆師菜尾湯的那天，小千所提到的本島年菜，卻是泉州人的『兜麵』。年菜多半是緊繫童年記憶的料理吧，比方說我自己，在本島過年那時，經常想起青山家獨門的伊達卷，以及加了九州甜味醬油的雜煮年糕湯。那麼為什麼小千提起的，卻是泉州人的年菜呢？」

「嗯。」

「第二，小千的飲食偏好很特殊。儘管說本島人也會拿白吐司與麵包充作點心，可是大家族出身的小千，餐桌肯定相當保守。因為青山家的長崎分家作風隨興，熊本本家的餐桌規矩卻繁瑣囉嗦，本島富農家族的王家，應該更接近熊本的青山家吧。此外，即使長崎與咖啡文化有所淵源，女學生仍然很少偏愛咖啡，本島女學生想必也無甚機會生此愛好。這樣說來，小千對麵包與咖啡的偏好是去哪裡習得的呢？」

「……嗯。」

「第三，那個擲骰子的精湛賭術，無論如何設想，都令我感到奇妙無解。關於此事，慶幸有阿盆師所說的那句話：『我說這孩子，不愧是琥珀養出來的，果然很伶俐。』——阿盆師口中的琥珀，是日本語發音。琥珀不是常見的內地人名，是藝名吧。難道有一位名為琥珀的泉州人，是小千學生時代的師匠嗎？小千曾經透露，身邊存在可以詢問到各種各樣問題的人嘛！那麼說來，這位琥珀學識廣博、精通外語、擅長賭博、嫻熟旅行，會唱本島的歌仔冊吧，不僅知悉本島漢人、客家人、原住種族各個族群的文化，也及支那、內地與西洋文化，更習於時髦前衛的流行事物。這種神通廣大的師匠，真的存在嗎？因此再後來，我想到『琥珀』可能不是人名。小千，妳說是嗎？」

「真是令人吃驚呢。可是，這樣不能說是推理，只是堆砌線索罷了。」

「是呀，接著是第四點。小千這麼說過，童年時代記憶深刻的『蛤仔煮麵』，是阿盆師所做的伙食料理，是許多人共同享用的大鍋菜色——童年時代的小千，除了王家與公學校，還有何處可去？小千不是從鄉間的母親娘家通勤上學，又能夠跟誰共享大鍋菜色呢？在地望族的王家顧及顏面，也不至於令王家的千金小姐與僕役共享伙食料理。我轉而思索，阿盆師是在哪裡烹製這道料理？從阿盆師的性格與手藝來看，不可能專門烹飪屬於粗食的伙食料理，因此能夠讓阿盆師親自動手烹飪伙食的，若非『蛤仔煮麵』是她輸掉了的一道菜色，就是因著人情吧。『琥珀』，阿盆師是在聽見這個名字的時候，才同意與小千擲骰子賭博的——這樣說來，『琥珀』是小千與阿盆師的唯一連結。最終我想到一種可能，『琥珀』是店家的名字，阿盆師肯定是在琥珀烹製『蛤仔煮麵』，也是在此曾經跟小千有過一面之緣的。」

「……。」

「最後一點。在彰化的喫茶店，小千的遠親姊妹出言不遜，說的是『喝麻薏湯長大的人，現在也能進喫茶店了啊。』——只有那個時候，只有那一次，小千說起母親的事情。小千的母親，是種植黃麻的農家之女，少女時期在藝旦間賣唱而受到王家老爺的青睞。在此之後，小千從未說到任何母親的事情，或許是小千的母親早年就亡故了……以前我全然沒有發覺，實在抱歉。然而，這就是最後的一條線索。以下，我的推理是，小千母親早逝之後，是小千母親往昔藝旦間的友伴們成為了小千的教養者，而能夠涵納上述種種技藝師匠的人們，這間日本語發音的『琥珀』——應該是一間咖啡屋吧。」

「哎呀、哎呀。」

「我的推理是正確的嗎？」

「嗯——青山小姐，或許該改稱呼您為大偵探小姐了呢。可是事隔多日，您特地造訪頂橋子頭，難道是為了展示您的推理成果嗎？」

「不，我想說的是，一直都是，我很在意妳。」

「……。」

「不笑了呢，小千。當然了，這是理所當然的吧。因為『筆直的北山杉』始終沒有改變。我啊，做著自己想做的事，說著自己想說的話，一回過神來才發現，小千想對我說的那些，我什麼都沒有真正聽進耳朵裡面。『青山千鶴子與王千鶴，真的能夠說是朋友嗎？』最後還令小千發出這樣的質疑，我有資格對小千說『我在意妳』嗎？這種事情我是有自知之明的。只是儘管如此，我依然來到了這裡，遇見了小千——我要說，是的，我很在意妳，所以我必須當面傾訴我的心意。」

我停頓下來。

小心呼吸以後鄭重地，一字一字地說，「——對不起，王千鶴小姐，青山千鶴子是個目中無人、自以為是、傲慢愚蠢的混帳傢伙，從始至終，是我無知的言行傷害了我們的友誼，對此我深感抱歉。」

※

瓜子沒有剝完。

與我四目相對的小千，毫無掩飾地露出心緒複雜的表情。

小千並沒有戴上能面。

我總算稍微放鬆了緊繃的肩膀。

「我不會對小千提出要求了，朋友也好，東風也好，都不會的。我前來道歉，是希望小千知道，我已經想通小千為什麼做出斷義的決定，而不是想要藉此要求小千原諒。」

青山小姐。

小千那樣輕聲，有如嘆氣般地吐出我的名字。

「……我們第一次同桌共餐的時候，青山小姐對我說，要一起吃遍臺島，說我們是宿命的相遇。坦白說，我當時不以為然。可是後來的我——特別是此刻的我，不得不感嘆，是的，青山小姐與我是命運的相遇。」

說出這樣的話，小千揚起了一貫甜美的苦笑。

「青山小姐。」

「嗯。」

「謝謝，也對不起。」

「這是為什麼？」

「溫柔的、善良的青山小姐，對我百般照顧的青山小姐，確實哦，確實也是目中無人、自以為是、傲慢愚蠢的混帳傢伙呢。」

唔呃。真是一記痛擊。
我露出苦笑，小千那雙眼睛卻更顯溫柔。
「可是呀，即使是這樣的青山小姐，也總是毫無保留敞開心門，坦率無比地將我當作親密的朋友。我相當感謝青山小姐。正因為如此，我也很抱歉。曾經有許多次我對您表明，我不想對您說謊，但早在最根源的地方，我欺瞞了您——我很抱歉，其實我——我從來不曾對您敞開心門，從來不曾真心將青山小姐視為朋友。」
「……嗯。」
「嗯？青山小姐不生氣嗎？」
「嗯，不生氣哦。不如說，因為我早就知道了。」
嗯？
小千發出困惑的聲音。
「您說早就知道了……？」
「是呀。不是說過了嗎？我一直看著小千，所以自認不會看錯哦。」
是因為我的發言令人出乎意料嗎？
小千長長的睫毛上下翩飛，半晌沒有說話。
終究也輪到小千呆愣無言了。
我吐出長氣。
「起先只是覺得啊，小千這樣內斂又謹慎的女人，敞開心門這種事情是不可能強求的吧。而在『推理』以後，我也有所理解了，小千的美人計，跟骰子同樣是一門技術吧。我猜想過，小千的師匠想要將小千栽培成什麼樣的人呢？——莫非是希望小千牢牢掌控未來的丈夫嗎？不，並不是這樣的。我認為，師匠的目的是令小千習得自保之道，無論丈夫是否尊敬、憐愛小千，無論丈夫生死，無論結婚何處，小千都能夠安身世間。這是閱歷豐富的師匠，避免小千步上母親後塵的用心良苦。如果是在這種教育下成長，小千想必不可能輕易交付真心的吧。」

「……您真的是，太令人吃驚了。」

小千久久才鬆口說了這樣一句。

我以同樣的語調，緩慢而輕聲地說，「我內心的謎團，還需要小千解答真正的謎底。不過在那之前，小千對我提出的質疑——青山千鶴子想要疼惜的人，是一名乖巧聽話的本島通譯王千鶴嗎？如果只是這樣，青山千鶴子與王千鶴，真的能夠說是朋友嗎？——我現在要回答這個問題了。小千，如同妳知道青山千鶴子的另外一面，乃是個自以為是的傲慢傢伙，我也是知道的，王千鶴的另外一面，正是一名深沉、彆扭、說謊也面不改色的天才演員。我呀，視為摯友的小千正是那位天才演員哪。」

「……。」

「杜鵑不啼，何如？」

「家康公的作風是嗎？等待杜鵑想啼，自然就會鳴啼。」[80]

「不愧是小千，正是如此。」

[80] 「杜鵑不啼，何如？」典出一則日本戰國時代大名織田信長、豐臣秀吉、德川家康性格描摹的知名軼聞。說是杜鵑鳥倘若不鳴叫，奈牠如何？豐臣秀吉答「引誘牠啼鳴」，德川家康答「等待牠啼鳴」，織田信長答「不啼即殺之」。

「……果然是，徹底敗給您了呢。」

「哎呀呀，束手無策的，可一直都是我哪。」

小千抿直了嘴唇看著我。

我也看著小千。

「那麼就如您所願，讓我為您長久以來的謎團解答吧。」

「洗耳恭聽。」

「青山小姐剛才的推理，」小千說，「是的，幾乎都是正確的。母親在我公學校入學之際染病亡故，而後母親的三名舊友找到了我，成為我的教養者。我稱呼她們為阿姨。琥珀也確實是咖啡屋，至今仍在新富町開業，由大阿姨所經營。二阿姨與夫婿住在榮町，從事和洋貨買賣。三阿姨長年在初音町的遊廓，是藝旦間的鴇母。求學時代的課後時間，我都在琥珀的內場讀書。琥珀咖啡屋，不只內地人與本島人，支那人、西洋人同樣往來其間，女給姊妹也有原住種族。三位阿姨做為師匠，教我處世平安之道——如您所知，我不擅長音律，因為她們不願我有朝一日投入娼業——這樣經過了許多年，妾室之女的小千鶴，便成長為了您所見的公學校教師王千鶴。」

小千微微一笑。

「這是命運的相遇。青山小姐說的沒錯。可是，這是令人悲傷的命運。像這樣坦承自己的身世，這是第一次，未來我也再不會對任何人坦承的。儘管如此，青山小姐與我仍然不可能成為真正的朋友——內地人與本島人，終究不可能存在平等的友誼呀。」

「這樣的結論，未免太令人悲傷了。」

「可是，這是事實。」

換我忍不住抿直嘴唇了。

因為面前的小千，眼睛裡閃動淚光。

做出這個結論的小千，心懷這份悲傷多久了呢？

小千。

我說，「臺南女學校的大澤與陳，小千解開神隱事件以後，卻疑惑內地人的大澤與本島人的陳竟然會交換照片，從而感嘆少女之間的感情是世間最難解的謎題——小千記得這件事嗎？」

「是的。」

「以下不是推理，是我的想像。那張照片裡面，陳穿著馬褲與靴子不是嗎？嬌小的陳，刻意穿著氣勢強悍的騎士西裝拍攝，並且將這樣的照片送給大澤，或許是想對大澤傳達心意——『我足夠強壯，請交付我相應的信任。』如果不是朋友，何必多此一舉？所以這意味著，儘管可能有所摩擦，陳與大澤仍然彼此懷抱著友情吧！」

「……。」

「大澤對陳的錯待，絕對是真實的，可是陳對大澤所懷抱的情感，肯定也是真實的吧。」

「……。」

「青山千鶴子對王千鶴的錯待，是真實的，可是……」
我沒有把話說完，放輕了呼吸。
小千與我同樣安靜，小心翼翼地吐息。
我朝著小千伸手，小千便與我雙手相握。
而後小千低下了臉龐。
有水珠掉落下來碎在瓜子的殼面。
「——您說的沒錯。儘管做不到毫無保留地敞開心門，我內心裡懷抱的這份情感，還是真實的。」
我更緊地握住了小千的手。
小千也是。
我們的雙手，緊緊交握。

※

淚水停歇了。
春風吹落苦楝花。
再抬起頭來，小千的眼睛潤澤有光。
想必我也是吧。

——像這樣，不就是所謂的朋友了嗎？

我不再說這樣的話了。

小千與我在簸仔店外長坐對望，彼此的眼底有對方的倒影。

那麼，接下來呢？

時鐘的秒針，一次前進一格。

我說肚子餓了。

小千笑起來說果然是您的作風哪。

「就近去吃點東西吧。」

「要吃炒米粉嗎？第三市場那裡，有間店家的炒米粉相當美味，以前會在月臺兜售炒米粉便當呢。」

「啊啊，炒米粉嗎？說起來我初訪本島那時，在新竹車站買了月臺便當，我第一次吃到的本島食物就是炒米粉——不過，等等，小千吃過午飯了嗎？」

「是還沒有。」

「那麼去吃小千喜歡的吧。不只是可樂餅咖哩飯，紅蘿蔔與煎豆腐，小千還有喜歡的料理嗎？」

「青山小姐的記憶力還真好呢。」

「那個，我說，至少可以改口吧。」

「嗯？什麼？」

「叫我千鶴子之類的。」
「就說了，同名叫起來很彆扭嘛。」
「叫青子也行哦，或者小山。」
「青……青子，啊，不行，我辦不到。」
「咦，明明就叫了吧？我有聽見哦！」
「……。」
「哪，去吃吧，我們去大吃大喝。」
我一把勾住小千的手臂站起來。
小千以肩膀推擠我，我以手肘推擠小千。
苦楝花落如雨。
我們大步向前，任由苦楝花掉落在頭髮與肩膀之上。
苦楝花是畢業花。
本島是苦楝花，內地是櫻花。
秒針一次走一格，時針一天走二十四圈，越過今天，明天就是四月一日。
啟程返回九州的日子，預定在四月的第二個星期五。
我絕口不提，小千也若無其事。
蚵仔煎與米篩目，火腿蛋三明治與奶油玉米湯。小千說她喜歡的，我說我喜歡的。
淋著牛肉燴飯醬汁的蛋包飯，生魚片握壽司，炸豬排飯與杏仁豆腐，以及花生糖粉、毛豆、小黃瓜、蛋酥與烏魚子。

小千與我相視而笑。還有潤餅卷。

直線的路，曲折地走。

小千的頂橋子頭到川端町，我的川端町到頂橋子頭。

路很近，又很遠。

上行與下行，總算走到平視的中央點。

那是綠川町。

這條路曲折難行，需要漫遊臺灣三百天，鐵道往返千萬里。

我與小千雙雙站定在綠川町的大正橋上。

不遠處臺中車站有鳴笛聲呼嘯，蒸汽火車轟然離站。那是要去哪裡的列車呢？

火車遠去而笛聲餘音悠長，綠川水道迎面吹來氣味清新的春風。我們不往前也不後退了。大正橋側邊的小攤車，春天尚未結束便開張賣起蜜豆冰，叫賣聲宛如動人的牧歌。

列車要前往何方我並不知曉。

返回九州的未來，我也毫無所悉。

我知道的，僅餘眼前的一件小事。

昭和十四年三月的最後一天，並肩凝望著綠柳夾岸的水道遠方，我與小千同吃了一碗蜜豆冰。

那碗蜜豆冰的滋味，很甜美，很好吃。

昭和四十五年

《我與千鶴的臺灣漫遊錄》後記[81]

母親的回憶

青山洋子（青山千鶴子之養女　藝術家）

母親的心底深植著一座島嶼。

很小的時候，我就知道這件事情了。

究竟是年歲多小呢？約莫七、八歲吧，那時我入學讀書沒有多久，母親動筆書寫《臺灣漫遊錄》，也就是在那段時日。七、八歲的我放學回家，幫傭春乃大嬸會請我端點心到母親的書房。「洋子小姐，請跟母親聊聊今天愉快的學校生活吧。」進入母親的書房以後，卻往往是母親對我說起島嶼旅居生活的往日故事。

我與母親一同吃掉了許多點心，不計其數的甜麵包、銅鑼燒、豆大福、麻糬、帶梗葡萄乾、水果蛋糕和卡斯提拉蛋糕……童年的點心時光，我同時浸淫於母親的島嶼舊夢。只要那天的點心是花林糖，母親肯定會說這樣一句話：「臺灣的寸棗，要比日本的花林糖美味多了。」我在那個時候就知道了，母親心底有一座島嶼。

升上高年級的某天，母親問我想讀一讀她的小說嗎？那就是《臺灣漫遊錄》的小說手

[81] 昭和四十五年為西元一九七〇年。青山千鶴子《臺灣漫遊錄》一九五四年版本絕版後，於一九七〇年更名《我與千鶴的臺灣漫遊錄》再版發行，並由青山千鶴子之養女青山洋子補增後記〈母親的回憶〉。

稿。成長於藏書豐富的青山家，我也是酷嗜書本的文學少女，連著幾天埋首手稿，直到讀到故事尾聲。

我淚漣漣地向母親抱怨：「這是真實的故事嗎？未免太令人悲傷了。」還以為母親會一笑置之，回敬經常掛在嘴邊的那一句「小說是小說」，那樣一來我就要撒嬌說「請給故事一個圓滿結局」。

不料母親當下卻附和說：「是呀，是令人悲傷的往事呢。」

母親的笑臉看上去相當哀愁，我一時茫然失措，最後竟然忍不住嚎啕大哭。

那一天，母親難得陪我入睡。

床上我問母親：「吃完鹹蛋糕以後的母親，後來去見小千了嗎？」

母親說：「去見了哦。」

我說：「那麼，為什麼小說沒有寫那一段呢？」

母親沒有立即回應我，可是後來，母親續寫了《臺灣漫遊錄》的第十二章。

年僅十歲左右的我，並不瞭解母親，也不瞭解文學。許多年以後，我才真正讀到母親在臺灣書寫的「臺灣漫遊錄」遊記數篇，得以比對遊記與小說所展現的幽微心境。「為什麼不是補寫遊記隨筆，而是改寫為長篇小說呢？」我沒有向母親這樣提問，如同我沒有向母親提問：「為什麼這部小說沒有序文與後記？」因為我知道答案。

母親想說的話，在小說裡面都說完了。

昭和二十九年，小說《臺灣漫遊錄》出版了。出書以後，母親四處託人將小說送達臺灣某處，由於未能遂願，便年年託人寄送。直到我就讀短期大學，《臺灣漫遊錄》僅剩的庫存慘遭風災之害，正式宣告絕版，母親的願望才就此止步。

——即使是孩提時代的我，也猜得到母親期盼將小說送到「小千」的手上。

昭和四十三年，母親染上肺部的惡疾。

病房裡，我問母親要不要去溫泉旅行？

母親搖頭說不必了。

「將《臺灣漫遊錄》改名再版，有勞洋子送到臺灣去吧。」

那一年，我二十六歲，與戰前旅居臺灣的母親相同歲數。小說再版之前，我自行走訪了一趟臺灣。我無以尋覓母親的故人，連母親詳細描繪的基隆雙龍瀑布也不見蹤影。唯有一事，我吃到了寸棗。

寸棗確實與花林糖十分相像，可是在我吃來，並沒有母親所說的那樣美味。令母親感到美味的寸棗，或許是經過了青春回憶的長久醞釀。

寸棗的滋味，坐實了我內心的一個假想。

母親寫作《臺灣漫遊錄》，或許只為了「小千」一人。

昭和四十五年正月，母親病逝。

遵照遺囑，再版發行母親念茲在茲的小說。
願以小說的形式，令「青山小姐」與「小千」重逢聚首在那座美麗之島。
是為後記。

昭和四十五年五月熊本青山宅邸　青山洋子

民國七十九年

《一位日本女作家的臺灣漫遊錄》譯者代跋[82]

麵線

王千鶴

民國六十四年，長女正美說她的研究室接到一通電話，來自日本的青山洋子小姐。

半個月後，青山洋子小姐飛抵我在德州奧斯汀的住家，與名為《我與千鶴的臺灣漫遊錄》的小說一併攜來的，是青山千鶴子女士故去多年的消息。

「終戰的第二年以後，母親每年託人赴臺灣尋找王千鶴女士的音訊，完全沒有想到您舉家移民美國了。幸不辱命，今天圓滿了母親的遺願。」

洋子小姐的英語流利，遣詞用句優雅得體，豪俠般的性格與其母相似。

招待洋子小姐留宿，洋子小姐爽快住下來的兩個禮拜，每天為我烹飪早餐。

「在您看來，母親是什麼樣的人？」

那兩個禮拜的早餐餐桌，我數度重返昭和年間的臺灣。

青山千鶴子女士是什麼樣的人？

我對洋子小姐說，青山千鶴子女士就是小說裡「青山小姐」那樣的人。

[82]《我與千鶴的臺灣漫遊錄》由王千鶴之長女吳正美自費編輯印刷中文譯本，以書名《一位日本女作家的臺灣漫遊錄》於一九九〇年少量發行，中文譯稿出自王千鶴。收錄代跋兩篇，此為第一篇。

我們旅行彰化的八卦山，去洗「彰化溫泉」，在路邊小攤喝地骨露。「地骨露是樹根熬成的飲料吧！連樹根也拿來煮茶，真是南國的智慧。」青山小姐如此大放厥辭，使我忍不住內心痛罵可惡的傢伙。「愛吃牛蒡的民族，沒有資格說我們吃的是樹根！」不過當然，這類回擊之語，我一次也沒有說出口。

洋子小姐聽得捧腹彎腰，哈哈大笑。的確有乃母之風。

時至今日，我無意解釋青山千鶴子女士所記錄的「臺灣漫遊錄」，與我所記憶的前塵往事在何處有所出入。以兩年時間完成中文譯稿的此刻，我想記錄一件往昔的小事，做為青山千鶴子女士長篇小說的簡短回應。

昭和十三年新曆歲末的一場寒流，青山小姐感染了風寒。

我中止當天預定的行程，帶著藥品到柳川邊的小屋探望青山小姐。

「比起中將湯，我想吃麵線。」

拿青山小姐沒辦法，我應要求下廚。水煮的麵線，配上生雞蛋與山藥泥。青山小姐即使病中，照樣胃口很好，幾口吞掉了一碗麵線。

「山藥泥裡面放白肉魚一起磨，滋味會更好哦。」

這是追加「注文」的意思了。我賣力在磨缽裡與山藥泥、魚肉、高湯奮戰，寒流天裡發熱汗，給青山小姐端上第二碗生雞蛋山藥泥麵線。

「實在太美味了！那麼下一碗我想吃熱的，本島風味的麵線！」

第三碗便是以扁魚、蝦米、豬骨熬湯的熱呼呼的蛋花麵線。結果吞掉麵線的青山小姐說，好懷念家鄉味啊。真是的，九州長崎的家鄉味，到底是什麼滋味我可不知道呀！姑且端上了昆布柴魚甜味醬油高湯的麵線。

「鼻塞太嚴重，似乎吃不出纖細的高湯風味。」

於是第五碗是加入了濃濃紅味噌的豬肉麵線，以及我擅自追加的第六碗，淋上米酒與豬油的麻油乾炒麵線。做到這種地步，別說理應吃撐肚皮，我心想青山小姐也該感覺到太叫人疲於奔命了吧。

青山小姐吃完，一臉心滿意足的表情。

「總覺得渾身發熱，最後我想吃冰涼的素麵。」

唉，實在甘拜下風！

想請幫傭跑腿，意欲囑咐新富町市場哪一間店鋪的冰塊製作最為衛生，內心又擔憂他人不夠細心，終究親自跑去新富町市場買冰。回到小屋，切碎小黃瓜與秋葵做為佐料，與冰涼麵線一同上桌。

明明是寒流來襲的冬天，餐桌卻宛如夏季。青山小姐嚼也不嚼地吞下麵線，大快朵頤以後放下碗筷，也露出暑假縱情歡樂的小孩子般的笑臉。

「小千啊，不如跟我結婚當我的新娘子吧！」

「當青山小姐的新娘子，有什麼好處呀！」

「同甘共苦，貧富相隨，有什麼好吃的，我都會跟小千分一半哦。」
「這樣也算好處嗎？」
「哪怕只剩一碗飯，不，不對，只剩半碗飯，我也跟小千分一半。要是只剩一粒米飯，那粒米上的七個神明大人，就分給小千四個神明大人。」
簡直是傻瓜。
簡直傻瓜，我說的不是青山小姐，是我。在那個當下，我感覺要是願意盲目地跟這個人結婚，或許會得到幸福吧。

這段往事也曾在早餐桌上分享予洋子小姐。
洋子小姐笑道：「千鶴女士果然也喜歡母親。」
是這樣嗎？或許是吧。
柳川小屋的麵線，不知不覺已經是三十幾年以前的事了。
飛光飛光，勸爾一杯酒。
也難怪會想要吟起這首詩了。
來不及的餘生共酌，來日若有機緣天堂重逢，我再向青山小姐舉杯吧。

西元一九七七年七月譯畢小記於奧斯汀

民國七十九年

《一位日本女作家的臺灣漫遊錄》編者代跋[83]

故人的約定

吳正美(王千鶴之女　學者)

《一位日本女作家的臺灣漫遊錄》小說中文版的付梓，歷經許多曲折。本書初名《臺灣漫遊錄》，一九五四年由熊本芳文堂發行。一九七〇年，由小說家青山千鶴子的千金，也是現代藝術家青山洋子自行排版裝幀，更名《我與千鶴的臺灣漫遊錄》再版發行。一九七五年，青山洋子小姐輾轉聯繫上我在加州大學洛杉磯分校比較文學系的研究室，這才開啟中文翻譯出版工程的契機。

這樣一部戰前日本女作家旅居殖民地臺灣的小說，以學者立場不啻是求之不得的珍貴作品。以私人身分而言，小說主角之一是親生母親，我個人自然難以評論，也無意對本部作品加以探討與分析。

一九八七年夏天，蔣經國政府宣布解除戒嚴令。那個炎夏的某個下午，母親從奧斯汀的住家打電話到我的研究室，表達她希望《我與千鶴的臺灣漫遊錄》翻譯為中文版並於臺灣出版。那時母親已經年屆七十，長篇小說的翻譯工程浩大，恐怕身體不堪負荷。致

[83] 一九九〇年中文譯本《一位日本女作家的臺灣漫遊錄》收錄代跋兩篇，此為第二篇。

電給我，想是央求我的協助，然而我時任比較文學系教授，案牘勞形無從兼顧一部長篇小說的中文翻譯。因此我問母親，為什麼是翻譯為中文？又為什麼是臺灣？

母親說：「這是我與故人的約定。」既然如此，我也無話可說。因為母親不只是我的母親。

「母親」在社會功能的母職之外，也是獨立的個體。

年少時代，我因著青少年的叛逆情懷，選擇遠離奧斯汀雙親住家的威斯康辛大學麥迪遜校區就讀。一九五九年升上大學二年級的長假，某天下午母親忽然現身在我的宿舍樓下。我吃驚地問：「媽怎麼在這裡？」母親說：「我開車來的。」我更加吃驚了。奧斯汀的住家距離麥迪遜校區的宿舍，少說也有四百公里。

「吃過早飯後出發，中午在密西西比河岸邊吃了三明治和咖啡。沒有想像中那麼遠，不過還真是令屁股痠痛的旅程呀。」

一身端莊的套裝，戴著美麗的帽子，獨自開車四百公里。母親那年是四十三歲。十九歲的我，首次深刻感受到母親並不僅只是「母親」。

第二次體驗更加強烈的深刻感受，即是一九七五年讀到日文小說《我與千鶴的臺灣漫遊錄》。平時的母親奉行日本傳統教育底下的淑女作風，食衣住行簡樸而講究。母親稱呼父親為「旦那」，永遠笑容滿面，從不拒絕父親任何要求。年少的我對弟弟們說：「媽叫爸『旦那』，不是『老公』而是『老闆』吧。」兩個弟弟都贊同我的看法。

然而，「小千」與我的母親，根本是截然不同的人。內心深受震撼，我讀後不知道該從何與母親談論這部小說。母親問起，我躑躅說：「青山女士送的和服，不是說要留給我嗎？」終年不修邊幅的我，其實毫不在意和服的下落，那時母親聽了，卻對我溫柔微笑說對不起：「因為戰後物資困難，和服被『旦那』給賣掉了。」我說：「我們家過得還不錯吧，有必要賣掉和服嗎？」母親便笑說：「是呀，為什麼非得賣掉不可呢？」我倏忽明白，母親對父親為什麼是那樣一世人的相敬如賓。

我的母親，王千鶴小姐，懷有烈焰般的性格，冰山般的意志，卻始終牢牢將情感掩蓋在優雅的笑容底下。

該是時候說回一九八七年。

雖然內心抗拒承接翻譯工程，我仍然赴奧斯汀去見母親。結果母親出示在我面前的，是早在一九七七年就翻譯完畢的手稿。母親譯後手書的那篇代跋，也證實了我對母親真實一面的理解並無錯誤。

我對母親說，從美國連繫臺灣的出版社，肯定要花費一點時間，這樣也沒關係嗎？母親說：「時間無所謂，要緊的是成真。」那一年，正逢我的獨生女喬高中畢業，我們決定祖孫三人同行回臺灣，在臺中老家那座日式建築別墅度過餘下的夏日假期。

母親熱愛那條緣廊，總是在那裡乘涼。八月下旬的某日早飯前夕，喬以臺語為母親朗讀早晨的報紙，讀完頭版翻過紙頁，母親忽然對喬說了很長的一段話。喬愣在當場，因為母親所說的是日語。喬不懂日語，便將報紙放在母親的膝上，到廚房來找我。

我過去一看，母親放鬆地靠在躺椅裡面，面帶微笑地睡著了。

是不是時差沒有調整而感到疲倦呢？當下我是這麼想的。母親輕鬆的表情，看起來很幸福的樣子。然而，母親再也沒有睜開眼睛了。在故土溘然而逝，母親就此踏上生命的另一條旅程。

《一位日本女作家的臺灣漫遊錄》小說中文版付梓的曲折旅程，終於一路走到了一九九〇年的今天。中文譯稿三年尋覓不得出版社，我與青山洋子小姐討論後，由我重新編撰，自費印刷發行，此即為各位中文讀者所見的《一位日本女作家的臺灣漫遊錄》。

考量臺灣當前社會風氣，中文版《一位日本女作家的臺灣漫遊錄》進行部分刪減，書名亦作更動，僅能說是日文版《我與千鶴的臺灣漫遊錄》的節錄版本，是我力有未逮的遺憾。

衷心期盼未來時局變化，有朝一日得以令書稿完整面世。或許那一天，也將有另一名研究學者願意拾起這部小說，闡述這部小說的獨特之處。

我心懷寄望，就此輟筆。

一九九〇年八月於臺中市

新版譯者代跋

琥珀

楊双子

《臺灣漫遊錄》中文新譯版的問世，必須從二〇一四年說起。我與孿生姊姊在該年年底短暫旅行北九州，偕行福岡、門司、熊本、湯布院等地，其中在門司港邊的舊三井俱樂部，我們參觀了內部的「林芙美子紀念資料室」。資料室展示林芙美子與諸多作家魚雁往返的信件真跡，諸如吉屋信子、川端康成等日本名作家都赫然在列。姊姊不諳日語，參觀時由我逐一簡易口譯，直到遇見落款「青山千鶴子」的明信片，我衝口而出：「有人寫了一本《臺灣漫遊錄》！」姊姊探頭來看也驚呼：「青山千鶴子是誰啊！為什麼沒聽說過！」幸好，枯燥的資料室只有我與姊姊兩人在場。

明信片內容翻譯後是這樣的：「早前與您聊起戰前的臺灣旅行，實在是令人暢懷之事。近日新書《臺灣漫遊錄》出版，不久會寄達貴府。青山千鶴子。七月十一日。」解說牌則寫著：「昭和二十九年，七月十一日付。」

那個當下，二〇一四年十二月，我與姊姊為了書寫日本時代的歷史小說，正深陷考據文獻的修羅場，看見這樣的明信片，內心可謂又驚又喜。回國以後，持續進行文獻調查的我，也同樣留意「青山千鶴子」與「臺灣漫遊錄」的蛛絲馬跡，而後很意外地在網路上找到斷簡殘篇的中文譯本。令人深覺驚喜的是那個刊載中文譯本的網頁最末處，留下很短的注記：「部分書稿典藏於臺灣文學館。」

根據這條線索，二〇一五年二月我主動連繫臺灣文學館的典藏服務組特殊研究課。過程細節繁瑣，在此省略，總而言之我獲得某位行政專員的來電說明：「臺灣文學館館藏名單裡面沒有這筆資料，不過有位日籍研究員說她有完整的書稿，表明妳有興趣的話可以連絡她。」

後來我連繫上的研究員，就是新日嵯峨子小姐。透過E-mail形式，我從新日小姐那裡取得了一九七〇年日文版《我與千鶴的臺灣漫遊錄》，以及一九九〇年中文版《一位日本女作家的臺灣漫遊錄》兩部書稿的電子掃描檔案。

中文新譯版的工程，就此起始於二〇一五年六月十九日。不過我的病軀不中用，每天聚精會神地伏案工作之後，就要花兩倍的時間躺在床上，進度牛步到這部長篇小說譯稿必須耗時四年才能完成。如果有期待本書的讀者諸君，這段時間多謝包涵了。

即使拖著病軀，仍然致力完成這部作品，目的為何？

青山千鶴子的小說（一九五四年），青山洋子的後記（一九七〇年），王千鶴的初譯版與代跋（一九七七年），吳正美的編者代跋（一九九〇年），到二〇二〇年的新譯版問世。我與四位前輩的目的為何？

我認為從一九五四年到二〇二〇年，這本書自始至終，都是出於自身對生命軌跡的感觸，期盼完整補齊這段臺灣島嶼之上、歷史命運之下，無法言語道盡的真摯情誼。

至於為什麼青山千鶴子不是集結當年的臺灣遊記，而是以小說形式重寫？再者，遊記／歷史是否更加「真實」？而小說／文學是否相對「虛構」？我無意以論文回答這個問題，姑且容許我抒情地這樣說吧：小說是一塊琥珀，凝結真實的往事與虛構的理想。它耐人尋味，美麗無匹。

中文新譯版得以成書，要感謝許多人。提供珍貴書稿的新日嵯峨子小姐，譯稿過程從旁援助的瀟湘神與曲辰，以及永遠的小夥伴郭如梅。感謝春山出版社的莊瑞琳總編輯與吳芳碩副主編。

特別需要感謝的是我的孿生姊妹・「双子」當中的若慈。本書譯稿雖然由我・「双子」當中的若暉執筆，實際上卻是我倆的共同作品。

罷筆之際我心有所感：這本書，著實也可說是我們的一塊琥珀了。

二〇二〇年春彼岸於永和住處

Literati

春山文藝 009

臺灣漫遊錄

作者　楊双子
總編輯　莊瑞琳
責任編輯　吳芳碩
行銷企畫　甘彩蓉
封面設計與插畫　江易珊Karen Chiang
內頁插畫p.13-15　楊双子
內頁報紙排版p.16　張瑜卿
內頁排版　張瑜卿
法律顧問　鵬耀法律事務所戴智權律師

出版　春山出版有限公司
地址　臺北市文山區羅斯福路六段297號十樓
電話　(02)2931-8171
傳真　(02)8663-8233

經銷　時報出版企業股份有限公司
地址　桃園市龜山區萬壽路二段351號
電話　(02) 2306-68422

製版　瑞豐電腦製版印刷股份有限公司
印刷　搖籃本文化事業有限公司
初版一刷　2020年4月
初版四刷　2023年9月
定價　380元

◎第十章臺菜宴席參考黃婉玲老師「阿舍宴」。
◎本書為楊双子獨力創作，小說內容純屬虛構。

國家圖書館出版品預行編目(CIP)資料

臺灣漫遊錄／楊双子作
一初版．一臺北市：春山出版，2020.04
一面；公分．一（春山文藝；009）
ISBN 978-986-98662-6-2（平裝）

863.57　　109002446

春山 出版
填寫本書線上回函
EMAIL SpringHillPublishing@gmail.com
FACEBOOK www.facebook.com/springhillpublishing/

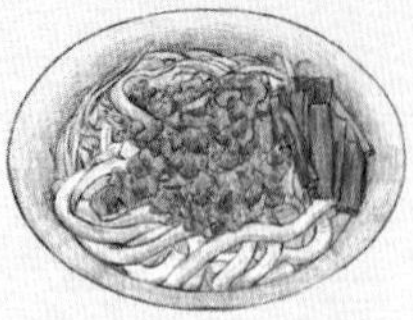